Nippon所藏 和菓子物語。

EZ Japan
日語嚴選講座
N3～N1

EZ Japan編輯部、黃詩斐、王文萱、張雅琳、
抹茶菓子鑑賞團、今泉江利子、廖育卿——著

CONTENTS

Nippon所藏

和菓子

全書 MP3 音檔線上聽
ezcourse.com.tw/albums/all

Section 3 塑造出和菓子的美

Section 4 和菓子歲時記

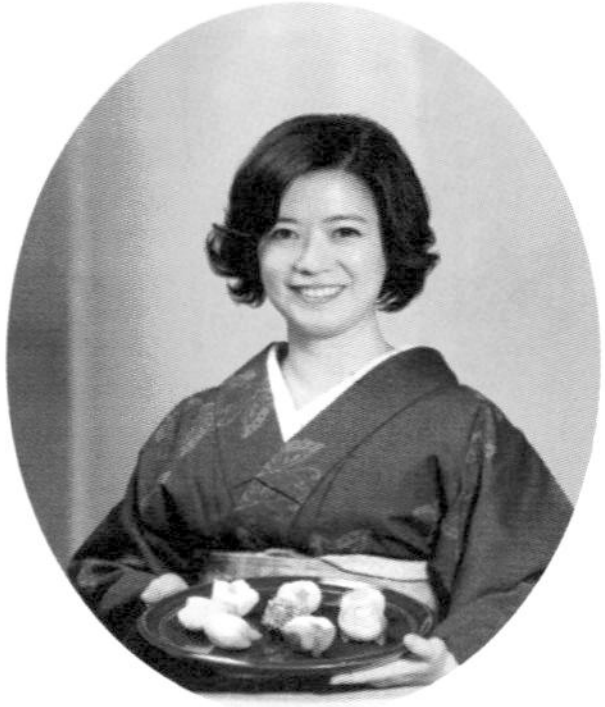

親手觸碰過和菓子的柔軟，
就能體會其中深刻。

一起來感受
和菓子的細膩柔軟

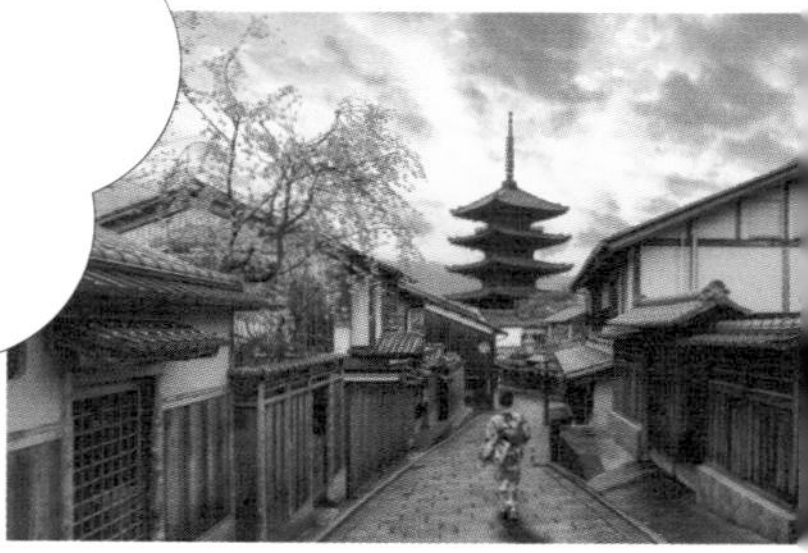

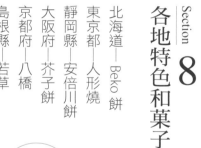

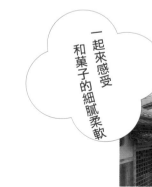

編輯室報告

只要接觸到和菓子的魅力，就很難停下來了。就像和服、文學、音樂……我們喜歡上日本文化，無非是受到櫻花盛開的畫面吸引、為大和撫子的一瞥所傾心。不少人喜歡上和菓子，也無非就是源於那一瞬間，因美麗的事物油然而生的怦然心動感。

和菓子流傳千年，我也伴隨其洪流成長著。小時候還分不出什麼和洋菓子，只覺得都是好吃的甜點。然而除了布丁永遠是我愛不釋手的心頭肉外，越長大越覺得，西式甜點有時對我來說太膩口了。我也是個怕苦的人，即使已經出社會了還是無法習慣咖啡或是酒入口的味道，所以咖啡加蛋糕的味覺平衡無法套用在我身上。唯獨茶那份淡淡的苦味深得我心，深入接觸和菓子後，搭配茶香，終於能體會到甜與澀中和的享受。

當初企劃想法浮現後，我立刻著手找資料。不管翻閱多少都看不膩，只是一再地對職人們的巧手萌生敬意。優雅、繽紛、恬淡，讓我來說的話，上生菓子一個個都像佇立於街角的和服少女，儼然是日本文化的代名詞。

本書編輯過程中，我的社群也漸漸被繽紛的和菓子填滿，疲累時看到百花盛放般的和菓子，就能恢復元氣。原本就喜歡甜食的我，也偶爾會去光顧抹茶甜點專賣店、購買上生菓子配茶渡過午後時光。覺得就像是一種心靈寄託。

它們就像是「靜」這個字的代名詞，能讓人靜下心來，感受四周的變化，細看身邊的美景。這也是我最喜歡的地方，就是和菓子中蘊含的心意。從四周取材，從人們的情感交流得到靈感，和菓子從外型、內餡到任何妝點的巧思，都是由「人」而生。今天要送給誰、菓子的用途、想傳達什麼想法……太多事情能夠影響和菓子樣貌了。

文章、插畫、版型慢慢成形時，編輯會議室裡都會此起彼落地讚嘆「好美喔」，我抬頭一看，大家都充滿熱情，臉上掛著笑容，氣氛也柔和了起來。和菓子職人們費時費心，就是期待客人的笑容回報。我也衷心希望這本書，能夠帶給此時翻閱著的你一點療癒、一點繁忙生活的解藥、或是再多一點對日本文化的愛及學習日文的動力。能因為這本書的任何一處露出笑容，就會是我最大的感動了。

本期編輯　ゆい

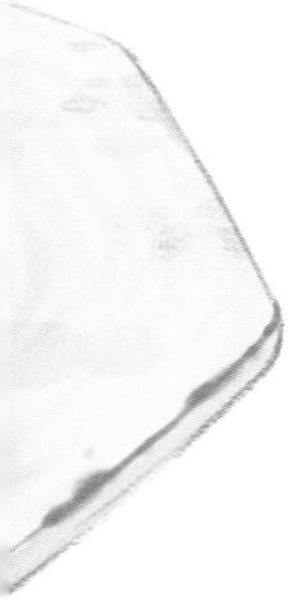

其實你吃過！

台灣人最熟知的
和菓子10選

文/黃詩斐

羊羹《ようかん》

羊羹由中國傳入日本，是將寒天與水加熱溶解，與去皮的紅豆沙餡熬煮後倒至模具中使其凝固製成，又稱為「煉羊羹」。早在戰國時代的茶會記錄「松屋會記」中，就有記載羊羹在茶會上作為茶點來食用。

依原料與製作方式不同，羊羹還可分為「蒸羊羹」和「水羊羹」。蒸羊羹裡多加了低筋麵粉與片栗粉，口感紮實軟糯。水羊羹則是水比例較高，冰鎮後水感清爽。如果在水羊羹中加入較多的葛粉，口感更是柔嫩清涼。羊羹口味多樣，有塩羊羹、味噌羊羹、與抹茶羊羹等等。其實羊羹早在日治時代已傳入台灣，並在地化出許多口味，像是龍眼羊羹、椪柑羊羹與芭蕉羊羹等等，到現在還買的到喔！

饅頭《まんじゅう》

饅頭在日治時代便傳入台灣，當時留下的老店中，都可看到饅頭蹤跡。和菓子饅頭是以麵粉為主的外皮，內包餡料，像是豆沙餡或是栗子餡等等。饅頭的種類五花八門，有根據製作方式不同來分類，如蒸饅頭、烤饅頭等等，也有依照原料不同命名，如黑糖饅頭、酒饅頭和薯蕷饅頭。品嘗饅頭時，香甜內餡外，表皮也是重點。加入山藥泥的薯蕷饅頭，外皮格外細緻鬆軟；加入柚子皮的饅頭，撥開就可聞到清雅的柚子香；而加了黑糖的，則越咀嚼越香甜；或是加入味噌，口味鹹甜還帶著味噌獨有的香氣。烤饅頭的外皮，則多了一個烤過的麵皮香，口感較為紮實，若再加上芝麻粒，咀嚼滋味更是豐富。

大福 だいふく

糯米蒸軟後搗碎成看不見米粒的柔軟團狀，包入帶皮碎紅豆粒餡而製成的點心。將大福的表皮揉入紅豆粒，就成了「豆大福」。

起初因形狀像鵪鶉的肚子一樣圓圓鼓鼓，稱為鵪鶉餅或稱為腹太餅，到了江戶時代才加入砂糖，並以「大腹餅」的名字推出，後因與「大福」的發音相似，便改成了召喚幸福的「大福餅」。

大福的種類非常多，依照加入的原料的不同，常見的有粟大福、栗大福和艾草大福。台灣人很熟悉的「草莓大福」，將水果包入大福的做法則是到昭和年代才開始流行，現在桃大福、柿大福或哈密瓜大福也非常受歡迎。但因為水果會有汁液或水氣溢出影響口感，所以做好後需盡快品嘗！

長崎蛋糕 カステラ

以前自日本南方的呂宋、澳門傳入日本的葡萄牙、西班牙的甜點稱為南蠻菓子，長崎蛋糕便是其中之一。相傳是伊比利亞半島叫做Castilla的點心，只使用麵粉、蛋與砂糖，攪拌均勻後蒸烤製成。長崎蛋糕在十六世紀傳入日本，當時還沒有烤箱這樣可以上下烘烤的設備，便在平底銅鍋中放張紙，放入生麵團，蓋上金屬蓋，上下皆放上炭火烘烤，最後更發明出了長崎蛋糕的專用製作器具。長崎蛋糕烘烤後，靜置冷卻超過一天，能讓糖均勻地分佈到蛋糕體，甜味更明顯，雖然沒有使用蜂蜜卻有蜂蜜般的香甜氣味。傳入台灣後，為了增加香氣與甜味，便加入蜂蜜提味，因此台版長崎蛋糕也被人稱為蜂蜜蛋糕。

※呂宋為現在的菲律賓

※舊時中華思想以中國為中心，東西南北四方國家分稱東夷、西戎、南蠻與北狄，若換以日本為中心，自日本南方而來的國家便稱為南蠻

蕨餅 わらび餅《もち》

在古時候，蕨餅是皇宮貴族享用的點心。蕨餅的原料是蕨粉，在沒有機械工業的時代，全靠人力徒手從蕨類的根部去研磨、水洗、過篩後乾燥後獲得蕨粉，手續十分複雜，被視為是珍貴的食材。

蕨餅本身雖然沒有味道，但是冰鎮後吃起來特別清涼帶有彈牙的口感，並富含多種營養，是夏天常見的消暑良品。蕨餅的吃法很多種，最常見的是用蕨粉與砂糖一起蒸製成柔軟的餅糰，再分成小塊包入綿密的紅豆沙餡，灑上黃豆粉來品嘗食物原有的味道與香氣。或是蕨餅內不包餡，放涼後切成小塊灑上黃豆粉或黑糖醬。更清涼一點的吃法，將砂糖換作和三盆糖或是黑糖，蒸煮後放至冰涼，再淋上糖水來享用。

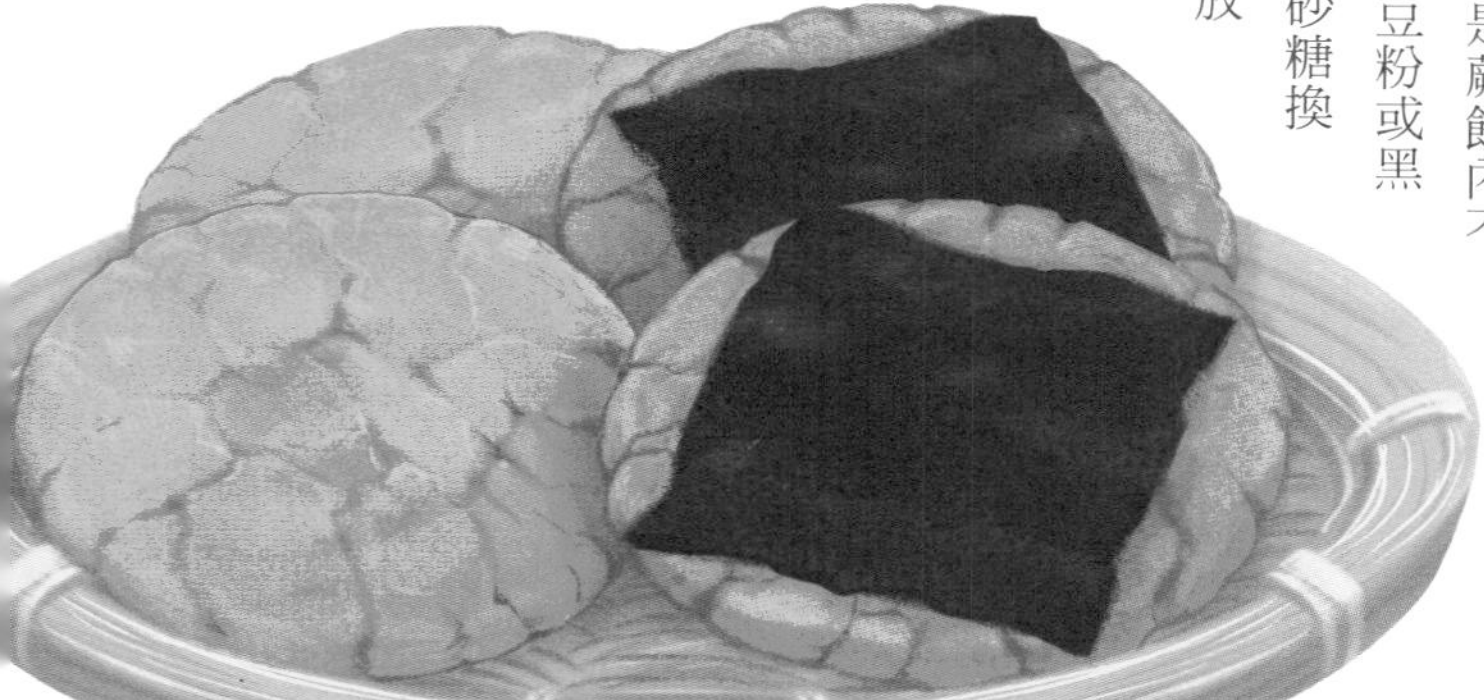

仙貝 せんべい

在日本，仙貝的讀音為「せんべい」，漢字寫作煎餅，但通常在包裝上印刷的是「せんべい」或「米菓」的字樣。仙貝的主要的原料是米，關於它的由來，有一說是平安時代從中國傳入，也有一說是在江戶時代，將沒賣掉的糰子壓扁後去烘烤，意外得到的產品。仙貝的作法除了烘烤，也有用油炸的。隨著地區的不同，口味更是琳瑯滿目：現烤仙貝刷上甜甜鹹鹹的濃厚醬油，口感硬脆扎實，流行於關東；關西則常見到油炸的仙貝，吃起來輕盈鬆脆，就算小朋友也能輕易食用；此外還有馬鈴薯做成的「澱粉仙貝」，質地輕薄酥鬆；而台灣常見的褐色煎餅，則是以麵粉、雞蛋和糖所製成。

糰子

お団子《だんご》

糰子的由來有很多，最常見的是源於京都下鴨神社舉辦御手洗祭的供品。糰子的作法是將米穀粉加水蒸過後，在石臼搗成團、揉成小球狀，再用竹籤串成一串。據說以前是一串五個，每串五文錢，但四文錢硬幣出現後，將一串改為四個，便不需額外準備零錢。糰子的美味在於現烤現吃，著名的御手洗糰子是將糰子烤出焦香，淋上由昆布高湯、醬油、糖與葛粉熬煮的醬汁。鹹甜的旨味配上米香，食慾大開。此外也有淋上紅豆沙餡的紅豆糰子，或是揉入艾草、山梔子，做成紅、綠、白三色的花見糰子，在春天賞櫻時品嘗。到了中秋，也將糰子堆疊盛裝在「三方」上，做為供奉月亮的「月見糰子」。

※三方（さんぼう），日本神道中教放供品的木制供台，也寫作三宝

※米穀粉可用白玉粉（糯米粉）、上新粉（梗米粉）等，不同店家有自家獨特比例

銅鑼燒

どら焼《や》き

身為哆啦A夢最愛的食物，對於台灣人來說，銅鑼燒一點都不陌生。但早在日治時代，台灣便有店家在製作販售銅鑼燒。傳承至今，許多老店裡都還能買到當時口味的銅鑼燒，可說是歷久不衰。

銅鑼燒的由來有很多，其中之一是名將弁慶因受傷在一戶民家療傷，將隨身的銅鑼送給這戶人家作為謝禮。此戶人家便應用銅鑼的平面處，以麵粉糊烤出形狀似銅鑼、內夾紅豆餡的點心，因此稱為「銅鑼燒」。銅鑼燒口感類似鬆餅，起初是以單片餅皮包紅豆餡，至近代才發展成上下兩片以麵粉、糖、蛋和小蘇打粉製成餅皮，今日所見的銅鑼燒。內餡除了紅豆，也有栗子、抹茶等非常受到歡迎的口味。

金平糖 こんぺいとう

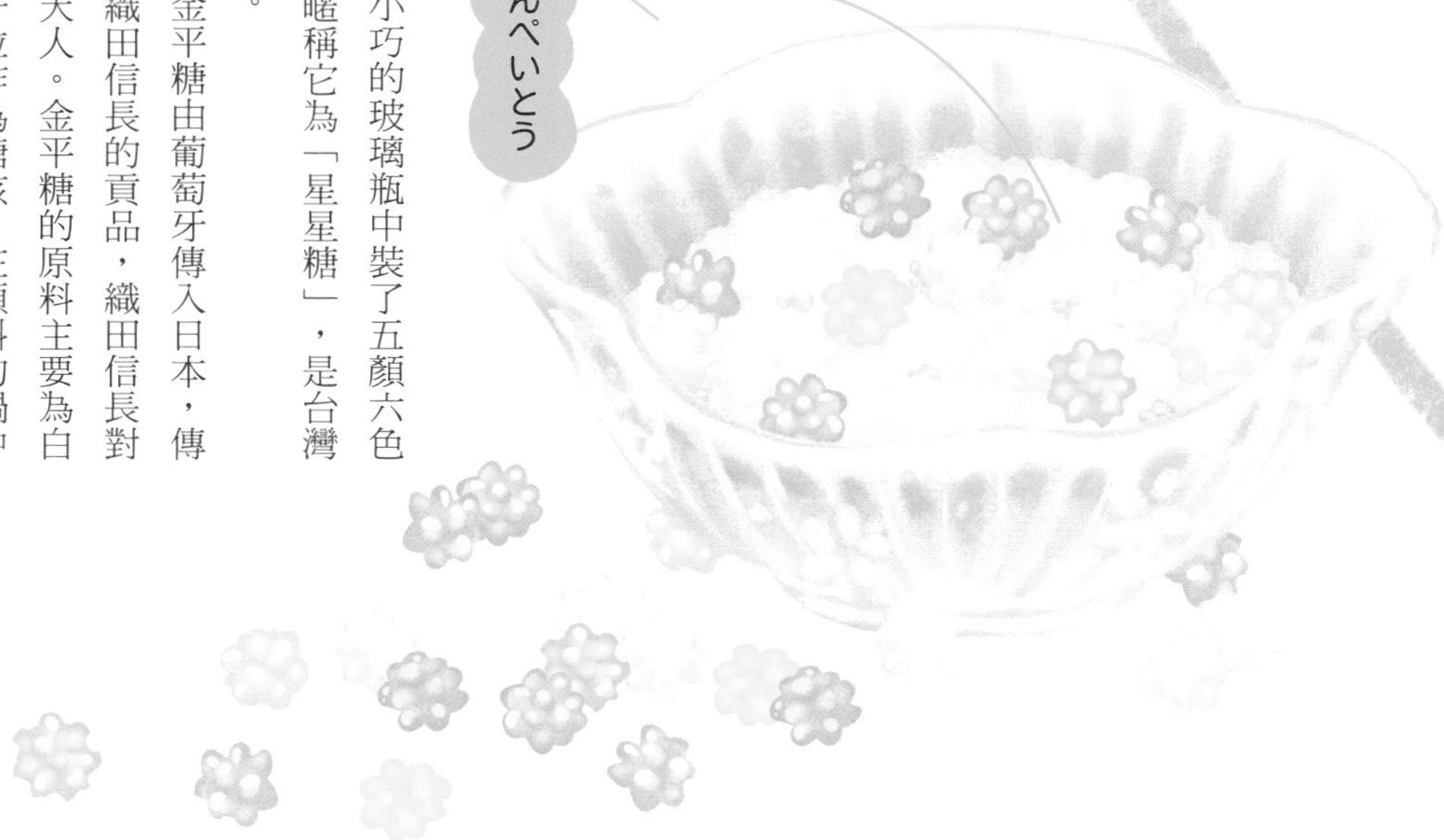

走進雜貨店，小巧的玻璃瓶中裝了五顏六色的金平糖，大家都暱稱它為「星星糖」，是台灣青少年的夢幻記憶。

十六世紀時，金平糖由葡萄牙傳入日本，傳教士將其作為獻給織田信長的貢品，織田信長對其味道和外型驚為天人。金平糖的原料主要為白砂糖，過去使用芥籽粒作為糖核。在傾斜的鍋中來回滾動，一邊反覆澆上糖水慢慢炒乾後，停放一段時間等待砂糖結晶，如此反覆幾次表面才會形成一個個突起的稜角。一顆金平糖平均要兩週以上，才能從一公厘大小的糖核「長大」至成品，並十分仰賴製作者的經驗來調整糖的結晶狀態，而有風味的金平糖因為加了酸、鹽與油，製作難度更是三級跳。

鯛魚燒 たい焼《や》き

在台灣，經過校門口或夜市時，常常能被鯛魚燒小攤散發的香味吸引，除了紅豆、芋頭等甜的內餡，還有玉米、起司等鹹香口味，可見台灣人對日本鯛魚燒的喜愛。

鯛魚的日文音與可喜可賀的「めでたい」相近，被認為是帶來吉祥的魚，而且七福神之一的惠比壽日本捧在手中的也是鯛魚，所以常可在喜慶或是新年的場合見到鯛魚的蹤跡。鯛魚燒的餅皮口感酥脆內餡紮實，製作時在兩面鯛魚型的金屬模具中，倒入以麵粉、砂糖為原料的麵糊，內放紅豆餡，兩面模具合起來烘烤後就是一尾包著內餡的可愛鯛魚。過去鯛魚價格不斐，大眾便以鯛魚燒替代，就這樣成為了日常受到歡迎的平民小吃。

CONVERSATION

文 / 今泉江利子

A：あっ、この羊羹《ようかん》、口《くち》に入《い》れるとウーロン茶《ちゃ》の香《かお》りが広《ひろ》がりますね。なんかほっとする味《あじ》ですね。

B：台湾《たいわん》の和菓子屋《わがしや》さんで買《か》ったんです。

A：台湾《たいわん》ならではの和菓子《わがし》ですね。

B：この店《みせ》、私《わたし》が目指《めざ》す和菓子屋《わがしや》さんの一《ひと》つなんです。

A：卒業《そつぎょう》したら、日本《にほん》で和菓子《わがし》を学《まな》ぶんですよね。日本《にほん》の専門学校《せんもんがっこう》へ留学《りゅうがく》する人《ひと》って多《おお》いんですか。

B：多《おお》いかどうかはわかりませんが、製菓学《せいかがっ》校《こう》を出《で》て、台湾《たいわん》でお店《みせ》を開《あ》いている人《ひと》もいます。

A：へえ、将来《しょうらい》はお店《みせ》を持《も》ちたいですか。

B：お店《みせ》も持《も》ちたいですが、この羊羹《ようかん》のように、食《た》べた人《ひと》を笑顔《えがお》にできるような和菓《わが》子《し》が作《つく》りたいです。

A：啊，這個羊羹，一放進嘴裡就散發出烏龍茶的香味耶。總覺得這味道很令人安心。

B：這是在台灣的和菓子店買的。

A：是台灣獨一無二的和菓子呢！

B：這間和菓子店，是我努力的其中一個方向。

A：你畢業之後，就要去日本學和菓子吧。去日本的專門學校留學的人很多嗎？

B：雖然不知道多不多，但也有在製菓學校學成後，回到台灣開店的人。

A：欸，所以你將來想要開店嗎？

B：雖然也是想要開店啦，但我更想做出像這個羊羹一樣，能讓吃的人露出笑容的和菓子。

單字｜例句

広《ひろ》がる｜自動 I　擴散、蔓延、滿溢

例《れい》. この和菓子《わがし》は一口《ひとくち》食《た》べると、果物《くだもの》の甘味《あまみ》が口《くち》いっぱいに広《ひろ》がる。

吃了一口這個和菓子後，水果的甜味在口中滿溢。

ほっと｜副詞　鬆一口氣、感到安心、放鬆

例《れい》. 忙《いそが》しいときは和菓子《わがし》を食《た》べてほっとする時間《じかん》を持《も》つことが大切《たいせつ》だ。

忙碌時，留一點讓自己吃和菓子放鬆的時間是很重要的。

ならでは｜連語　只有……才能……的、獨特的

例《れい》. 日本《にほん》へ行《い》ったら、その季節《きせつ》ならではの和菓子《わがし》を楽《たの》しみたい。

去日本的話，就想享受當季獨特的和菓子。

目指《めざ》す｜他動 I　立志、訂定目標

例《れい》. 一流《いちりゅう》の和菓子《わがし》職人《しょくにん》を目指《めざ》して、日夜《にちや》努力《どりょく》している。

立志成為一流的和菓子職人，日夜努力著。

持《も》つ｜他動 I　擁有、拿著、攜帶

例《れい》. やっと小《ちい》さいながらも自分《じぶん》の店《みせ》を持《も》つことができた。

雖然小小的，但也終於擁有一間自己的店。

歡迎來到和菓子的世界

和菓子入門！
基本款10選

文／黃詩斐

01 練《ね》り切《き》り

練《ね》り切《き》りを初《はじ》めて見《み》た時《とき》にその芸術性《げいじゅつせい》の高《たか》さに驚嘆《きょうたん》する人《ひと》は多《おお》い。練《ね》り切《き》りは主《おも》に白《しろ》あんと白玉粉《しらたまこ》で作《つく》る求肥《ぎゅうひ》（水飴《みずあめ》を含《ふく》む）を加熱《かねつ》し、練《ね》り合《あ》わせ、手《て》に**へばりつかない**程度《ていど》の柔《やわ》らかい生地《きじ》にした上《うえ》で、さらに小《ちい》さく練《ね》り分《わ》けて加工《かこう》しやすい繊細《せんさい》な生地《きじ》を作《つく》っていく。練《ね》り切《き》りという名前《なまえ》はこの製法《せいほう》に由来《ゆらい》する。職人《しょくにん》の手《て》によって色付《いろづ》けされ、あんこ、大和《やまと》いもなどを中《なか》に包《つつ》み、様々《さまざま》な形《かたち》に**仕上《しあ》げられた**練《ね》り切《き》りは、茶席《ちゃせき》で四季《しき》の**風情《ふぜい》**を感《かん》じさせる最高級《さいこうきゅう》の和菓子《わがし》だ。練《ね》り切《き》りは木型《きがた》で作《つく》ることも可能《かのう》で、そこに職人《しょくにん》の**腕《うで》**とアイデアが加《くわ》われば、日本文化《にほんぶんか》の美《び》を象徴《しょうちょう》する和菓子《わがし》が誕生《たんじょう》する。練《ね》り切《き》りは材料《ざいりょう》に**すりおろした**大和《やまと》いもを用《もち》いることもあり、そうすると真《ま》っ白《しろ》な練《ね》り切《き》りが出来上《できあ》がる。

練切

初次見到練切的人，多會被其精緻的藝術感給震懾住而讚嘆不已。練切主要是以白豆沙餡加入白玉粉所製的求肥（含有水飴），加熱並翻攪至不黏手的柔軟團狀，反覆地將練切團分割成小塊，再揉成細膩且易於塑型的練切團。練切的名字便是由其製作方式而來的。職人將練切團染色，並包入紅豆沙、薯蕷等各式餡料，巧手捏製出各種造型，是茶席上最能表現出四季風情的一品和菓子。練切也可以使用木製的模具來塑型，再加上職人以細工道具與創意來製作出一個個代表日本文化美感的和菓子。練切的材料不僅限於白豆沙，也可用薯蕷泥來製作，其練切團的顏色會格外白，稱為「真白」。

句型

（に）よって

根據某種原因、理由，此處為「透過、經由」。

例句

テストの結果《けっか》によって、成績《せいせき》を決《き》める。

根據考試的結果，來決定成績。

これは母《はは》によって作《つく》られたケーキです。

這是由我媽媽製作的蛋糕。

單字

1. へばりつく｜動
緊緊黏住，也可用來形容孩童緊黏著大人的樣子。

2. 仕上《しあ》げる｜動
完成、解決、結束一件事。

3. 風情《ふぜい》｜名
格調、風土民情。

4. 腕《うで》｜名
通常指手臂。在此指技藝、優於他人的技能。

5. すりおろす｜動
削磨、磨碎、碾碎。

02 求肥《ぎゅうひ》

求肥《ぎゅうひ》はもち粉《こ》か白玉粉《しらたまこ》に水《みず》、砂糖《さとう》、**水《みず》飴《あめ》**を加《くわ》えて練《ね》りあげた餅《もち》のようなもの。製法《せいほう》は三種類《さんしゅるい》ある。一《ひと》つは粉《こな》に水《みず》、砂《さ》糖《とう》、水飴《みずあめ》を加《くわ》えて練《ね》った後《あと》に弱火《よわび》の鍋《なべ》で加熱《かねつ》しながら練《ね》る製法《せいほう》で、生地《きじ》が最《もっと》も柔《やわ》らかくなる。二《ふた》つ目《め》は粉《こな》に水《みず》を加《くわ》えて練《ね》った後《あと》に**茹《ゆ》で**、その後《ご》砂糖《さとう》、水飴《みずあめ》を加《くわ》えて練《ね》る製法《せいほう》。三《み》つ目《め》は粉《こな》に水《みず》を加《くわ》えて練《ね》った後《あと》に蒸《む》し、その後《ご》砂糖《さとう》、水飴《みずあめ》を加《くわ》えて練《ね》る製法《せいほう》で、**日持《ひも》ち**しやすい。昔《むかし》は玄《げん》米《まい》を用《もち》いていたため、色《いろ》が黒《くろ》っぽく、牛《うし》の皮《かわ》に似《に》ていることから「牛皮《ぎゅうひ》」と呼《よ》ばれていたが、牛《うし》や豚《ぶた》の肉《にく》を食《た》べることが**禁《きん》じられた**ことで、同音《どうおん》の「求肥《ぎゅうひ》」に改《あらた》められ、今《いま》に至《いた》る。求肥《ぎゅうひ》も「餅《もち》」も**モチモチ**とした食感《しょっかん》だが、最大《さいだい》の違《ちが》いは、餅《もち》は冷《ひ》えると固《かた》くなるが、求肥《ぎゅうひ》は冷《ひ》えても柔《やわ》らかいという点《てん》だ。

求肥

求肥是一種由糯米粉或白玉粉、水、糖和水飴製成像麻糬質地的麵團。求肥的製作方式有三種：一是將所有材料在鍋中以小火慢慢練製，質地最為柔軟；另一種則是先將粉類與水在鍋中加熱，再加入糖和水飴；第三種則是先蒸過，然後在鍋中將糖和水飴加入練製，可以有較長的保存期限。古時候使用玄米來製作求肥，所以顏色偏深像黃牛皮，因此當時被稱作「牛皮」。但後因日本禁止食用豬或牛的肉品，所以將「牛皮」取其同音字「求肥」來代替，並傳至現代。求肥和「餅」雖然都有像麻糬一樣的口感，但最大的差別在於餅在冷卻後會變硬，而求肥仍然可以保持柔軟。

單字

1. 水飴《みずあめ》｜名
源自日本一種糖漿，呈黏液狀，顏色為透明或銀白色，有點類似麥芽糖。

2. 茹《ゆ》でる｜動
加入熱湯中烹煮。

3. 日持《ひも》ち｜名
耐存期限。

4. 禁《きん》じる｜動
禁止特定的事情。

5. モチモチ｜副
擬聲擬態語，指類似麻糬般 Q 彈、有嚼勁的口感。

句型

1. （を）加《くわ》えて｜
不只……還……/ 而且 / 再加上

例句
寒《さむ》くなった天気《てんき》に加《くわ》えて、頭痛《ずつう》も悪化《あっか》したみたい。
再加上這寒冷的天氣，我的頭痛似乎又變嚴重了。

2. （に）至《いた》る｜
到達某個地步 / 階段

例句
いまだに規制《きせい》を解除《かいじょ》する基準《きじゅん》には至《いた》っていない。
現在還沒有達到能夠解除限制的標準。

03 最中《もなか》

最中《もなか》はウエハースのように**サクサク**とした二枚《にまい》の米製《こめせい》の皮《かわ》に美味《おい》しい餡《あん》をたっぷり詰《つ》めた日本《にほん》の伝統的《でんとうてき》な菓子《かし》。皮《かわ》の米《こめ》の香《かお》りと餡《あん》の味《あじ》わいの両方《りょうほう》が楽《たの》しめる。餡《あん》には甘《あま》くて香《こう》ばしいあんこや栗餡《くりあん》が用《もち》いられることが多《おお》い。最中《もなか》は江戸時代《えどじだい》に誕生《たんじょう》し、明治時代《めいじじだい》に最高《さいこう》の**円熟《えんじゅく》**に達《たっ》して全国《ぜんこく》に普及《ふきゅう》した。最中《もなか》は一般的《いっぱんてき》に餡《あん》が皮《かわ》の中《なか》に完全《かんぜん》に包《つつ》まれているが、餡《あん》が今《いま》にも溢《あふ》れ出《だ》しそうな驚《おどろ》きの「切腹最中《せっぷくもなか》」というものもある。『忠臣蔵《ちゅうしんぐら》』に登場《とうじょう》する播磨赤穂藩《はりまあこうはん》の第三代藩主《だいさんだいはんしゅ》、浅野長矩《あさのながのり》が切腹《せっぷく》した**跡地《あとち》**に店《みせ》を構《かま》える東京《とうきょう》の「新正堂《しんしょうどう》」が考案《こうあん》した和菓子《わがし》で、当初《とうしょ》は売《う》れ行《ゆ》きが**芳《かんば》しくなかった**が、ある人物《じんぶつ》が「切腹覚悟《せっぷくかくご》で**お詫《わ》び**に来《き》た」という気持《きも》ちを込《こ》めた手土産《てみやげ》にしたことが話題《わだい》となり、人気商品《にんきしょうひん》となった。

最中

最中以兩塊口感如威化餅般酥脆的米製餅殼，包了滿滿地美味的內餡，是一款可以同時享受到餅皮米香和豆餡的日本傳統點心，最常見的有香甜的紅豆餡、栗子餡等等。最中在日本江戶時代已經出現，到明治時代發展最為成熟，並在全國蔚為流行。雖然最中是把內餡完整地包裹在餅殼之中，但也有一款將餡料滿出餅殼呈爆漿狀的「切腹最中」。東京的「新正堂」因為店址位於「忠臣藏」中播磨赤穗藩第三代藩主淺野長矩的切腹之地，店主便以此發想出這款造型驚人的和菓子，原本銷路不佳，但因為有人將此做為「自己有切腹般的覺悟來謝罪」的伴手禮，意外造成轟動而成為熱賣商品呢！

單字

1. サクサク | 副
擬聲擬態語，指像餅乾、天婦羅般，烤過或炸過的酥脆口感。

2. 円熟《えんじゅく》 | 名
人格、知識、技術等圓滿且發達，內容充實。

3. 跡地《あとち》 | 名
舊址。指拆除建築物後的空地。

4. 芳《かんば》しい | 形
芳香、香味。此處指聲譽良好。

5. お詫《わ》び | 動
道歉、賠罪。

句型

名 + というものだ |
一般人的想法、普世的認同。

例句
悲《かな》しい時《とき》にそばにいてくれるのが、友達《ともだち》というものだ。
難過時會陪在身邊，這正是朋友的意義。

04 落雁《らくがん》

落雁《らくがん》は水分《すいぶん》の極《きわ》めて少《すく》ない干菓子《ひがし》だ。食感《しょっかん》は台湾《たいわん》の「鳳眼糕《ほうがんこう》」、「雲片糕《うんぺんこう》」と似《に》ており、日持《ひも》ちしやすい。製法《せいほう》は中国《ちゅうごく》の「軟落甘《なんらくがん》」に基《もと》づく。寒梅粉《かんばいこ》（米粉《こめこ》の一種《いっしゅ》）に砂糖《さとう》、水飴《みずあめ》を混《ま》ぜ、湿《しめ》り気《け》のある状態《じょうたい》に練《ね》ったものを木型《きがた》にはめ、乾燥《かんそう》して固《かた》まってから取《と》り出《だ》す。打《う》ち菓子《がし》の一種《いっしゅ》だ。「軟落甘《なんらくがん》」の「落甘《らくがん》」と同音《どうおん》の「落雁《らくがん》」に名前《なまえ》が改《あらた》められ、室町時代《むろまちじだい》に茶道《さどう》の**勃興《ぼっこう》**によって人気《にんき》となり**広《ひろ》まっ**た。

精緻《せいち》に彫《ほ》られた木型《きがた》からは花《はな》や植物《しょくぶつ》、果物《くだもの》、動物《どうぶつ》など様々《さまざま》な形《かたち》の落雁《らくがん》が生《う》み出《だ》される。落雁《らくがん》は茶道《さどう》の茶席《ちゃせき》によく出《だ》されるほか、お寺《てら》のお供《そな》え物《もの》としても**しばしば**用《もち》いられる。お祝《いわ》いの場《ば》では鶴《つる》と亀《かめ》の落雁《らくがん》や菊《きく》の落雁《らくがん》を**目《め》にする**ことが多《おお》い。

落雁

落雁的含水量極低，是干菓子的一種，與台灣的鳳眼糕、雲片糕的口感相似，且可以保存較長的時間。其製作方式傳自於中國甜點「軟落甘」；作法是將日本的寒梅粉（米粉的一種）與糖混和均勻，加入一些水飴，揉捏成有濕度的狀態後，填入木製的模具中待乾燥塑型後敲打模具取出，屬於「打菓子」的一種。而後「軟落甘」中的「落甘」被改做日文同音的「落雁」，在室町時代隨著茶道的蓬勃發展而受到眾人的喜愛與普及。

雕工精細的木製模具讓落雁的造型從各種花草水果到鳥獸都有，不只在茶道的茶席中或是寺廟供品中經常使用，龜鶴或菊花的落雁更常見於喜慶的場合。

單字

1. **嵌《は》める**｜動
鑲嵌、嵌入。

2. **勃興《ぼっこう》**｜名
興起、變得蓬勃興盛。

3. **広《ひろ》まる**｜動
普及、推廣。

4. **しばしば**｜副
經常、屢次、再三。

5. **目《め》にする**
看到、映入眼簾。

05 桃山《ももやま》

桃山《ももやま》は白餡《しろあん》、砂糖《さとう》、卵黄《らんおう》、寒梅粉《かんばいこ》を主《おも》な材料《ざいりょう》とする焼《や》き菓子《がし》だ。白餡《しろあん》と卵黄《らんおう》を混《ま》ぜ合《あ》わせた「黄身餡《きみあん》」を、黄身餡《きみあん》に寒《かん》梅粉《ばいこ》を練《ね》り込《こ》んだ生地《きじ》で包《つつ》み、形《かたち》を**整《ととの》え**てから焼《や》き上《あ》げて作《つく》る。卵黄《らんおう》が甘《あま》いミルクのような香《かお》りを放《はな》ち、食感《しょっかん》は全体的《ぜんたいてき》に**しっとり**と柔《やわ》らかい。口《くち》の中《なか》でゆっくりととろけ、甘《あま》い余韻《よいん》が広《ひろ》がる味《あじ》わいに一《いち》度《ど》食《た》べると止《と》まらなくなる。菓名《かめい》の「桃《もも》山《やま》」の由来《ゆらい》については**諸説《しょせつ》**あるが、中《なか》でも比較的《ひかくてき》一般的《いっぱんてき》なのは見《み》た目《め》が京都《きょうと》の桃《もも》山御殿《やまごてん》（伏見城《ふしみじょう》）の瓦《かわら》の形《かたち》に似《に》ていたからというもの。江戸時代《えどじだい》の徳川慶喜《とくがわよしのぶ》将軍《しょうぐん》が黄身餡《きみあん》を使《つか》った和菓子《わがし》が**大好物《だいこうぶつ》**だったため、昔《むかし》は小《ちい》さなサイズだった桃山《ももやま》も**だんだんと**大《おお》きめになってきたといわれている。

單字

1. **整《ととの》える** | 動
整理、安排、整頓。

2. **しっとり** | 副
濕潤、潮濕的樣子。

3. **諸説《しょせつ》** | 名
各種說法、意見。

4. **大好物《だいこうぶつ》** | 名
最喜歡的東西，常用於食物。

5. **だんだんと** | 副
漸漸變得如何、慢慢地變化。

句型

ため

為了什麼目的、由於 / 出自於某種理由、原因。

例句

具合《ぐあい》が悪《わる》いため授業《じゅぎょう》を休《やす》みました。

由於身體不舒服而請了假。

輝く未来《みらい》のために頑張《がんば》ってる。

為了璀璨的未來正努力著。

桃山

桃山是一款由白豆沙、砂糖、蛋黃和寒梅粉為主所製成的燒菓子。桃山的內餡主要是以白豆沙與蛋黃混成的「黃身餡」，外面包裹的餅皮則是黃身餡加上寒梅粉揉製的餅皮。塑型後的桃山經過烘烤，蛋黃的部分讓和菓子帶有甜甜的牛奶般香氣。此款和菓子整體柔軟濕潤，吃下去會慢慢在口中化開，留下甜蜜的餘韻，是一款容易一口接一口的和菓子。桃山的名字由來眾說紛紜，其中較為人廣知的，是因為其造型像是京都桃山御殿（伏見城）的屋瓦外型。據說江戶時代的德川慶喜將軍非常喜歡黃身餡製成的和菓子，所以由黃身餡作成的桃山的尺寸也慢慢的由小變大了呢！

06 錦玉羹《きんぎょくかん》

形《かたち》やイメージだけではなく、風景全体《ふうけいぜんたい》で美《うつく》しさを表現《ひょうげん》できる和菓子《わがし》、それが錦《きん》玉羹《ぎょくかん》だ。錦玉羹《きんぎょくかん》は寒天《かんてん》と砂糖《さとう》を水《みず》で煮溶《にと》かし、型《かた》に入《い》れて冷《さ》まし、固《かた》めたもの。透明感《とうめいかん》のある寒天《かんてん》が清涼感《せいりょうかん》を感《かん》じさせ、氷《こおり》や青空《あおぞら》、**さらさら**と流《なが》れる水《みず》を表現《ひょうげん》できる。小《ちい》さな魚《さかな》を**あしらった**羊羹《ようかん》を加《くわ》えたり、米粉《こめこ》の生地《きじ》で白《しろ》い雲《くも》を添《そ》えれば、夏《なつ》の風景《ふうけい》の完成《かんせい》だ。錦玉羹《きんぎょくかん》の透明感《とうめいかん》の鍵《かぎ》を**握《にぎ》る**のは砂糖《さとう》。砂糖《さとう》の量《りょう》が少《すく》ないと、濁《にご》りが出《で》**てしまう**。錦玉羹《きんぎょくかん》の材料《ざいりょう》は少《すく》ないものの、豊富《ほうふ》な経験《けいけん》がないと完璧《かんぺき》な仕上《しあ》がりにはならない。例《たと》えば、錦玉羹《きんぎょくかん》に異《こと》なる色《いろ》の**グラデーション**を綺麗《きれい》に作《つく》るには、温度《おんど》と時間《じかん》の加減《かげん》が重要《じゅうよう》で、**加《か》減《げん》**を誤《あやま》ると層《そう》が崩《くず》れてしまう。錦玉羹《きんぎょくかん》は豊富《ほうふ》な経験《けいけん》が生《う》み出《だ》す和菓子《わがし》と言《い》える。

錦玉羹

和菓子的美，不僅是用一個造型或意象來表達，有時候還可以把整個景都呈現出來。錦玉羹就是這樣的一種和菓子。錦玉羹是將寒天和糖在水中煮到沸騰溶解，再倒至模子裡冷卻凝固成型。寒天的透明感，是最直觀的清涼感受；可以製成冰塊、藍天，也可以成為潺潺的流水；若加入小魚造型的羊羹、或用米粉糰來當作白雲，就是一個夏日風景。糖是錦玉羹中透明感的重要關鍵，不足量的糖會使錦玉羹變得混濁。錦玉羹材料雖然不多，但須豐富的經驗才能完美製作，像是分層疊上不同色調的錦玉羹時，溫度和時間需要拿捏得宜才能無縫銜接，錯過時機便容易分層，是一款用經驗淬煉出的和菓子。

句型

てしまう｜

表達一個動作已完成。通常是無意或是不小心發生的。

例句

彼《かれ》が作《つく》った料理《りょうり》は美味《おい》し過《す》ぎて、全部《ぜんぶ》食《た》べてしまった。

他做得料理太好吃，所以全吃光了。

思《おも》わず泣《な》いてしまった。

不禁哭了出來。

單字

1. **さらさら**｜**副**
絲毫不……。此處為擬聲擬態語用法，指潺潺水聲。

2. **あしらう**｜**動**
應對、招待、擺布。

3. **握《にぎ》る**｜**動**
抓住、掌握。

4. **グラデーション**｜**名**
英文的 gradation。指層次、色調的濃度變化。

5. **加減《かげん》**｜**名**
調節、調整、程度變化。

07 浮島《うきしま》

浮島《うきしま》という名前《なまえ》は湖《みずうみ》に浮《う》かぶ小島《こじま》の様《よう》子《す》を**表《あらわ》している**。異《こと》なる色《いろ》の生地《きじ》が層《そう》をなし、蒸《む》して膨《ふく》らんだ様子《ようす》が水面《すいめん》に浮《う》かぶ島《しま》のように見《み》えるためだ。浮島《うきしま》は蒸《む》し菓《が》子《し》で、主《おも》な材料《ざいりょう》は上新粉《じょうしんこ》、薄力粉《はくりきこ》、白《しろ》あん、卵《たまご》。様々《さまざま》な材料《ざいりょう》を加《くわ》えて色合《いろあ》いや風味《ふうみ》を変《か》え、日本《にほん》の四季《しき》の風情《ふぜい》を**醸《かも》し出《だ》す**ことができる。見《み》た目《め》はスポンジケーキのようで、抹茶《まっちゃ》の粉《こな》を加《くわ》えれば青々《あおあお》とした山《やま》を、淡《あわ》いピンクの桜《さくら》あんを加《くわ》えれば満開《まんかい》の桜《さくら》が**咲《さ》き誇《ほこ》る**遠《とお》い山《やま》の風景《ふうけい》を表《ひょう》現《げん》できる。あんに栗《くり》を入《い》れて秋《あき》を演出《えんしゅつ》することもある。浮島《うきしま》の約半分《やくはんぶん》は白《しろ》あんなので、**口当《くちあ》たり**はスポンジケーキよりしっとり柔《やわ》らかく、さらっとした味《あじ》わいもある。あん好《ず》きには**外《はず》せない**一品《いっぴん》だ。

浮島

浮島的名字來源是形容浮在湖面上小島的景色，因為製作的時候，會加入不同顏色的麵糊來製作分層，蒸後膨脹的樣子像浮在水面上的島嶼一樣，故得此名，屬於蒸菓子的一種。浮島的主要材料是上新粉、白豆沙餡、雞蛋和低筋麵粉，可以藉由加入不同材料來改變其色調或口味，呈現出日本的四季風情。浮島的外表類似海綿蛋糕，加入抹茶粉來描繪出青山，若是加入櫻花餡，淺淺的粉紅勾勒出滿開櫻花的遠山景致，也可以在內餡裡加入栗子來感受秋天。因為加入大量的白豆沙餡（占整體一半左右的比例），所以口感較海綿蛋糕更為濕潤柔軟，並帶有滑潤的餘韻，是喜愛豆沙的人不可錯過的一品。

單字

1. **表《あらわ》す** | 動
表現、表示、表達。

2. **醸《かも》し出《だ》す** | 動
引起、釀成、營造某種氣氛。

3. **咲《さ》き誇《ほこ》る** | 動
花朵燦爛地盛開的樣子。

4. **口当《くちあ》たり** | 名
口感、味道。

5. **外《はず》す** | 動
消除、排除、錯過。

08 金団《きんとん》

金団《きんとん》は練《ね》り切《き》り餡《あん》をこし器《き》の網目《あみめ》に通《とお》して**そぼろ**状《じょう》にしたものを、先《さき》の細《ほそ》い箸《はし》を使《つか》って核《かく》となる餡玉《あんだま》の周《まわ》りに付《つ》けた和菓子《わがし》のこと。そぼろ状《じょう》の金団餡《きんとんあん》は和菓《わが》子《し》職人《しょくにん》のイマジネーションを経《へ》て、花芯《かしん》や春《はる》に萌《も》え出《で》た草《くさ》に**見立《みた》てて飾《かざ》り付《つ》けられる**。細《ほそ》さの異《こと》なるそぼろ餡《あん》を用《もち》いて象《しょう》徴的《ちょうてき》なものを立体的《りったいてき》に表現《ひょうげん》したり、餡《あん》の色《いろ》を変《か》えて各季節《かくきせつ》の異《こと》なる雰囲気《ふんいき》を生《う》み出《だ》したりすることができる金団《きんとん》には、見《み》る者《もの》の想像力《そうぞうりょく》を**かきたてる**魅力《みりょく》がある。

「栗《くり》きんとん」と混同《こんどう》されることもあるが、栗《くり》きんとんは炊《た》いた栗《くり》に砂糖《さとう》を加《くわ》え、こしたものを団子状《だんごじょう》にまとめた和菓《わが》子《し》のこと。黄金《おうごん》に輝《かがや》く金塊《きんかい》を連想《れんそう》させる縁起物《えんぎもの》として**おせち料理《りょうり》**の定番《ていばん》となっている。

單字

1. そぼろ｜名
類似肉臊的食物，由牛 / 豬 / 雞製成的絞肉。也有紊亂之意。

2. 見立《みた》て｜動
選定、診斷。

3. 飾《かざ》り付《つ》く｜動
裝飾上去。

4. かきたてる｜動
挑起、煽動、激發。

5. おせち料理《りょうり》｜名
御節料理。為日本的年菜。

金團

這裡介紹的金團，是指由練切選擇網目適中的網篩，過篩後使練切變成一根根細碎的條狀，再用尖端特別細的筷子將其附著在內餡上的一款和菓子。利用金團餡細碎的條狀，和菓子職人發揮想像力，將金團做為裝飾花朵的蕊心，或是大地回春的綠草地。一款金團和菓子上，也可以以不同粗細的條狀來呈現不同的象徵物品，創造出層次感。有時則利用不同的顏色，妝點出不同季節的氛圍，是一款可以刺激品嘗者想像力的和菓子。金團有時易與「栗金團」混淆，栗金團是將栗子與砂糖煮熟後，過篩成細泥狀再塑型，使其呈現金黃色團狀，象徵一整塊黃澄澄的金子，是新年常見的吉祥年菜喔！

09 ういろう

ういろうは米粉《こめこ》に砂糖《さとう》を練《ね》り合《あ》わせ、蒸《む》して作《つく》る蒸《む》し菓子《がし》の一種《いっしゅ》。元々《もともと》は中国《ちゅうごく》の元《げん》から来日《らいにち》して朝廷《ちょうてい》に重用《ちょうよう》されていた「礼部院外郎《れいぶいんがいろう》」の陳氏《ちんし》が**得意《とくい》とする**漢《かん》方薬《ぼうやく》のことを指《さ》したが、陳氏《ちんし》が**考案《こうあん》**した米糕《ミーガオ》のような甘菓子《あまがし》も**人気《にんき》を呼《よ》び**、ういろうと呼《よ》ばれる**ようになった**。ういろうには餅《もち》のような弾力《だんりょく》はないが、柔《やわ》らかい口当《くちあ》たりで、米《こめ》の香《かお》りも**かすか**に漂《ただよ》う。作《つく》り方《かた》は二種類《にしゅるい》あり、一《ひと》つは黒砂糖《くろざとう》や小豆《あずき》、抹茶《まっちゃ》の粉《こな》などの材料《ざいりょう》を全《すべ》て混《ま》ぜ合《あ》わせてから型《かた》に入《い》れて蒸《む》し、長方形《ちょうほうけい》の羊《よう》羹《かん》のように冷《ひ》やし固《かた》める方法《ほうほう》で、三角《さんかく》に切《き》ったういろうの上《うえ》にあんこを**たっぷり**乗《の》せる「水無月《みなづき》」も定番《ていばん》の和菓子《わがし》だ。もう一《ひと》つは柔《やわ》らかい生地《きじ》の特徴《とくちょう》を生《い》かし、餡《あん》を包《つつ》んで花《はな》や果物《くだもの》など美《うつく》しい形《かたち》の上生《じょうなま》菓子《がし》に仕上《しあ》げる方法《ほうほう》だ。

單字

1. **得意《とくい》とする** | 片
擅長、拿手。
2. **考案《こうあん》** | 動
設想、想出。
3. **人気《にんき》を呼《よ》ぶ** | 片
引起反響、受歡迎。
4. **かすか** | 形動
微弱、幽暗、朦朧。
5. **たっぷり** | 副
充滿、很多。

句型

ようになる
變得如何，指狀況或能力的變化。

例句

日本《にほん》に来《き》た時《とき》と違《ちが》って、日本《にほん》語《ご》の小説《しょうせつ》を読《よ》めるようになった。
跟初到日本時不同，我已經能夠閱讀日文版的小説了。

終電《しゅうでん》を逃《のが》して、帰《かえ》れなくなった。
錯過了末班電車，所以回不去了。

外郎

外郎為蒸菓子的一種，是用米粉混和糖、水蒸製而成的粉團。約莫在中國元朝時，「禮部員外郎」陳氏來到日本，其擅長製作外郎漢方藥並受到朝廷的重視。後來發明了像蒸米糕的甜點也受到大家的歡迎，也就是現在所知的「外郎」。外郎雖然不如麻糬糯米般的Q彈，但口感柔軟且有淡淡的米香。外郎的製作形式可分為兩種：一是做成外郎糕，可以加入黑糖、小豆或抹茶粉等原料一起倒入模具中蒸製，冷卻後如羊羹般的長方體。常見的還有和菓子「水無月」，在切製成三角形的外郎上鋪滿蜜紅豆。另一種是利用外郎的柔軟的特性，包入豆沙內餡，塑形後做出如花朵、水果等美麗外觀的上生菓子。

10 葛焼《くずや》き／葛饅頭《くずまんじゅう》

日本《にほん》の暑《あつ》い夏《なつ》に視覚的《しかくてき》にも味覚的《みかくてき》にも清涼感《せいりょうかん》を**与《あた》えてくれる**スイーツが葛粉《くずこ》を用《もち》いた和菓子《わがし》。葛粉《くずこ》はツル植物《しょくぶつ》の「葛《くず》」の根《ね》から作《つく》られる粉《こな》で、これに水《みず》を加《くわ》えて加熱《かねつ》し、**ペースト**状《じょう》にして作《つく》るのが葛饅頭《くずまんじゅう》や葛焼《くずや》きといった和菓子《わがし》だ。葛饅頭《くずまんじゅう》は葛粉《くずこ》で作《つく》った皮《かわ》で餡《あん》を包《つつ》み、丸《まる》い型《かた》の中《なか》で蒸《む》して作《つく》る。皮《かわ》は透明《とうめい》で弾力《だんりょく》があり、さわやかな涼《すず》しさが感《かん》じられる。葛《くず》粉《こ》を水《みず》で溶《と》き、餡《あん》を混《ま》ぜ合《あ》わせ、蒸《む》してから冷《さ》ましたものを好《この》みのサイズに切《き》り分《わ》け、上新粉《じょうしんこ》や片栗粉《かたくりこ》を**まぶして**フライパンで焼《や》くと葛焼《くずや》きの完成《かんせい》だ。モチモチとした食感《しょっかん》と香《こう》ばしい香《かお》りが食欲《しょくよく》を**そそる**。葛饅頭《くずまんじゅう》も葛焼《くずや》きも冷蔵庫《れいぞうこ》の中《なか》に長《なが》く置《お》いておくと固《かた》くなって風味《ふうみ》が落《お》ちるため、常温《じょうおん》で保存《ほぞん》して**なるべく**早《はや》く食《た》べ切《き》ったほうがいい。

單字

1. 与《あた》える｜動
給予。不論抽象或具體事物都可使用（あげる只能用於具體事物）。

2. ペースト｜名
糊、膏、醬等類型的食品。與英文的paste同音，因此也能用在黏貼、貼上。

3. まぶす｜動
塗滿、抹滿、撒滿。

4. そそる｜動
勾起、挑動、引人。

5. なるべく｜副
盡可能。

葛燒／葛饅頭

在日本，炎熱夏天時能兼顧視覺和口感帶來清涼的甜品就是葛粉所做的和菓子了。葛粉是由藤蔓類植物「葛」的根製作而成，可以加熱成糊狀後製作成和菓子，像是葛饅頭或葛燒。葛饅頭是以葛粉做外皮，內包豆沙餡，再放入圓形模子中蒸熟後，葛粉外皮會變得Q彈且透明，瞬間便讓人有涼爽感。若將葛粉溶於水再拌入豆沙後蒸熟，待冷卻後分切成自己需要的大小，沾裹上上新粉或片栗粉後再用平底鍋煎過，便完成了葛燒和菓子。葛燒除了軟糯彈牙的口感，煎過的香氣也非常地增添食慾。只是葛燒或葛饅頭若長時間放在冰箱中保存，會變硬且影響風味，建議常溫置放，盡快吃完喔！

撰文　黃詩斐
中山大學海洋資源所、英國史德林行銷所畢業，爲日本裏千家茶道準教授，茶名宗詩，於金甌女中教授茶道與日本文化。

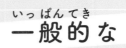

一般的《いっぱんてき》な和菓子《わがし》の分類法《ぶんるいほう》

文 / 黃詩斐

和菓子《わがし》の種類《しゅるい》は数多《あまた》あり、名前《なまえ》も非常《ひじょう》に詩的《してき》だ。しかし、名前《なまえ》だけではそれがどのような和菓子《わがし》で、どのような味《あじ》わいがあるのかは分《わ》かりにくい。

和菓子《わがし》には一般的《いっぱんてき》に二種類《にしゅるい》の分類方法《ぶんるいほうほう》がある。一《ひと》つは、水分《すいぶん》の割合《わりあい》の高《たか》い順《じゅん》に生菓子《なまがし》、半生菓子《はんなまがし》、干菓子《ひがし》と分類《ぶんるい》するもの。割合《わりあい》で分類《ぶんるい》しない場合《ばあい》は、触《さわ》っても水分《すいぶん》が手《て》につかなければ干菓子《ひがし》、黒文字《くろもじ》や楊枝《ようじ》で食《た》べるものは生菓子《なまがし》と分類《ぶんるい》する。半生菓子《はんなまがし》は生菓子《なまがし》と干菓子《ひがし》の中間的《ちゅうかんてき》な存在《そんざい》で、表面《ひょうめん》に触《ふ》れても水分《すいぶん》が手《て》につくことはないが、**たいてい**は道具《どうぐ》を使用《しよう》して食《た》べる。水分《すいぶん》が多《おお》いほど柔《やわ》らかいが、日持《ひも》ちしにくい。反対《はんたい》に、水分《すいぶん》が少《すく》ないほど固《かた》いが、日持《ひも》ちしやすい。

もう一《ひと》つの分類法《ぶんるいほう》は材料《ざいりょう》や製法《せいほう》で分類《ぶんるい》するもので、一般的《いっぱんてき》に餅菓子《もちがし》、蒸《む》し菓子《がし》、焼《や》き菓子《がし》、流《なが》し菓子《がし》、練《ね》り菓子《がし》、揚《あ》げ菓子《がし》に分《わ》けられる。水分《すいぶん》の少《すく》ない干菓子《ひがし》はさらに打《う》ち菓子《がし》、押《お》し菓子《がし》、豆菓子《まめがし》に細分《さいぶん》できる。

餅菓子《もちがし》はもち米《ごめ》を主《おも》な材料《ざいりょう》とする和菓子《わがし》で、中《なか》に様々《さまざま》な味《あじ》のあんを包《つつ》むことができる。米粉《こめこ》の割合《わりあい》によって、柔《やわ》らかさやもちっとした弾力《だんりょく》のある多種多様《たしゅたよう》な餅菓子《もちがし》が生《う》まれる。

蒸《む》し菓子《がし》は蒸《む》して作《つく》った和菓子《わがし》で、蒸《む》し饅頭《まんじゅう》、軽羹《かるかん》、浮島《うきしま》などが代表的《だいひょうてき》だ。焼《や》き菓子《がし》はフライパンで片側《かたがわ》だけを焼《や》いたり、オーブンで全体《ぜんたい》を焼《や》いたりした和菓子《わがし》のこと。まだオーブンがなかった頃《ころ》は、フライパンに金属《きんぞく》の蓋《ふた》をし、炭火《すみび》で焼《や》いたりしていた。どら焼《や》きはプレートで焼《や》いた焼《や》き菓子《がし》で、長崎《ながさき》カステラなどはオーブンで焼《や》いた菓子《かし》だ。

流《なが》し菓子《がし》は主《おも》な材料《ざいりょう》を煮詰《につ》めた流動状《りゅうどうじょう》の生地《きじ》を型《かた》に流《なが》し入《い》れて成形《せいけい》したもので、羊羹《ようかん》や錦玉羹《きんぎょくかん》が流《なが》し菓子《がし》に当《あ》たる。練《ね》り菓子《がし》は材料《ざいりょう》を加熱《かねつ》しながら練《ね》り上《あ》げ、ペースト状《じょう》に固《かた》めたもので、もち粉《こ》やあんに水《みず》と砂糖《さとう》を加《くわ》え、加熱《かねつ》しながら練《ね》り上《あ》げて成形《せいけい》する。練《ね》り切《き》りや雪平《せっぺい》が練《ね》り菓子《がし》だ。

揚《あ》げ菓子《がし》は油《あぶら》で揚《あ》げたせんべいなどの和菓子《わがし》のこと。中国《ちゅうごく》から伝来《でんらい》した製法《せいほう》に基《もと》づき、米粉《こめこ》や小麦粉《こむぎこ》で作《つく》った生地《きじ》を揚《あ》げてから砂糖《さとう》や醤油《しょうゆ》で風味《ふうみ》を加《くわ》える。

落雁《らくがん》や和三盆糖《わさんぼんとう》などの打《う》ち菓子《がし》、押《お》し菓子《がし》は穀物《こくもつ》の粉《こな》に砂糖《さとう》と保水性《ほすいせい》を保《たも》つための水飴《みずあめ》を加《くわ》えて練《ね》り混《ま》ぜ、木型《きがた》に詰《つ》めて成形《せいけい》したもの。打《う》ち菓子《がし》は木型《きがた》を叩《たた》いて成形《せいけい》した菓子《かし》を打《う》ち出《だ》すことからこのように呼《よ》ばれる。押《お》し菓子《がし》は材料《ざいりょう》を船《ふね》の形《かたち》をした型《かた》や木枠《きわく》に入《い》れ、成形《せいけい》したものをナイフで必要《ひつよう》な形《かたち》に切《き》り出《だ》した和菓子《わがし》のこと。打《う》ち菓子《がし》と比《くら》べて水分《すいぶん》が多《おお》く、口溶《くちど》けしやすい。村雨《むらさめ》、塩《しお》がまなどが打《う》ち菓子《がし》だ。

常見的和菓子分類方法

和菓子的種類五花八門，名字也非常詩意，但卻難以光憑名字就了解這是什麼種類的和菓子，可以品嘗什麼重點。

常見的和菓子分類的方法有二。一、是以水分比例來分類；依照水份比例由高至低可分為生菓子、半生菓子和干菓子。如果不去看水分比例數字的話，能夠用手直接拿取卻不沾手的是干菓子；要用黑文字或楊枝食用的是生菓子；而半生菓子介於兩者之中，表面不會濕黏沾手，但仍多以器具來取用。水分越高，和菓子越柔軟，保存期限也短；反之，水分越低，口感偏硬，但保存期限也較長。

另一種是以製作的原料或方式來區分；大抵可分為餅菓子、蒸菓子、燒菓子、流菓子、練菓子、揚菓子。在水分含量較低的乾菓子中，還有打菓子、押菓子和豆菓子。

餅菓子是以糯米為主要原料的和菓子，可以包不同口味的內餡。將這些米粉以不同比例搭配，可以製作出柔軟或是具有彈性的各種餅類。

以蒸鍋來製作的和菓子稱為「蒸菓子」，像是蒸饅頭、輕羹或浮島等。而燒菓子則是使用平底鍋（單面加熱）煎製，或是用烤箱（上下加熱）來烘烤。古時候還沒有烤箱的時候，則是以平底鍋加上金屬蓋，上下放置炭火烘烤。舉例來說，銅鑼燒是平鍋類的燒菓子，而烤箱類的像長崎蛋糕等。

「流菓子」的「流」指的是製作過程中，將主要材料，混和熬煮成流動的糊狀後，倒入模具中待其凝固成型，如羊羹或錦玉羹。而「練菓子」中的「練」代表加熱攪動使其凝固成膏狀物。練菓子是使用餅粉或豆餡，加入水和砂糖加熱攪拌成團，再塑型完成的點心，譬如練切、雪平等。

「揚菓子」是油炸型的和菓子，如仙貝。揚菓子的製作方式傳自中國，以米粉或小麥的餅團油炸後，添加糖或醬油等去增添風味。

打菓子與押果子，如落雁、和三盆糖等，是將粉狀澱粉材料，加入糖和保濕用的水飴揉拌後，放入木製模具中定型製成的點心。打菓子的「打」字源於成型的的菓子經敲打模具來脫模。而押菓子是把材料放入舟型的模型或是木框中，塑形後以用刀切出需要的形狀，相較於打菓子保留較多的水分，更易於融化於口，像是村雨、鹽釜等。

單字

1. たいてい｜名
幾乎、大致上。

2. さらに｜副
更加地、更進一步。

3. 煮詰《につ》める｜動
將湯汁煮乾、熬乾。也用於歸納問題。

4. 保《たも》つ｜動
維持、保持。

5. 叩《たた》く｜動
敲打、敲擊。

句型

に基《もと》づく
根據某項基礎；以……為根據。

例句

このドラマは事実《じじつ》に基《もと》づいて、作《つく》られたものです。
這部劇是根據事實改編而成的。

音読《おんよ》みは中国語《ちゅうごくご》の発音《はつおん》に基《もと》づいて作《つく》られました。
日文的音讀，是以中文的發音為基礎創造出來的。

日本人《にほんじん》の一生《いっしょう》に寄《よ》り添《そ》う和菓子《わがし》

文 / 黃詩斐

暮《く》らしに様々《さまざま》な彩《いろど》りを与《あた》えてくれる和菓子《わがし》は、日本人《にほんじん》の一生《いっしょう》に**寄《よ》り添《そ》う**生涯《しょうがい》の伴侶《はんりょ》でもある。出産《しゅっさん》のお祝《いわ》いに始《はじ》まり、赤《あか》ちゃんの健《すこ》やかな成長《せいちょう》を祈願《きがん》する初宮参《はつみやまい》り、赤《あか》ちゃんの無病息災《むびょうそくさい》を願《ねが》う初《はつ》節句《ぜっく》、成人式《せいじんしき》、結婚式《けっこんしき》、さらには死後《しご》の葬式《そうしき》、供養《くよう》のための法要《ほうよう》など、めでたい場《ば》にも悲《かな》しい場《ば》にも和菓子《わがし》は登場《とうじょう》し、人々《ひとびと》の心《こころ》に温《ぬく》もりを与《あた》える。また、季節《きせつ》の折《おり》や様々《さまざま》な機会《きかい》に善意《ぜんい》を示《しめ》す贈答品《ぞうとうひん》、あるいはお返《かえ》しの品《しな》として人《ひと》と人《ひと》の心《こころ》をつなぐ役割《やくわり》も**果《は》たす**。

年中行事《ねんちゅうぎょうじ》の日《ひ》には幸《しあわ》せや無病息災《むびょうそくさい》をもたらす縁起物《えんぎもの》として和菓子《わがし》が登場《とうじょう》する。例《たと》えば、三月三日《さんがつみっか》のひな祭《まつ》り（雛《ひな》の節《せっ》

句《く》）では、女《おんな》の子《こ》の健《すこ》やかな成長《せいちょう》と長寿《ちょうじゅ》を願《ねが》って菱餅《ひしもち》やあられが用意《ようい》され、五月《ごがつ》五日《いつか》のこどもの日《ひ》（端午《たんご》の節句《せっく》）には、子孫繁栄《しそんはんえい》を願《ねが》い、中《なか》にあんこや味噌《みそ》餡《あん》を入《い》れ、柏《かしわ》の葉《は》で包《つつ》んだ柏餅《かしわもち》が食《た》べられる。六月《ろくがつ》には氷《こおり》を表現《ひょうげん》した透明感《とうめいかん》のあるういろうに厄除《やくよ》けの意味《いみ》がある小豆《あずき》をのせた水無月《みなづき》が作《つく》られ、十一月《じゅういちがつ》には火災《かさい》の厄除《やくよ》け、子孫繁栄《しそんはんえい》の願《ねが》いが込《こ》められた亥《い》の子餅《こもち》が食《しょく》されている。

鶴《つる》の子《こ》餅《もち》

日本《にほん》には「鶴《つる》は千年《せんねん》、亀《かめ》は万年《まんねん》」ということわざがあり、縁起《えんぎ》の良《よ》い鶴《つる》の卵《たまご》の形《かたち》をした甘《あま》い餅《もち》菓子《がし》のことを「鶴《つる》の子《こ》餅《もち》」という。子供《こども》が生《う》まれた時《とき》や**七五三《しちごさん》**、入学式《にゅうがくしき》などのお祝《いわ》いとして、紅《こう》白《はく》のセットにして赤飯《せきはん》や小豆《あずき》饅頭《まんじゅう》と一緒《いっしょ》に贈《おく》られることが多《おお》い。生地《きじ》は粘《ねば》り気《け》と弾力《だんりょく》が出《で》る糯米《もちごめ》ではなく、粳米《うるちまい》を石臼《いしうす》で挽《ひ》いた粉《こな》から作《つく》られる。

赤飯《せきはん》と紅白饅頭《こうはくまんじゅう》

赤飯《せきはん》（糯米《もちごめ》に小豆《あずき》を混《ま》ぜ、蒸《む》したご飯《はん》）と紅白饅頭《こうはくまんじゅう》は、子供《こども》が生《う》まれた時《とき》だけでなく、入学式《にゅうがくしき》や卒業式《そつぎょうしき》の際《さい》にも、多《おお》くの知識《ちしき》を得《え》られることへの感謝《かんしゃ》の気持《きも》ちや、新《あたら》しい学校《がっこう》で順調《じゅんちょう》に学《まな》び、成長《せいちょう》できるようにとの願《ねが》いを込《こ》めて食《しょく》される。また、成人式《せいじんしき》の祝《いわ》い、長寿《ちょうじゅ》祝《いわ》い、開業《かいぎょう》祝《いわ》い、周年《しゅうねん》祝《いわ》いのお返《かえ》しの品《しな》や、新居《しんきょ》の着《ちゃっ》工《こう》祝《いわ》いの際《さい》に関係者《かんけいしゃ》に贈《おく》る贈答品《ぞうとうひん》にもなっている。

和菓子《わがし》は日本人《にほんじん》の生老病死《しょうろうびょうし》のあらゆる場面《ばめん》に登場《とうじょう》する。病気《びょうき》になった人《ひと》を見舞《みま》いに行《い》く時《とき》の手土産《てみやげ》としては長崎《ながさき》カステラや浮島《うきしま》、飴《あめ》が選《えら》ばれ、健康《けんこう》な妊婦《にんぷ》を見舞《みま》いに行《い》く時《とき》は長崎《ながさき》カステラや飴《あめ》を携《たずさ》えていく。病気《びょうき》が治《なお》った時《とき》は見舞《みま》いに来《き》てくれた人《ひと》へのお返《かえ》しとして赤飯《せきはん》、紅白《こうはく》饅頭《まんじゅう》などが贈《おく》られる。葬式《そうしき》の前夜《ぜんや》に故人《こじん》の家族《かぞく》、親戚《しんせき》、友人《ゆうじん》が一堂《いちどう》に会《かい》し、夜《よ》を徹《てっ》して故人《こじん》を偲《しの》ぶ通夜《つや》の場《ば》でも和菓子《わがし》が食《しょく》され、葬式当日《そうしきとうじつ》には饅頭《まんじゅう》の生地《きじ》にシノブヒバの型《かた》を焼《や》きつけた檜葉《ひば》饅頭《まんじゅう》（春日《かすが》饅頭《まんじゅう》）や薯蕷《じょうよ》饅頭《まんじゅう》が参列者《さんれつしゃ》に配《くば》られる。

陪伴日本人一生的和菓子

和菓子除了帶給人許多生活中的美好，對於日本人來說，也是陪伴一生的要角。從出生開始、第一次參拜神宮祈求嬰兒平安長大、希望孩子無災無難的初節句，到成人式、結婚……甚至到臨終後的葬儀、供養等等，和菓子參與並見證了一生喜悲，也溫柔了人心。和菓子也牽起了人們彼此間的情感，透過以和菓子作為贈禮或回禮，在不同時節與機會讓善意在彼此間傳遞。

在固定的歲時行事，會有相應景的和菓子，作為祈福或消災的好意兆。像女孩會在三月三日的女兒節準備米製的菱餅或雛米果以祈求平安長壽。也會在五月五日的男兒節（又稱端午節句）準備包著紅豆或味噌內餡，外用槲櫟葉包起的柏餅來祈求子孫繁榮。到了六月會準備水無月，帶著透明感的外郎糕象徵冰塊上面撒上除厄消災的紅豆，到了十一月時便會享用祈求用水平安、子孫身體健壯繁昌的亥子餅。

鶴子餅

常言道「鶴千歲，烏龜萬年」，因此鶴子餅是種象徵吉祥的甜餅，並且多以一紅一白作為組合來當作禮品。因為外型像鶴蛋而被稱作鶴子餅。鶴子餅在孩子出生、七五三或是入學等時刻，常與赤飯或是紅豆饅頭一起作為贈禮。使用梗米在石臼中舂搗，其質地和有黏性、彈性的糯米不同。

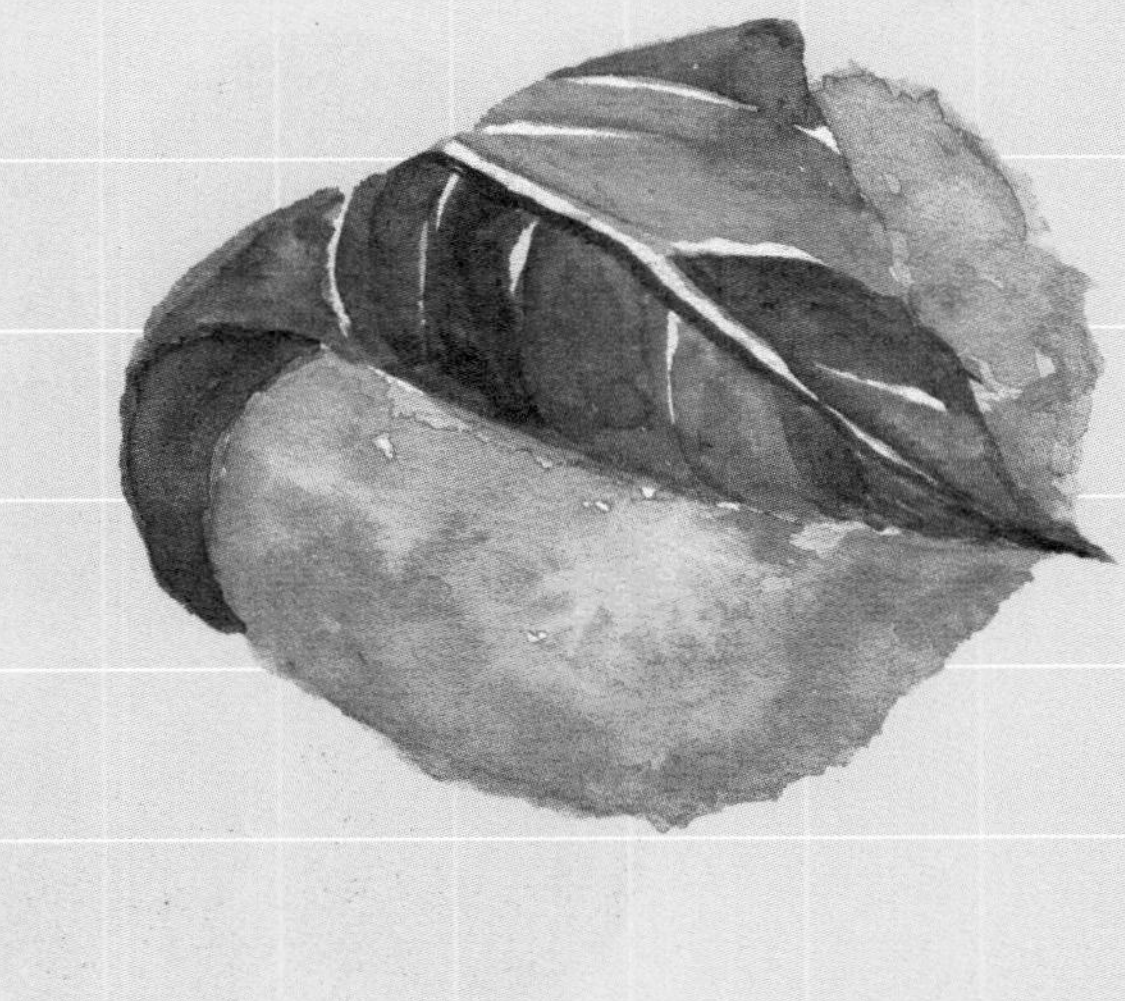

赤飯與紅白饅頭

除了嬰兒的出生，不論是入學或畢業，為了感謝可以學得許多知識，或是希望可以在新學校順利學習成長，都會準備紅白饅頭或是赤飯(紅豆飯)。成年後，從成人式時、祝壽、創業或公司周年誌慶，收受賀禮後也都可以用赤飯或紅白饅頭做對客人的回禮。蓋新家時，動土、開工的祭祀祈福，也會贈與關係人赤飯與紅白饅頭。

生老病死，都有和菓子的陪伴。有人生病時，會攜帶長崎蛋糕浮島或飴類等作為探病的伴手禮。若是探望健康的孕婦，可選長崎蛋糕或是飴類帶去。當病癒時，便可準備赤飯、紅白饅頭等作為感謝他人探病的回禮。在葬儀的前夜，家族親友齊聚一堂徹夜緬懷往生者，並為之祈福時，也會準備和菓子一同食用。葬禮時，也會準備上面有著檜葉圖案的檜葉饅頭、春日饅頭或薯蕷饅頭給來參加葬禮的人們。

單字

1. 暮《く》らし | 名
生活、度日；生計、生活型態。

2. 寄《よ》り添《そ》う | 動
依偎、陪伴、在身旁支持。

3. 果《は》たす | 動
達成任務、使命、職責。

4. 七五三《しちごさん》 | 名
日本神道習俗節日。新生兒出生後 30~100 天內需參拜保護神，待男/女孩三歲、男孩五歲、女孩七歲的三個時間點，於 11 月 15 日再至神社參拜，感謝神祇保佑、祈求兒童平安成長。

5. 偲《しの》ぶ | 動
追憶、思念、緬懷。

句型

あるいは
接續詞。或是、或者，通常用在列舉，或表示發生某事的可能性。

例句

あるいは勉強《べんきょう》をして、あるいはゲームをして一日《いちにち》を過《す》ごした。
可能讀書，或者玩遊戲來度過一天。

あるいは誰《だれ》も来《こ》ないかもしれない。
可能誰也不會來也說不定。

延伸閱讀。

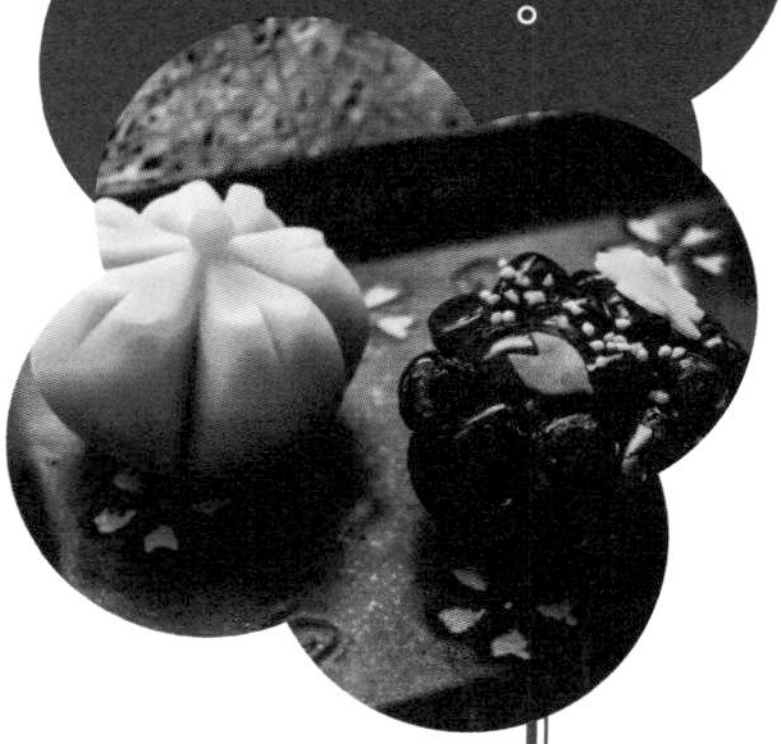

江戶時代——和菓子的輝煌時期

江戶時代可以說是和菓子發展的黃金時期。原本存在於京都與上層社會的和菓子，到了此時，在量與質兩方面都有大幅的躍進，可以歸功於受到了「大名頻繁的參勤交代」、「砂糖的普及」兩大原因的影響。

日本的政治中心，在江戶時代由京都遷移到現在的東京。一些京菓子（京都的和菓子）店與為宮中製菓的大內御用菓子屋，也跟著到東京來開展新店。當時的京菓子，不僅是可以獻呈給天皇公卿的珍品，也因為茶道文化的盛行而普及。江戶時代日本境內的戰爭已漸漸平息，民生富庶，交通往來也發達。各地的大名依照規定定期地從領地到江戶述職，回去時便把美味的和菓子也帶回了領地。他們頻繁地往來各地，使對於菓子的需求大增，一時間和菓子屋也雨後春筍般的先後開展。

此外，和菓子的重要原料是砂糖。過去，砂糖依賴進口，所以珍貴稀少。後來為了貿易平衡，自江戶時代開始鼓勵種植甘蔗自製砂糖，其中以將軍德川吉宗最為積極。他從琉球取回製作黑糖的甘蔗來種植，可惜東京天氣不適合而宣告失敗。但慶幸的是，一向大力支持吉宗的高松藩（位於現在的香川縣）藩主，向氣候溫暖濕熱、適合甘蔗種植的九州取經，學習培植方法。歷經近六十年，才終於產糖成功，為砂糖的普及邁出了重要的一大步，並開啟和菓子另一波的發展。

CONVERSATION

A：この前《まえ》話《はな》した豆大福《まめだいふく》。運《うん》よく買《か》えたから、どうぞ。

B：いただきます。おいしい。けっこう、並《なら》んだ？

A：うん、30《さんじゅっ》分《ぷん》。いつもお昼頃《ひるごろ》には売《う》り切《き》れてるんだ。

B：やっぱり行列《ぎょうれつ》ができてる店《みせ》はおいしいよね。

A：そうだね。並《なら》んだから、おいしく感《かん》じるのかもしれないけど、確《たし》かにおいしい店《みせ》を見《み》分《わ》けるポイントの一《ひと》つだね。ほかには何《なに》かある？

B：好《この》みにもよるけど、老舗《しにせ》とか、店構《みせがま》えとか。

A：ああ、お店《みせ》の雰囲気《ふんいき》で入《はい》りたくなる店《みせ》ってあるね。

B：うん、あとは接客《せっきゃく》？菓銘《かめい》の由来《ゆらい》とかを教《おし》えてもらったりすると、豊《ゆた》かな気持《きも》ちになるな。

A：わかる。ああ、和菓子《わがし》が食《た》べたくなってきた。

文 / 今泉江利子

A：之前說的那個豆大福，我運氣很好買到了，請用！

B：我開動了。好好吃喔，排隊排了很久嗎？

A：嗯，排了三十分鐘。每次都是大概中午就賣光了。

B：大排長龍的店家果然就是好吃呢！

A：就是啊。雖然也可能是因為花時間排隊了才覺得更好吃啦，但這確實是辨別出好吃店家的其中一個方式呢。還有其他方法嗎？

B：雖然也跟個人喜好有關，但像是老店啊、店家的裝潢等等。

A：啊啊，的確會有因為裡面的氣氛而想要走進去的店呢！

B：嗯，再來就是待客方式？如果有幸從店員口中瞭解菓銘的由來的話，會感到很充實呢！

A：我懂！啊啊，開始想吃和菓子了！

單字｜例句

けっこう｜**副詞**　相當、非常。也可以用於拒絕別人。

例《れい》.　ここの和菓子《わがし》はおいしいが、けっこう高《たか》い。

這裡的和菓子雖然很好吃，但非常貴。

行列《ぎょうれつ》｜**名詞**　隊伍

例《れい》.　行列《ぎょうれつ》ができていたから、買《か》ってみたが、期待《きたい》したほどではなかった。

雖然因為大排長龍也跑去買看看，但卻跟我期待的味道有差。

見《み》分《わ》ける｜**他動II**　區別、分辨

例《れい》.　辻《つじ》さんは見《み》ただけでどの店《みせ》の苺大福《いちごだいふく》か見《み》分《わ》けることができる。

辻只用看的就能分辨出哪家店的草莓大福比較好吃。

よる｜**自動I**　取決於、根據

例《れい》.　いい和菓子屋《わがしや》の定義《ていぎ》は人《ひと》によって違《ちが》う。

好的和菓子店的定義因人而異。

會話撰文　今泉江利子

文化大學日本研究所碩士，現任政治大學、淡江大學、文化大學、政大公企中心及ILI國際語文中心等兼任講師。致力於練習方法的開發與教材的創作，也以提升學習者的聽力為目標，希望所有日語學習者以簡單詞彙、文法就能開口說出日語。著有《N1-N5新制日檢聽解》、《Shadowing跟讀法：神奇打造日語表現力》等。

「塑造出和菓子的美」

美《うつく》しい和菓子《わがし》の盛《も》り付《つ》け方《かた》

文／黃詩斐

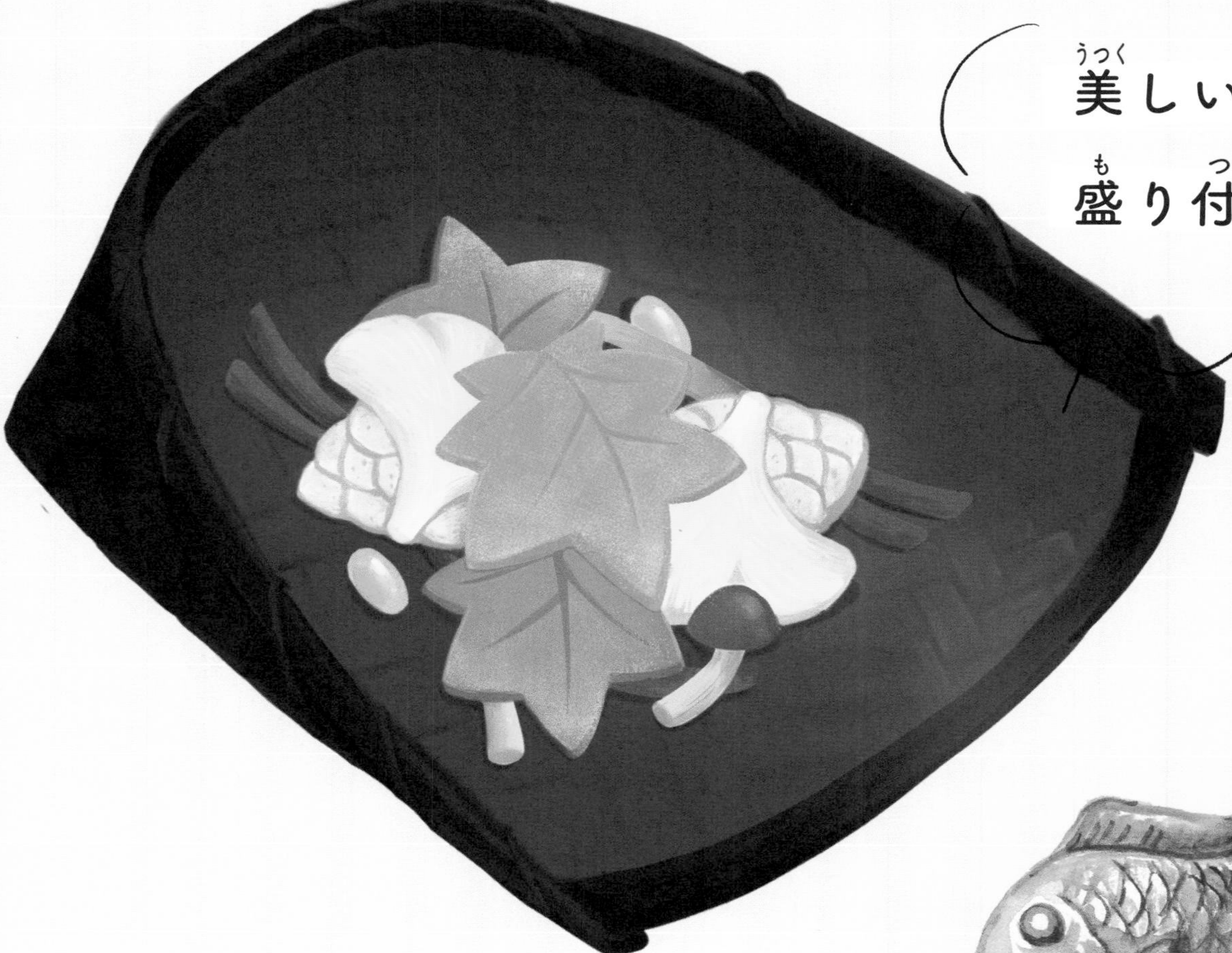

和菓子《わがし》は日本人《にほんじん》の暮《く》らしや情緒《じょうちょ》、日本《にほん》特有《とくゆう》の色彩感覚《しきさいかんかく》、イメージが表現《ひょうげん》された日本文化《にほんぶんか》の縮図《しゅくず》と言《い》える。そんな和菓子《わがし》の美《うつく》しさと意図《いと》するイメージを十分《じゅうぶん》に表《ひょう》現《げん》するには、どのように盛《も》り付《つ》けたら良《よ》いのだろうか。

「和菓子《わがし》を盛《も》り付《つ》ける時《とき》は、和菓子《わがし》と器《うつわ》で一枚《いちまい》の絵《え》、一《ひと》つの風景《ふうけい》を描《えが》くようにすると良《よ》い」

まずは和菓子《わがし》の盛《も》り付《つ》けに使《つか》う器《うつわ》について知《し》ろう。器《うつわ》を素材別《そざいべつ》に分類《ぶんるい》した場《ば》合《あい》、干菓子《ひがし》の盛《も》り付《つ》けによく使用《しよう》される唐銅《からかね》（青銅《せいどう》）、南鐐《なんりょう》（銀《ぎん》）、ガラスなど夏《なつ》に清涼感《せいりょうかん》を添《そ》えるのに**不可欠**《ふかけつ》な金属器《きんぞくき》の他《ほか》、漆器《しっき》、漆《うるし》を塗《ぬ》っていない木器《もっき》、陶《とう》

磁器《じき》などもある。金属器《きんぞくき》、漆器《しっき》、木器《もっき》は干菓子《ひがし》、ガラス器《き》、陶磁器《とうじき》は水分《すいぶん》の多《おお》い生菓子《なまがし》の盛《も》り付《つ》けに向《む》いている。

形状《けいじょう》で分類《ぶんるい》した場合《ばあい》、碗《わん》、皿《さら》、一人分《ひとりぶん》の小皿《こざら》、**くぼみ**の深《ふか》さが碗《わん》と皿《さら》の間《あいだ》くらいの鉢《はち》に分《わ》けられ、まずはちょうどいい大《おお》きさのものを選《えら》ぶ必要《ひつよう》がある。日本《にほん》には「余白《よはく》を残《のこ》す」という文化《ぶんか》があり、和《わ》菓子《がし》も器《うつわ》いっぱいに盛《も》り付《つ》けるのではなく、隙間《すきま》を多《おお》く作《つく》ることで、より繊細《せんさい》な感《かん》じを出《だ》せる。

続《つづ》いては季節《きせつ》に応《おう》じた器《うつわ》選《えら》びと盛《も》り付《つ》け方《かた》について。和菓子《わがし》は季節感《きせつかん》が強《つよ》いため、夏《なつ》は装飾《そうしょく》彫《ぼ》りや透《す》かし彫《ぼ》りが施《ほどこ》された器《うつわ》やガラス器《き》を使用《しよう》したり、笹《ささ》の葉《は》を添《そ》えると清涼感《せいりょうかん》が高《たか》まる。冬《ふゆ》は厚《あつ》みのある陶磁器《とうじき》や冬《ふゆ》のイメージに合《あ》った菓子器《かしき》を使用《しよう》するといい。例《たと》えば、落《お》ち葉《ば》の舞《ま》う十一月《じゅういちがつ》にイチョウやカエデの葉《は》を模《も》した干菓子《ひがし》を竹《たけ》で編《あ》んだ**ちりとり**形《がた》の菓子《かし》器《き》に盛《も》り付《つ》ければ、落《お》ち葉《ば》拾《ひろ》いを表現《ひょうげん》できる。

菓子器《かしき》には縁起《えんぎ》の良《よ》い絵《え》や季節《きせつ》の絵《え》が描《か》かれているものもある。こうした絵《え》と和菓子《わがし》を組《く》み合《あ》わせて一《ひと》つの風景《ふうけい》を**織《お》りなす**のも良《よ》いし、絵《え》を和菓子《わがし》で隠《かく》しておき、徐々《じょじょ》に驚《おどろ》きの絵《え》が現《あらわ》れてくるようにするのも手《て》だ。

和菓子《わがし》そのものの美《うつく》しさを目立《めだ》たせたい場合《ばあい》は漆器《しっき》が良《よ》く、黒《くろ》の漆器《しっき》は他《ほか》の色《いろ》を最《もっと》も効果的《こうかてき》に引《ひ》き立《た》てることができる。立派《りっぱ》な器《うつわ》に盛《も》り付《つ》ければ良《よ》いというわけではなく、和菓子《わがし》の種類《しゅるい》に応《おう》じて組《く》み合《あ》わせる必要《ひつよう》がある。例《たと》えば、質素《しっそ》な色《いろ》のそば饅頭《まんじゅう》を白《しろ》の磁器《じき》に盛《も》り付《つ》けると、そばの味《あじ》わいが伝《つた》わってこないが、備前焼《びぜんやき》や信濃焼《しなのやき》の器《うつわ》に盛《も》り付《つ》けると、そばの味《あじ》わいが鮮明《せんめい》に感《かん》じられるようになる。

和菓子《わがし》と菓子器《かしき》はそれぞれに最上《さいじょう》のものを選《えら》ぶのではなく、最《もっと》も合《あ》うものを組《く》み合《あ》わせるのが**肝要《かんよう》**だ。また、和菓子《わがし》の盛《も》り付《つ》けについては、隙間《すきま》を作《つく》ることに加《くわ》え、積《つ》み上《あ》げ方《かた》にもこだわりがある。絶対的《ぜったいてき》なルールはないが、いろいろ試《ため》してみると面白《おもしろ》いだろう。

美麗的和菓子擺盤呈現

日本的和菓子可以說是日本文化精隨的縮影，在和菓子中可以看見日本人的歲時生活、文學吟詠，也可以感受到日本獨有的色彩與意象。但如何擺盤才能將和菓子的美與想傳達的意境，確實展現呢？

「擺放和菓子時，可以想像是用和菓子與器皿一同創作一幅畫，一個景。」

首先來認識與和菓子搭配的器皿。器皿以原料來分的話，有常用於盛裝干菓子的金屬器皿，如青銅（唐銅）、銀器（南鐐）、玻璃器皿（硝子），是夏天呈現清涼感不可或缺的要角。還有漆器、未上漆的原木器皿、陶瓷器等。在和菓子種類搭配上，金屬、原木器皿與漆器，適合用於盛裝干果子，而較為濕黏的生菓子則適合玻璃、陶瓷製的器皿。

以形狀來分，普遍的則有碗型、盤、一人份量的皿與深度介於碗與盤之間的鉢。選擇搭配和菓子的器皿時，首先要選擇適當大小的器皿。日本文化中常見「留白」的藝術，和菓子也是如此，並不會將整個器皿裝的爆滿，反而會留下許多空間，讓人有精緻的感受。

接下來，可以依照季節還選擇器皿與擺設方式。和菓子是帶有強烈季節感的食品，夏天時，可以選擇帶有雕花鏤空的器皿、玻璃盤或是擺上竹葉來提升清涼感；而冬天時，則可以選擇有厚實感的陶瓷器或是冬天意象的和菓子盆。例如十一月時，落葉紛紛，用一個竹編的畚箕型菓子器，裡面盛裝銀杏葉、楓葉等造型的干果子，不正表示了拾起的紛紛落葉？

菓子器本身有時也繪有一些吉祥或季節性的圖案。可以將和菓子搭配圖案擺放，組合成一個景色。又或者是將圖案用和菓子掩蓋住，待和菓子一個個被拿取後，圖案便會浮現出來給人驚喜。

但若是要突顯和菓子自身的美，則可以選擇漆器來呈現；如黑色漆器最能襯映其他顏色，使和菓子耀眼奪目。但一味選擇精緻的菓子器並非最好的搭配，也要考慮和菓子的種類。例如顏色質樸的蕎麥饅頭，若放在白瓷器上，則難以感受蕎麥的質感。但若選擇一個備前燒或是信濃燒的菓子器，便能讓蕎麥的樸實的質感更鮮明。

和菓子與菓子器的挑選，不在於最高級，而在最適合。而和菓子的擺法，也並非一個平鋪擺飾。除了留下空白外，也講究堆疊的方式，其規則並無絕對，多方嘗試能有更多的樂趣。

單字

1. 不可欠《ふかけつ》｜名 形動
絕對不能缺少的事物、必備的東西。

2. くぼみ｜名
窪、凹陷處。

3. ちりとり｜名
畚箕。漢字可以寫作塵取り（取灰塵的物品）。

4. 織《お》りなす｜動
織成、交織、編織出。

5. 肝要《かんよう》｜名 形動
關鍵、要害、核心、要緊的事情。

句型

（に） 応《おう》じて
按照、根據。指因為前述的條件而做出行動。

例句

お客様《きゃくさま》のご要望《ようぼう》に応《おう》じ、最適《さいてき》な改善案《かいぜんあん》をご提案《ていあん》いたします。
我會根據客人的需求，提出最適切的改善方案。

ここは季節《きせつ》に応《おう》じた美《うつく》しい景色《けしき》を見《み》ることができます。
這裡可以欣賞到依照季節變化的美麗景色。

和菓子《わがし》の材料《ざいりょう》
—— 豆類《まめるい》

文 / 黃詩斐

和菓子《わがし》に最《もっと》も多《おお》く使用《しよう》される材料《ざいりょう》といえば、餡《あん》の材料《ざいりょう》となる豆類《まめるい》だ。中《なか》でも小豆《あずき》は日本文化《にほんぶんか》において**魔除《まよ》け**の食《た》べ物《もの》とされており、様々《さまざま》なめでたい席《せき》で糯米《もちごめ》に小豆《あずき》を加《くわ》えて蒸《む》した赤飯《せきはん》や小豆《あずき》を用《もち》いた和菓子《わがし》が食《しょく》される。小豆《あずき》は和菓子《わがし》の餡《あん》に最《もっと》も多《おお》く使用《しよう》される材料《ざいりょう》の一《ひと》つでもあり、小豆《あずき》を炊《た》き、砂糖《さとう》を加《くわ》えて練《ね》り上《あ》げるあんこは食感《しょっかん》の異《こと》なる以下《いか》の四種類《よんしゅるい》が一般的《いっぱんてき》だ。

（一）小豆《あずき》をつぶさないように炊《た》き、水《みず》と砂糖《さとう》を加《くわ》えて煮詰《につ》めた「粒《つぶ》あん」

（二）小豆《あずき》を皮《かわ》が**破《やぶ》れる**まで炊《た》き、水《みず》と砂糖《さとう》を加《くわ》えて半《はん》ペースト状《じょう》にした「つぶしあん」

（三）小豆《あずき》を炊《た》き、粒《つぶ》を裏《うら》ごしして外皮《がいひ》を取《と》り除《のぞ》き、水《みず》と砂糖《さとう》を加《くわ》えて手《て》にへばりつかない程度《ていど》まで練《ね》り上《あ》げた「こしあん」

（四）大納言《だいなごん》小豆《あずき》を炊《た》き、砂糖《さとう》を加《くわ》えてからこしあんに混《ま》ぜて作《つく》った「小倉《おぐら》あん」。

「小倉《おぐら》あん」という名前《なまえ》は、大納言《だいなごん》小豆《あずき》の粒粒《つぶつぶ》が鹿《しか》の模様《もよう》に似《に》ており、鹿《しか》はもみじを連想《れんそう》させることから、もみじが有名《ゆうめい》な京都《きょうと》の小倉山《おぐらやま》にちなんで付《つ》けられた。小豆《あずき》には主《おも》に以下《いか》の二種類《にしゅるい》がある。

小豆《あずき》

こしあんの主《おも》な材料《ざいりょう》で、皮《かわ》が厚《あつ》く、味《あじ》が濃厚《のうこう》。産地《さんち》によって風味《ふうみ》が異《こと》なる。

大納言《だいなごん》小豆《あずき》

小豆《あずき》の中《なか》でも特《とく》に粒《つぶ》が大《おお》きい品種《ひんしゅ》のもので、皮《かわ》が薄《うす》く柔《やわ》らかい。粒《つぶ》の形《かたち》を残《のこ》した粒《つぶ》あんとして甘納豆《あまなっとう》や鹿《か》の子《こ》餅《もち》などの和菓子《わがし》に用《もち》いられることが多《おお》い。名前《なまえ》の由来《ゆらい》は、大粒《おおつぶ》で、煮《に》た時《とき》に皮《かわ》が破《やぶ》れにくい特徴《とくちょう》を持《も》ち、いわゆる「腹切《はらぎ》れ」が生《しょう》じにくいことから、切腹《せっぷく》の習慣《しゅうかん》がない公《く》卿《ぎょう》の官位《かんい》である「大納言《だいなごん》」と名付《なづ》けられたと言《い》われている。豆《まめ》の形《かたち》が大納言《だいなごん》が被《かぶ》った烏帽子《えぼし》に似《に》ているためという説《せつ》もある。江戸《えど》時代《じだい》には大納言《だいなごん》小豆《あずき》より小粒《こつぶ》で「中納言《ちゅうなごん》」、「少納言《しょうなごん》」と名付《なづ》けられた品種《ひんしゅ》も登場《とうじょう》した。

和菓子《わがし》の材料《ざいりょう》には白小豆《しろあずき》、手亡豆《てぼうまめ》、大《だい》福豆《ふくまめ》など白色《しろいろ》の豆《まめ》もあり、白《しろ》あんとして生菓子《なまがし》の餡《あん》に使用《しよう》されたり、和菓子《わがし》「練《ね》り切《き》り」を作《つく》るための求肥《ぎゅうひ》の材料《ざいりょう》になったりする。

白小豆《しろあずき》

その名《な》の通《とお》り「白《しろ》い小豆《あずき》」で、わずかに褐色《かっしょく》を帯《お》びる。風味《ふうみ》が濃厚《のうこう》で、爽《さわ》やかな甘味《あまみ》がある。生産量《せいさんりょう》の少《すく》ない希少《きしょう》な食《しょく》材《ざい》で、高級《こうきゅう》の生菓子《なまがし》や粒《つぶ》あんとして鹿《か》の子《こ》餅《もち》に用《もち》いられることが多《おお》い。

手亡豆《てぼうまめ》

和菓子《わがし》の白《しろ》あんとして使用《しよう》されることが最《もっと》も多《おお》い。風味《ふうみ》が良《よ》く、香《かお》り高《だか》いのが特徴《とくちょう》。きめ細《こま》かな白《しろ》あんになる。

大福豆《だいふくまめ》

腎臓形《じんぞうがた》の大粒《おおつぶ》の豆《まめ》で、種皮《しゅひ》だけでなく、へその部分《ぶぶん》も真《ま》っ白《しろ》で美《うつく》しい。皮《かわ》は薄《うす》く、風味《ふうみ》に優《すぐ》れている。白《しろ》あんとして使《つか》われたり、砂糖《さとう》を加《くわ》えた甘納豆《あまなっとう》、煮豆《にまめ》などの材料《ざいりょう》にもなる。

和菓子的內在—豆類

和菓子的原料中，最常見的就是豆類了。豆類是拿來製作和菓子內餡的重要材料。在日本文化中，紅豆被認為是可以除魔的食物，因此在許多喜慶場合會煮紅豆飯，或是使用紅豆作為材料來製作祈求平安的和菓子。紅豆也是和菓子中最普遍的內餡原料之一，將紅豆加入砂糖煮熟煉製而成的紅豆餡，依照需要的口感，有四種常見做法：

一、粒豆餡　將紅豆煮至熟透後，保持紅豆顆粒完整，再添加水和糖熬煮。

二、紅豆泥　將紅豆煮至破皮，再添加水

和糖熬煮至半泥狀。

三、豆沙餡　將紅豆煮至熟透，再將表皮擠破，取內在的豆沙後過篩去除外皮，然後加入水和砂糖炒乾至不黏手的泥狀。

四、小倉豆餡　將大納言紅豆煮熟後加糖，再加入豆沙餡而成。

而小倉豆餡的名字由來是因將紅豆放在豆沙中，很像小鹿身上的斑點，而小鹿讓人聯想到楓葉，再想到以楓葉聞名的京都小倉山。

而常見的紅豆種類有：

小豆

皮稍厚、味道濃厚，是製作豆沙餡的主要材料，會因為產地不同而風味有異。

大納言小豆

是紅豆中體型特別大的特殊品種，皮薄柔軟，常用在要保持顆粒完整的甜品像是甘納豆、鹿子餅等。「大納言」之名的由來，其中之一是因為顆粒圓潤且大，也不容易煮破，很像是沒有切腹習慣的公卿們。另一個說法，是因為小豆的外型與大納言所戴的烏帽子很像，故命名之。因此到了江戶時代，也曾出現將比大納言小豆體型小一點的小豆取名為中納言或是少納言。

除了紅豆外，還有白小豆、手亡豆和大福豆等白色外觀的豆類。從這些豆類煉製出的白豆沙，可以用來製作上生菓子的內餡，或是加入求肥，煉製出和菓子「練切」的原料。

白小豆

豆如其名，是帶淺淺黃色的白色小型豆子。白小豆風味濃厚有清爽的甜味，但產量不多，十分珍貴。通常用在高級的生菓子，或是需要保留豆子顆粒的和菓子，像是小豆鹿子餅。

手亡豆

最常使用在和菓子白豆沙餡中的品種，風味好香氣濃郁，做成白豆沙質地也很細膩。

大福豆

外型像腎臟的大型豆子，除了種皮之外，連種臍也都雪白美麗。大福豆皮薄風味佳，除了用來製作白豆沙餡，也可以加糖煮成甘納豆、煮豆等。

單字

1. 魔除《まよ》け｜名
驅魔物、護身符。

2. 破《やぶ》れる｜動
破損、損傷、破壞。

3. 裏《うら》ごし｜名
網目很細的濾網或篩網。

4. いわゆる
所謂的，一般人所說的。

5. きめ細《こま》か｜形動
皮膚或物體表面光滑 / 對事情仔細留意。

句型

にちなんで
和某事物有所關聯、或是以某事物來命名。

例句

あの人気《にんき》アニメにちなんだ商品《しょうひん》が多《おお》すぎて、買《か》い過《す》ぎてしまった。
那部人氣動畫的週邊商品實在太多，不小心就買太多了。

彼女は祖母の名前にちなんで名づけられた。
她是被以祖母的名字命名的。

和菓子《わがし》の材料《ざいりょう》

—— 粉類《こなるい》

文／黃詩斐

和菓子《わがし》の材料《ざいりょう》で**目《め》が眩《くら》む**ほど種類《しゅるい》の多《おお》いのが粉類《こなるい》だ。用途別《ようとべつ》では主材料《しゅざいりょう》、装飾《そうしょく》用《よう》の粉《こな》、その他穀物《たこくもつ》の粉《こな》に大別《たいべつ》できる。

主材料《しゅざいりょう》としてよく使用《しよう》されるのは米《こめ》粉《こ》、小麦粉《こむぎこ》、本葛粉《ほんくずこ》だ。米粉《こめこ》は主《おも》に糯米《もちごめ》と粳米《うるちまい》の二種類《にしゅるい》がある。ご飯《はん》が美味《おい》しいのは水《みず》を吸《す》った米《こめ》が加熱《かねつ》されると糊化《こか》し、でんぷん構造《こうぞう》の変化《へんか》によって米《こめ》が膨《ふく》らみ、粘《ねば》りと弾力《だんりょく》もつくからだが、糯米《もちごめ》のほうが糊化後《こかご》の粘《ねば》りと弾力《だんりょく》が強《つよ》く、膨《ふく》らみも大《おお》きい。米粉《こめこ》の粒《つぶ》の大《おお》きさによって食感《しょっかん》も**異《こと》なる**ため、数種類《すうしゅるい》の米粉《こめこ》を混《ま》ぜ合《あ》わせて様々《さまざま》な口当《くちあ》たりの和菓子《わがし》を作《つく》れる。

米粉《こめこ》は米《こめ》を水洗《みずあら》いしてから乾燥《かんそう》させて

製粉《せいふん》する。粳米《うるちまい》は団子《だんご》や柏餅《かしわもち》に使用《しよう》される上新粉《じょうしんこ》や、ういろうに適《てき》したきめ細《こま》かい上用粉《じょうようこ》にもなる。鹿児島名物《かごしまめいぶつ》「軽羹《かるかん》」の主材料《しゅざいりょう》、かるかん粉《こ》は粳米《うるちまい》を水《みず》に浸《ひた》し、乾燥《かんそう》させずに製粉《せいふん》したものだ。

羽《は》二重《ぶたえ》餅《もち》や花《はな》びら餅《もち》は乾燥《かんそう》した糯米《もちごめ》をそのまま製粉《せいふん》した糯粉《もちこ》を使用《しよう》しており、糯米《もちごめ》を蒸《む》して糊化《こか》させてから製粉《せいふん》した糯《もち》粉《こ》と比《くら》べ、冷《さ》めても固《かた》まりにくい。糯米《もちごめ》を冷水《れいすい》に浸《ひた》して水分《すいぶん》を吸《す》わせ、寒風《かんぷう》に晒《さら》して乾燥《かんそう》させてから砕《くだ》いて粉状《ふんじょう》にしたものは「こおりもち」といい、和菓子《わがし》の装《そう》飾用《しょくよう》として雪《ゆき》を表現《ひょうげん》するのに用《もち》いられる。**東北地方《とうほくちほう》**の特産《とくさん》だ。

糯米《もちごめ》を水《みず》に浸《ひた》してから製粉《せいふん》したものには求肥《ぎゅうひ》に使用《しよう》される白玉粉《しらたまこ》、糯米《もちごめ》を蒸《む》して糊化《こか》させてから製粉《せいふん》したものには寒梅《かんばい》粉《こ》、道明寺粉《どうみょうじこ》、上南粉《じょうなんこ》などもある。寒梅《かんばい》粉《こ》は糯米《もちごめ》を蒸《む》して餅生地《もちきじ》を作《つく》り、さらに焼《や》き上《あ》げて製粉《せいふん》したもの。道明寺粉《どうみょうじこ》はピンク色《いろ》が特徴《とくちょう》の桜餅《さくらもち》に使用《しよう》されており、大阪《おおさか》の道明寺《どうみょうじ》で糯米《もちごめ》を蒸《む》してから乾燥《かんそう》させ、保存食《ほぞんしょく》としたのが起源《きげん》だ。上南粉《じょうなんこ》は糯米《もちごめ》を蒸《む》して乾燥《かんそう》させ、粉《こな》にしてからさらに煎《い》ったもので、押《お》し菓子《がし》に用《もち》いられる。

本葛粉《ほんくずこ》は夏《なつ》に清涼感《せいりょうかん》を感《かん》じられる葛饅《くずまん》頭《じゅう》や葛焼《くずや》きに使用《しよう》される。葛《くず》の根《ね》をつぶし、水《みず》で洗《あら》いながら何度《なんど》も不純物《ふじゅんぶつ》を**取《と》り除《のぞ》いて**から乾燥《かんそう》させたもので、水《みず》と混《ま》ぜて加熱《かねつ》すると透明《とうめい》になり、弾力《だんりょく》とほのかな香《かお》りも生《う》まれる。本葛粉《ほんくずこ》は手《て》に入《はい》りにくく、一般《いっぱん》に売《う》られているのは他《ほか》のでんぷんを混《ま》ぜた「葛粉《くずこ》」だ。また、浮島《うきしま》や長崎《ながさき》カステラなどケーキのような食感《しょっかん》の和菓子《わがし》には強力粉《きょうりきこ》や薄力粉《はくりきこ》が用《もち》いられる。

和菓子《わがし》に香《かお》りと色合《いろあ》いを**添《そ》える**ために他《ほか》の穀物《こくもつ》の粉《こな》を使用《しよう》することもある。例《たと》えば、煎《い》った大豆《だいず》から作《つく》るきな粉《こ》にシナモンを加《くわ》えると、生《なま》八《や》ツ橋《はし》独特《どくとく》の味《あじ》わいとなり、大豆《だいず》を軽《かる》く煎《い》って粉《こな》にしたのが干菓子《ひがし》「州浜《すはま》」の材料《ざいりょう》の州浜粉《すはまこ》だ。煎《い》った青大豆《あおだいず》を粉《こな》にしたものは鶯餅《うぐいすもち》に使用《しよう》され、蕎麦粉《そばこ》は蕎麦饅頭《そばまんじゅう》や蕎麦板《そばいた》の主材料《しゅざいりょう》だ。

和菓子的內在──粉類

和菓子的食譜中，最令人眼花撩亂的便是各種的粉類了。若依用途來看，粉類可粗分為主原料、裝飾用粉和其他穀類的粉。

和菓子的主原料，常見的有米粉、麵粉和本葛粉。米飯的美味來自於糊化作用，此作用是將米浸水後，加熱產生澱粉結構上的變化。這變化能使米具有膨脹力，口感也變得有黏性和彈性。米粉主要有兩大類：糯米與粳米。糯米在糊化後，較粳米有彈性和黏性，膨脹程度也較大。此外，米粉顆粒的大小也會影響口感，因此製作時可用數種米粉搭配，製作出不同口感的和菓子喔！

製粉過程中，米經「水洗」乾燥後可以直接製成粉。粳米製的為上新粉，可製作糰子或柏餅，或者使顆粒更細緻，成為適合製作外郎的上用粉。若上新粉經過浸水再製粉，就是鹿兒島名產「輕羹」的輕羹粉。

若將糯米直接乾燥後製粉，就是製作羽二重餅或菱葩餅的餅粉。相較於蒸過糊化的糯米粉，低溫時較柔軟不易硬化。將糯米製成的餅浸入冷水中使其充滿水分後掛在寒冷的

天氣中乾燥，再磨碎成粉狀的冰餅，常被使用在裝飾在和菓子上來表現冰雪的樣子，是日本東北的特產喔！

糯米也可在浸水後加工成製作求肥的「白玉粉」，或是蒸過糊化後製成「寒梅粉」、「道明寺粉」、「上南粉」等。寒梅粉是糯米蒸熟後做成餅狀，燒烤過再進行研磨製成。粉色櫻餅所使用的道明寺粉，是因最初位於大阪府的道明寺，將糯米蒸再乾燥後，保存為僧侶乾糧得名。若將糯米仿照道明寺米做法焙煎，就成為了製作押菓子的「上南粉」。

在夏日充滿清涼感的葛饅頭或葛燒，其原料就是本葛粉。本葛粉是將葛根磨成粉，反覆在水中清洗掉雜質後乾燥而成，經過加熱會產生透明感並附有彈力和淡淡的香氣。但因不易取得，市面上見到的大多是添加其他澱粉的「葛粉」。在製作浮島或是長崎蛋糕這樣口感類似蛋糕的和菓子時，也會使用高筋與低筋麵粉。

和菓子中也有其他穀類磨製的粉，可用來增添和菓子的氣味與顏色。如大豆煎過磨製成的「黃豆粉」，加入肉桂粉就成了生八橋獨有的口味；將大豆淺煎磨粉後，就是干果子「州浜」原料的州浜粉；青大豆煎後磨成粉則可用於製作鶯餅；蕎麥粉則是蕎麥饅頭或蕎麥板的重要材料。

單字

1. 目《め》が眩《くら》む | 片
慣用語，指頭暈目眩或利慾薰心。

2. 異《こと》なる | 動
有差別、不同的。

3. 東北地方《とうほくちほう》 | 名
指青森 岩手 秋田 宮城 山形 福島六縣市。

4. 取《と》り除《のぞ》く | 動
清除、消除、去掉。

5. 添《そ》える | 動
附加、使事物往良好方向發展，例如助興（興《きょう》を添《そ》える）、錦上添花（錦上《きんじょう》に花《はな》を添《そ》える）。

和菓子《わがし》の材料《ざいりょう》

—— 砂糖《さとう》

文 / 黃詩斐

砂糖《さとう》が日本《にほん》に伝《つた》わった最古《さいこ》の記録《きろく》では、奈良時代《ならじだい》に中国《ちゅうごく》から運《はこ》ばれてきたといわれている。蜂蜜《はちみつ》も同時期《どうじき》に伝来《でんらい》し、いずれも長《なが》きにわたって貴重品《きちょうひん》とされてきた。日本《にほん》で砂糖《さとう》が本格的《ほんかくてき》に普及《ふきゅう》するのは江戸時代《えどじだい》の徳川吉宗将軍《とくがわよしむねしょうぐん》の頃《ころ》にサトウキビの栽培《さいばい》に成功《せいこう》してからのことで、これにより和菓子《わがし》が大《おお》きな発展《はってん》を**遂《と》げた**。砂糖《さとう》には甘《あま》みという特徴《とくちょう》のほか、防腐《ぼうふ》、酸化防止効果《さんかぼうしこうか》、和菓子《わがし》に**色艶《いろつや》**が出《で》る、加《か》熱《ねつ》することで褐色《かっしょく》や香《こう》ばしさが出《で》るという働《はたら》きもあり、種類《しゅるい》も豊富《ほうふ》だ。

和三盆糖《わさんぼんとう》

和三盆糖《わさんぼんとう》は徳島県《とくしまけん》や香川県《かがわけん》で生産《せいさん》されている砂糖《さとう》の一種《いっしゅ》。「竹糖《ちくとう》」という品種《ひんしゅ》のサトウキビから精製《せいせい》した茶色《ちゃいろ》い蜜《みつ》を含《ふく》む砂糖《さとう》を木綿《もめん》の布《ぬの》で包《つつ》み、重《おも》しをかけて圧搾《あっさく》した後《あと》、水《みず》を加《くわ》えて練《ね》り上《あ》げ、乾《かん》燥《そう》させてからふるいにかけるという作業《さぎょう》を何度《なんど》も繰《く》り返《かえ》すことで、茶色《ちゃいろ》い蜜《みつ》が抜《ぬ》け、粉状《こなじょう》の白《しろ》い和三盆糖《わさんぼんとう》が出来上《できあ》がる。上品《じょうひん》な風味《ふうみ》の和三盆糖《わさんぼんとう》は製造《せいぞう》に手間《てま》がかかるため、生産量《せいさんりょう》が限《かぎ》られる大変貴重《たいへんきちょう》な砂糖《さとう》だ。落雁《らくがん》や和三盆《わさんぼん》といった打《う》ち菓子《がし》や干菓子《ひがし》に使用《しよう》される。

上白糖《じょうはくとう》

製造工程《せいぞうこうてい》で転化糖《てんかとう》をふりかけた日本特《にほんとく》有《ゆう》の白砂糖《しろざとう》で、日本《にほん》の多《おお》くの家庭《かてい》で使用《しよう》されている糖類《とうるい》。保湿性《ほしっせい》が高《たか》いためしっとりとしており、強《つよ》い甘《あま》さ、結晶《けっしょう》の細《こま》かさ、水《みず》に溶《と》けやすいのが特徴《とくちょう》。何《なに》にでも使《つか》える万能砂糖《ばんのうさとう》だ。

グラニュー糖《とう》

ショ糖《とう》の純度《じゅんど》が最《もっと》も高《たか》い砂糖《さとう》。程《ほど》よい甘《あま》さで粒《つぶ》は細《こま》かく、溶《と》けやすいのが特《とく》徴《ちょう》。世界中《せかいじゅう》で広《ひろ》く消費《しょうひ》されている。こしあんや羊羹《ようかん》、錦玉羹《きんぎょくかん》に使《つか》われることが多《おお》い。

三温糖《さんおんとう》

日本特有《にほんとくゆう》の砂糖《さとう》。ショ糖《とう》（砂糖《さとう》、上白《じょうはく》糖《とう》）の結晶《けっしょう》を取《と》り出《だ》した後《あと》の糖液《とうえき》をさらに煮詰《につ》めて作《つく》るため黄褐色《おうかっしょく》をしており、香《こう》ばしい香《かお》りと特有《とくゆう》の風味《ふうみ》を持《も》つ。上白《じょうはく》糖《とう》より甘《あま》さは控《ひか》えめ。

黒砂糖《くろざとう》

サトウキビの絞《しぼ》り汁《じる》を煮詰《につ》めて作《つく》る黒《こっ》褐色《かっしょく》の砂糖《さとう》で、大島糖《おおしまとう》ともいう。独特《どくとく》の香《かお》り、風味《ふうみ》があり、利休饅頭《りきゅうまんじゅう》、黒糖羊《こくとうよう》羹《かん》、ういろうに使《つか》われることが多《おお》い。

白双糖《しろざらとう》

結晶《けっしょう》が砂糖《さとう》より大《おお》きく、氷砂糖《こおりざとう》より小《ち》さい高純度《こうじゅんど》、無色透明《むしょくとうめい》の砂糖《さとう》。高温《こうおん》でも焦《こ》げにくいのが特徴《とくちょう》。あっさりと癖《くせ》のない甘《あま》さで、他《ほか》の食材《しょくざい》の風味《ふうみ》を損《そこ》なうことがない。

粉砂糖《こなざとう》

高純度《こうじゅんど》の白双糖《しろざらとう》や砂糖《さとう》を粉状《こなじょう》に挽《ひ》いて作《つく》る細《こま》かい粉末《ふんまつ》の砂糖《さとう》。砂糖《さとう》がない時《とき》の代用品《だいようひん》になる。水分《すいぶん》を吸《す》いやすく、雲平《うんぺい》のような和菓子《わがし》に使用《しよう》されることが多《おお》い。

水飴《みずあめ》

砂糖《さとう》ではなく、穀物《こくもつ》や根菜類《こんさいるい》に含《ふく》まれるデンプンから作《つく》った液状《えきじょう》の甘味料《かんみりょう》。保《ほ》水性《すいせい》が高《たか》く、砂糖《さとう》のように結晶化《けっしょうか》しないため、砂糖《さとう》と一緒《いっしょ》に添加《てんか》することで砂糖《さとう》の結晶化《けっしょうか》を防《ふせ》ぐことができる。水羊羹《みずようかん》や求肥《ぎゅうひ》に使用《しよう》される。

和菓子的內在—糖類

日本砂糖最古老的紀錄是出現在奈良時

代，由中國運載過來的舶來品。一同入境日本的還有蜂蜜，長久以來都是貴重的物資。一直到江戶時代的德川吉宗將軍，取得甘蔗苗來種植成功後，砂糖才開始在日本境內普及，並讓和菓子的發展有了更大的進展。糖本身除了甜味，還有防腐、防氧化並使和菓子有光澤的效果，經過加熱後糖也有產生焦色或香氣的作用，種類也是琳瑯滿目。

和三盆糖

和三盆糖主要產自德島或香川縣。是從「竹糖」這個品種的蔗糖中熬煮提煉出帶有褐色蜜的糖，經過多次以木棉布包覆、以重物壓製，並加入水分後揉練乾燥後過篩，使原先蜂蜜色的糖成為偏白的細粉狀的成品。和三盆糖風味高雅，因為做工繁複、產量有限而相當珍貴，可以用來製作落雁、和三盆糖等打菓子或押菓子。

上白糖

是日本特有的白砂糖，製作時添加了轉化糖，是日本家庭中使用率極高的一種糖類。上白糖最大的特色是，富濕潤感且保濕度高，甜味明顯結晶顆粒細小，易溶於水，屬於萬用的糖。

精緻砂糖

是蔗糖純度最高的糖，甜度適中、顆粒分明且易於溶解是其特色，在全世界都廣泛使用。常使用在製作豆沙餡、羊羹、錦玉羹等等。

三溫糖

也是日本特有的糖類，由蔗糖(砂糖或上白糖)結晶後剩餘的糖蜜，反覆熬煮再經過乾燥結晶。因製作方式的關係，色澤為淺褐色，帶有特殊焦香風味，和上白糖比起來，甜度較低。

粉黑糖

粉黑糖以紅甘蔗的糖蜜熬煮出黑褐色的砂糖，也被稱做大島糖。經常被使用在利休饅頭、黑糖羊羹或是外郎的製作，帶有獨特的香氣。

白雙糖

結晶比砂糖稍大、比冰糖小些，透明無色的高純度砂糖。質地耐高溫不易焦化，在高溫下也可以保持透明，甜味單純乾淨，不會影響其他食材的味道。

粉砂糖

粉砂糖是將高純度的白雙糖或砂糖研磨至細粉狀，沒有砂糖可用時也可以此代替。粉砂糖非常容易吸濕，通常被使用在製作像是雲平這樣的和菓子。

水飴

水飴不是砂糖製成的，而是由穀類或是根莖類的澱粉製作的液態甜味劑。水飴具有良好的的鎖水性，不像砂糖一樣會結晶，可以和砂糖一起使用，避免砂糖再結晶。例如水羊羹、求肥中都可以添加水飴。

單字

1. 遂《と》げる｜動
達成目標／目的，或是最終得到什麼結果。

2. 色艶《いろつや》｜名
光澤、氣色、魅力。

3. ふりかける｜動
撒上、添加。

4. 絞《しぼ》る｜動
擰、擠壓。

5. 損《そこ》なう｜動
使物品損壞、造成傷害。

和菓子《わがし》を作《つく》るための道具《どうぐ》

文 / 黃詩斐

和菓子《わがし》職人《しょくにん》が心《こころ》に描《えが》く美《び》を表現《ひょうげん》するのに必要《ひつよう》な道具《どうぐ》には様々《さまざま》な種類《しゅるい》がある。美《うつく》しい和菓子《わがし》を生《う》み出《だ》す上《うえ》で欠《か》かせない道具《どうぐ》にはどのようなものがあるのか見《み》ていこう。

布巾《ふきん》

練《ね》り切《き》りやういろうといった柔《やわ》らかい和菓子《わがし》の**生地《きじ》**などを、きめが細《こま》かく表面《ひょうめん》の滑《なめ》らかな白《しろ》い布巾《ふきん》で包《つつ》み、絞《しぼ》って形《かたち》を作《つく》ったり、**ひねって**絞《しぼ》り目《め》をつけることで、ウグイスの羽《はね》や水《みず》の流《なが》れを描《えが》くことができる。

流《なが》し缶《かん》

羊羹《ようかん》や錦玉羹《きんぎょくかん》あるいは浮島《うきしま》のような蒸《む》し菓子《がし》を作《つく》るのに使用《しよう》する。形《かたち》は正方形《せいほうけい》か長方形《ちょうほうけい》で、凝固《ぎょうこ》した和菓子《わがし》や蒸《む》して成《せい》形《けい》した和菓子《わがし》を取《と》り出《だ》しやすいように、型《かた》と取《と》っ手《て》のついた中底《なかぞこ》の二重構造《にじゅうこうぞう》になっている。押《お》し菓子《がし》を作《つく》るのにも使用《しよう》される。

抜《ぬ》き型《がた》

主《おも》に真鍮《しんちゅう》またはステンレス製《せい》の薄型《うすがた》のもので、好《す》きな形《かたち》に型抜《かたぬ》きできる。形《かたち》は花《はな》や葉《は》、鳥《とり》などの動物《どうぶつ》といった自然界《しぜんかい》のものが多《おお》く、雲平《うんぺい》のような干菓子《ひがし》を作《つく》るのにも使用《しよう》される。

陶器型《とうきがた》

和三盆糖《わさんぼんとう》や落雁《らくがん》のような打《う》ち菓子《がし》を作《つく》るのに使用《しよう》される。大《おお》きめのものは錦玉羹《きんぎょくかん》を作《つく》るのにも用《もち》いられる。陶器《とうき》のほかにシリコン、銅製《どうせい》のものもある。

木型《きがた》

主《おも》に打《う》ち菓子《がし》を作《つく》るのに使用《しよう》される。桜《さくら》の木《き》から作《つく》られたものが多《おお》い。木型《きがた》に生地《きじ》を詰《つ》め、木型《きがた》を軽《かる》く叩《たた》いて成形《せいけい》した和菓子《わがし》を取《と》り出《だ》しやすくして上板《うわいた》を外《はず》したら完成《かんせい》だ。

焼《や》きごて

和菓子《わがし》に模様《もよう》の焼印《やきいん》をつけるための金具《かなぐ》。火《ひ》で真《ま》っ赤《か》になるまで熱《ねっ》し、饅頭《まんじゅう》などの和菓子《わがし》に焼印《やきいん》をつけたら冷《さ》めるまで待《ま》つ。

千筋板《せんすじいた》

表面《ひょうめん》に青海波《せいがいは》や桜《さくら》のような花《はな》の模様《もよう》、幾何学《きかがく》模様《もよう》が彫《ほ》り込《こ》まれた**厚手**《あつで》の板《いた》。印鑑《いんかん》のように押《お》し付《つ》けて和菓子《わがし》に綺麗《きれい》な模様《もよう》をつけるために使《つか》われる。

小田巻《おだまき》

練《ね》り切《き》りのような柔《やわ》らかい生地《きじ》を糸状《いとじょう》に絞《しぼ》り出《だ》すために使用《しよう》する道具《どうぐ》で、和菓子《わがし》の飾《かざ》り付《つ》けに使《つか》われることが多《おお》い。絞《しぼ》り出《だ》すための穴《あな》が複数《ふくすう》あるが、その数《かず》は種類《しゅるい》によって異《こと》なる。

竹《たけ》ブラシ

細《ほそ》い竹《たけ》の枝《えだ》が束《たば》になった道具《どうぐ》で、和菓子《わがし》の表面《ひょうめん》に花《はな》びらや葉《は》、鳥《とり》の尾羽《おばね》の模様《もよう》をつけるために使《つか》われる。

金団《きんとん》ぶるい／金団箸《きんとんばし》

金団《きんとん》ぶるいは練《ね》り切《き》りの餡《あん》をそぼろ状《じょう》にするための道具《どうぐ》。金団箸《きんとんばし》は先端《せんたん》が極細《ごくぼそ》の箸《はし》で、和菓子《わがし》の**仕上**《しあ》**げ**に使用《しよう》する。箸《はし》の跡《あと》が残《のこ》りにくい。金団《きんとん》ぶるいでそぼろ状《じょう》にした練《ね》り切《き》りの餡《あん》を金団箸《きんとんばし》で核《かく》となるこし餡《あん》の周《まわ》りにつけたのが金団《きんとん》だ。

三角棒《さんかくぼう》

木製《もくせい》の三角《さんかく》の棒《ぼう》。鋭《するど》い角《かど》と丸《まる》い角《かど》と二《ふた》筋《すじ》を引《ひ》くための角《かど》のそれぞれを使《つか》って練《ね》り切《き》りに様々《さまざま》な形《かたち》をつけることができる。両端《りょうたん》の凹《へこ》んだ部分《ぶぶん》には花芯《かしん》の模様《もよう》が彫《ほ》られてあり、練《ね》り切《き》りの餡《あん》の団子《だんご》を**押**《お》**し当**《あ》**てる**ことで模様《もよう》をつけることができる。

和菓子的外在——塑形道具

和菓子的塑形工具種類許多，透過這些工具的幫忙，將職人心中的美鮮活地傳遞出來。一起來認識看看有哪些特別的道具做出這些美麗的和菓子吧！

布巾

柔軟細緻的白色布巾，可以用於將練切或外郎等柔軟的和菓子原料包覆住，利用布柔軟的特性，在扭轉後產生摺痕，除了可以將原料塑型外，還能利用摺痕製作像是黃鶯的翅膀或是流水等等的線條。

流し缶

用於製作各類羊羹、錦玉羹或像是浮島這樣的蒸菓子，其構造是一正方形或長方形的模子與有把手的底板，便於將已凝固或蒸過定型的和菓子取出，也可製作押菓子。

抜き型

主要是黃銅或是不銹鋼的薄片，做成喜歡的形狀，常見的有花鳥風月或是各種植物葉子的形狀，可以用來製作雲平這類干菓子。

陶型

可以用來製作和三盆糖或落雁的等打菓子的模型，大一點的可以用來製作錦玉羹。除了陶器外，也有矽膠或銅製的模型。

木型

主要用來製作打菓子的模型，常見的是以櫻木為原料的木型。使用的方法是將材料填入木型中，輕敲木型邊讓塑型好的和菓子鬆脫，再將上板移開取出菓子。

燒印

可以將紋樣圖型烙印在和菓子上的鐵製道具。將燒印用火好好燒至通紅，烙在像饅頭等和菓子的表面上，再使菓子自然冷卻。

千筋板

是在厚木板塊上雕上各種花紋，像是青海波、櫻花、或是幾何紋樣，將其像蓋印章一樣，在和菓子的表面印製出漂亮的圖案。

小田巻

可以將如練切般柔軟的材料篩濾出細條來的道具，小田卷裡有各種數量不同的孔洞，可以同時製作多條細條，常用來裝飾和菓子造型之用。

竹刷

用許多竹子細枝束成一束，用來製作和菓子表面的紋理。像是花瓣的花紋、葉脈，小鳥尾巴羽毛的樣子等等。

金団ぶるい／金団箸

金團篩是用來將練切過篩成小細條之用，而金團箸的特色是尖端非常細的筷子，可以用來做精細的裝飾，也不易留下筷子的痕跡。將練切過篩後，變成一小段一小段的細條，再用金團箸輕輕地用練切條包覆豆沙餡團上做成金團和菓子。

三角棒

木製的三角棒，此三角各是尖銳的角、較圓滑的角和兩重線的角，可以在練切上製作各種形狀。另外在三角棒的頭尾兩端，會有凹洞，裡面是不同種花蕊的模型，可以將小球狀的練切填入，做出花蕊來裝飾和菓子。

單字

1. 生地《きじ》 | 名
真面目、本質，也用來稱生麵團或是布料。

2. ひねる 動
捻、扭、捏。

3. 厚手《あつで》 | 名
形容質地很厚的東西，例如厚的衣服、布料、陶瓷或紙。

4. 仕上《しあ》げ | 名
最後的潤飾、修飾、調整。

5. 押《お》し当《あ》てる | 動
將事物推、碰到什麼東西上

CONVERSATION

文／今泉江利子

A：インスタにあげてた和菓子《わがし》、茜《あかね》ちゃんの手作《てづく》り？

B：うん、初心者《しょしんしゃ》向《む》けの体験教室《たいけんきょうしつ》に行《い》ってきたんだ。

「わたどう」の影響《えいきょう》なんだけど。

A：ああ、「わたどう」か。愛憎劇《あいぞうげき》だけど、着物《きもの》や和菓子《わがし》がそれをやわらげてくれてるよね。

B：うん、和菓子《わがし》の奥深《おくぶか》さや職人《しょくにん》さんの技《わざ》も見《み》どころだと思《おも》う。第一話《だいいちわ》の食《た》べる人《ひと》をイメージした「めじろ」の和菓子《わがし》、印象的《いんしょうてき》だった。引《ひ》き込《こ》まれたよ。

A：それから、桜《さくら》が咲《さ》いてから散《ち》るまでを表現《ひょうげん》した…

B：「淡墨桜《うすずみざくら》」！心《こころ》に残《のこ》る和菓子《わがし》がいっぱいあったね。

A：そうだね。これからも続《つづ》けるの？和菓子《わがし》の勉強《べんきょう》。

B：うん。難《むずか》しいけど、おもしろいからね。

A：在 IG 上傳的和菓子，是小茜自己做的嗎？

B：嗯，我去參加了給初學者的體驗教室。雖然是受到「我們的愛情不正常」的影響啦。

A：喔喔，「我們的愛情不正常」啊。雖說是蠻八點檔的劇，但和服跟和菓子把那些愛很情仇都軟化了的感覺。

B：是啊。我覺得和菓子的深奧跟職人的技術也是一大看點。第一集那個，以吃的人的形象做出的「綠繡眼」和菓子，讓我印象深刻。會讓人很入戲呢！

A：還有那個，表現出櫻花從盛開到凋零的⋯⋯

B：「淡墨櫻」！真的有很多令人回味的和菓子呢。

A：就是啊。之後也會繼續嗎？學習和菓子這件事。

B：嗯。因為雖然很難，但是很有趣呀。

單字｜例句

あげる｜**他動 II**　上傳到網站

例《れい》. 甘味処《かんみどころ》で注文《ちゅうもん》した和菓子《わがし》の写真《しゃしん》を SNS《エスエヌエス》にあげる。

將在傳統甜點店點的和菓子照片上傳到社群平台。

やわらげる｜**他動 II**　舒緩、柔和

例《れい》. 和菓子《わがし》は疲《つか》れた体《からだ》をやわらげてくれる気《き》がする。

總覺得和菓子可以舒緩身體的疲勞感。

見《み》どころ｜**名詞**　看點、可看之處

例《れい》. 和菓子《わがし》職人《しょくにん》の技《わざ》もこのドラマの見《み》どころの一《ひと》つだ。

和菓子職人的技術，也是這部戲劇的其中一個看點。

引《ひ》き込《こ》まれる｜**他動 I**　「引き込む」の受身形　受到吸引而栽入其中

例《れい》. 和菓子《わがし》の美《うつく》しさに思《おも》わず引《ひ》き込《こ》まれてしまった。

不知不覺被和菓子的美麗吸引而沉迷了。

散《ち》る｜**自動 I**　花朵凋謝

例《れい》. 満開《まんかい》の桜《さくら》も美《うつく》しいが、散《ち》るときの桜《さくら》にも心《こころ》ひかれる。

雖然盛放的櫻花也很美麗，但凋謝時的櫻花也很牽動人心。

SeasonS

節氣

Through primrose tufts,
in that green bower,
The periwinkle trailed its wreaths;
And 'tis my faith that every flower
Enjoys the air it breathes

要說與日本人的生活最緊密結合的事物，非節氣莫屬。而製作和菓子最需要的便是用心感受、用眼捕捉那些歲月流淌的痕跡，也就是所謂的季節風物詩。靜下心來，放慢腳步，就能體會那些大自然孕育出的美麗。

立春《りっしゅん》

立春大福《りっしゅんだいふく》

　春《はる》の始《はじ》まりを意味《いみ》する立春《りっしゅん》の二月三日《にがつみっか》、四日頃《よっかごろ》になると、多《おお》くの店《みせ》で「立春大福《りっしゅんだいふく》」という和菓子《わがし》が売《う》り出《だ》される。

　糯粉《もちこ》で作《つく》った「大福《だいふく》」にたっぷりのあんこを包《つつ》んだもので、真《ま》ん丸《まる》としているため、円満《えんまん》の象徴《しょうちょう》とされる。立春《りっしゅん》に販売《はんばい》される立春大福《りっしゅんだいふく》は店《みせ》によって中身《なかみ》が異《こと》なり、鬼祓《おにばら》い用《よう》の豆《まめ》やイチゴなどの果物《くだもの》が入《はい》っていることもある。入《い》り口《ぐち》に「立春大吉《りっしゅんだいきち》」のお札《ふだ》を貼《は》る店《みせ》もあるが、これは一年間《いちねんかん》の無病息災《むびょうそくさい》を願《ねが》う禅寺《ぜんでら》のしきたりに則《のっと》ったものだ。「立春大吉《りっしゅんだいきち》」の文字《もじ》は全《すべ》て左右対称《さゆうたいしょう》で、縦《たて》に書《か》くと、裏《うら》から見《み》ても同《おな》じように読《よ》めるため、鬼《おに》が入《はい》ってきても、まだ外《そと》だったのかと勘違《かんちが》いして、外《そと》に出《で》て行《い》ってしまうという。立春《りっしゅん》は大福《だいふく》を味《あじ》わって一年《いちねん》の幸運《こううん》を祈《いの》ろう。

立春 - 立春大福

　　立春為春天之始，約落在每年二月三、四日左右。這天許多店家會販賣名為「立春大福」的和菓子。

　　糯米粉做成的「大福」，裡面會包入滿滿的紅豆餡。由於外型圓潤，也被拿來象徵萬事圓滿之意。立春這天販賣的「立春大福」，其實每間店家都有自己不同的餡料。有的會加入驅鬼用的一顆顆豆子，還有的會加進草莓等水果。

　　有些店家也會在門口貼上「立春大吉」四字，這個習慣來自於禪寺，能保佑人們一整年無病無災。由於這四字左右對稱，據說鬼若進了貼著字樣的門，會因為搞不清楚正反面，而又不小心走出來。快來在春天之始品嘗大福，祈願一整年的好運吧。

單字

1. 祓《はら》う | 動
祓除，向神祈禱以袪除災難或不祥之物。

2. しきたり | 名
習俗、習慣，常用於年間行事。

3. 則《のっと》る | 動
遵循、以……為範本 / 榜樣。

雨水《うすい》

桜餅《さくらもち》

二月十八《にがつじゅうはち》、十九日《じゅうくにち》～三月四日頃《さんがつよっかごろ》までは「雨水《うすい》」の節気《せっき》に当《あ》たり、この時期《じき》に最《もっと》も多《おお》く目《め》にする和菓子《わがし》は「桜餅《さくらもち》」だ。この時期《じき》には女子《じょし》の**健《すこ》やか**な成長《せいちょう》を祈《いの》る三月三日《さんがつみっか》の「雛祭《ひなまつ》り」があり、桜《さくら》の葉《は》で包《つつ》まれた桜餅《さくらもち》は春《はる》だけでなく雛祭《ひなまつ》りも象徴《しょうちょう》する和菓子《わがし》の一《ひと》つとなっている。

桜餅《さくらもち》の材料《ざいりょう》や形《かたち》は地域《ちいき》によって異《こと》なる。中《なか》の餡《あん》があんこであること、**塩漬《しおづ》け**の桜《さくら》の葉《は》で包《つつ》まれている点《てん》は共通《きょうつう》しているが、関東地方《かんとうちほう》では小麦粉《こむぎこ》で作《つく》った生地《きじ》を、関西地方《かんさいちほう》では道明寺《どうみょうじ》粉《こ》で作《つく》った生地《きじ》を使用《しよう》している。関西風《かんさいふう》の桜餅《さくらもち》のほうが普及《ふきゅう》しているため、桜餅《さくらもち》といえば普《ふ》通《つう》は「道明寺餅《どうみょうじもち》」とも呼《よ》ばれる関西風《かんさいふう》の桜餅《さくらもち》を指《さ》す。**いずれ**の桜餅《さくらもち》も独自《どくじ》の風味《ふうみ》があり、人《ひと》により好《この》みが分《わ》かれる。

單字

1. 健《すこ》やか | 形動
健康的、健全的。

2. 漬《づ》け | 動
醃漬，也有個用法是沉浸於某事。

3. いずれ | 副
哪一個、哪一方面。

雨水 – 櫻餅

二月十八、十九日起，至三月四日左右為止的節氣「雨水」，最常見到的和菓子便是「櫻餅」了。在此時節有個重要的節日，就是三月三日，祈求女孩平安健康成長的「女兒節」。使用櫻花葉片來包裹的櫻餅，不僅象徵了春天，也是代表女兒節的和菓子之一。

各地櫻餅的材料及外型也有差異。雖然同樣是裡面包裹紅豆餡、外面鋪上鹽漬櫻花葉片，但關東地區的櫻餅是用麵粉皮來包裹，關西地區的櫻餅則使用了道明寺粉來製作。由於關西風櫻餅較為普及，一般若只稱櫻餅，指的便是又稱作「道明寺餅」的關西櫻餅了。兩種櫻餅風味截然不同，有各自的擁護者呢。

啓蟄《けいちつ》

花見団子《はなみだんご》

「啓蟄《けいちつ》」は大地《だいち》に春《はる》が**訪《おとず》れ**、気候《きこう》が暖《あたた》かくなり、冬籠《ふゆごも》りしていた動物《どうぶつ》たちが目《め》を覚《さ》ます時《じ》期《き》のことで、三月五《さんがついつ》、六日頃《むいかごろ》に当《あ》たる。春分《しゅんぶん》を目前《もくぜん》にした時期《じき》で、この頃《ごろ》に食《しょく》される三色《さんしょく》の「花見団子《はなみだんご》」は花見《はなみ》の楽《たの》しみの一《ひと》つになっている。花見団子《はなみだんご》を食《た》べる風習《ふうしゅう》は、一五九八年《ねん》に豊臣秀吉《とよとみひでよし》が京都《きょうと》の醍醐寺《だいごじ》で催《もよお》した千人規模《せんにんきぼ》の花見《はなみ》の**宴《うたげ》**「醍醐《だいご》の花見《はなみ》」で招待客《しょうたいきゃく》に花見団子《はなみだんご》が振《ふ》る舞《ま》われたのが始《はじ》まりとされる。

花見団子《はなみだんご》は白《しろ》、緑《みどり》、ピンクの三色《さんしょく》で、冬《ふゆ》に積《つ》もった雪《ゆき》から新芽《しんめ》が出《で》て春《はる》に花《はな》が咲《さ》く様子《ようす》を表《あらわ》しているという説《せつ》や、白《しろ》は冬《ふゆ》、ピンクは春《はる》、緑《みどり》は夏《なつ》を表《あらわ》しているという説《せつ》もある。いずれにせよ、花見団子《はなみだんご》からは寒《さむ》い冬《ふゆ》が終《お》わり、暖《あたた》かな春《はる》が来《き》てほしいという気持《きも》ちが**伝《つた》わって**くる。

驚蟄 - 花見糰子

天氣轉暖，大地春雷，冬眠的動物們被驚醒，這便是三月五、六日左右的節氣「驚蟄」。此時人們即將迎接春分，享用三種顏色的「花見糰子」便是賞櫻時的樂趣之一了。據說這個習慣來自於豐臣秀吉。一五九八年，秀吉在京都醍醐寺舉辦了千人賞櫻酒席，其後被稱為「醍醐賞花宴」，當時用來宴請客人的便是花見糰子。

綠、白、粉紅三色的糰子，每種顏色都有各自代表的意義。有人說譬喻著冬天的積雪上冒出新芽，接著綻放出春天的花朵。也有人說粉紅、白、綠，分別代表了春、冬、夏。無論代表了什麼意義，都可感受到人們在度過寒冬之後，渴望溫暖春日到來的心情吧。

單字

1. **訪《おとず》れる** | 動
拜訪、訪問某處，或指季節的到來。

2. **宴《うたげ》** | 名
宴會、酒席。

3. **伝《つた》う** | 動
傳達、表達。

春分《しゅんぶん》

花衣《はなごろも》

三月《さんがつ》二十《はつか》、二十一日頃《にじゅういちにちごろ》は昼夜《ちゅうや》の長《なが》さがほぼ同《おな》じの「春分《しゅんぶん》」に当《あ》たる。自然《しぜん》を**たたえる**という趣旨《しゅし》から、日本《にほん》では春分《しゅんぶん》の日《ひ》は国民《こくみん》の祝日《しゅくじつ》となっている。この日《ひ》を過《す》ぎるとだんだん寒《さむ》い夜《よる》が短《みじか》く、温《あたた》かい昼《ひる》が長《なが》くなり、**本格的《ほんかくてき》**な春《はる》の到来《とうらい》を実感《じっかん》できる。

この時期《じき》にぴったりなのが、綺麗《きれい》な服《ふく》を意味《いみ》する「花衣《はなごろも》」という和菓子《わがし》だ。

花衣《はなごろも》は華《はな》やかな着物《きもの》、または花見《はなみ》に出《で》かける時《とき》の着物《きもの》を指《さ》す。衣《ころも》に見立《みた》てた白《しろ》とピンクの生地《きじ》で餡《あん》を包《つつ》み、春《はる》を象徴《しょうちょう》する桜《さくら》の花《はな》の形《かたち》を**刻《きざ》み込《こ》んだ**り焼印《やきいん》をしたものが多《おお》い。店《みせ》によっては生地《きじ》を白《しろ》とピンクのグラデーションにしたり、二色《にしょく》の生地《きじ》を重《かさ》ねているところもあり、桜《さくら》の花《はな》びらを重《かさ》ねたような生地《きじ》もある。美《うつく》しい花衣《はなごろも》を味《あじ》わうと春《はる》の桜《さくら》を味《あじ》わっているような気持《きも》ちになる。

單字

1. たたえる｜動
稱讚、表揚。

2. 本格的《ほんかくてき》｜形動
正統的、正規的、真正的。

3. 刻《きざ》み込《こ》む｜動
銘刻、烙印、刻上。

春分 - 花衣

三月二十、二十一日左右，是晝夜幾乎等長的「春分」。出自讚嘆自然的心，日本政府制定了「春分」這天為國定假日。過了這天，可感受到春天正式來臨，寒冷的冬夜漸短，溫暖的白晝漸長。

用來表現美麗和服的「花衣」，是適合這個時期的和菓子。花衣指的是華麗的和服，或是賞花時所穿的和服。一般會用白色及粉紅色，做成布料的樣子，中間包著豆餡，然後再雕刻出、或烙印上代表春天的櫻花。有些店家的花衣是白與粉紅的漸層色，也有用兩種顏色層層疊疊在一起的花衣。有些花衣甚至直接做成了櫻花花瓣疊起來的樣子。品嘗美麗的花衣，就像是欣賞了春日櫻景呢。

清明《せいめい》

花筏《はないかだ》

「清明《せいめい》」は四月《しがつ》四日《よっか》頃《ごろ》の季節《きせつ》のことで、本来《ほんらい》は万物《ばんぶつ》が**清《きよ》らか**で生《い》き生《い》きとした様子《ようす》を表《あらわ》す「清浄明潔《しょうじょうめいけつ》」の意味《いみ》。この時期《じき》になると満開《まんかい》の桜《さくら》の花《はな》びらが舞《ま》い散《ち》り、川面《かわも》をピンクの**筏《いかだ》**のように流《なが》れていく情景《じょうけい》が見《み》られる。この情景《じょうけい》を表現《ひょうげん》した和菓子《わがし》が「花筏《はないかだ》」だ。

各店《かくてん》の職人《しょくにん》が作《つく》る花筏《はないかだ》はいずれも桜《さくら》の花《はな》びらが川面《かわも》を流《なが》れる様子《ようす》を表《あらわ》しているが、違《ちが》いはある。羊羹《ようかん》や寒天《かんてん》で水面《すいめん》を表現《ひょうげん》し、ピンクの花《はな》びらを沢山《たくさん》添《そ》えた花筏《はないかだ》もあれば、練《ね》り切《き》りで筏《いかだ》を表現《ひょうげん》したもの、ピンクの饅頭《まんじゅう》に小《ちい》さな桜《さくら》の花《はな》を**配《はい》した**ものもあり、情緒的《じょうちょてき》で美《うつく》しい花筏《はないかだ》が職人《しょくにん》の発想力《はっそうりょく》と独創性《どくそうせい》を膨《ふく》らませていることがわかる。様々《さまざま》な美《うつく》しい花筏《はないかだ》を通《つう》じて満開《まんかい》の桜《さくら》の花《はな》びらが舞《ま》い散《ち》る様子《ようす》がイメージできるのは、和菓子《わがし》の楽《たの》しみの一《ひと》つだ。

清明－花筏

四月四日左右的節氣「清明」，原為「清淨明潔」之意。天地萬物清澄透徹，展現出盎然生氣。此時滿開的櫻花瓣紛紛散落，在河面上漂流，一片片猶如粉紅色的小舟，以這個意象做成的和菓子，就稱為「花筏」。

每間店、每個師傅所創作的花筏，雖然同是表現河面上流動的櫻花瓣，但都展現出了不同景象。有的用羊羹或寒天來表現水面，上面點綴許多粉色花瓣，有的是用練切做成了一條小舟，也有在粉色饅頭上裝飾著小巧櫻花的。由此可見，浪漫美麗的花筏，帶給了和菓子師傅許多靈感及創意。透過各種美麗造型的花筏，想像著春天櫻花盛開飛舞的景象，正是享用和菓子的樂趣之一。

單字

1. 清《きよ》らか｜形動
清高、純潔、澄淨的模樣。

2. 筏《いかだ》｜名
筏，用竹或木編織而成的水上交通工具。

3. 配《はい》する｜動
佈置、安排、匹配。

穀雨《こくう》

草餅《くさもち》（よもぎ餅《もち》）

「穀雨《こくう》」は気温《きおん》が暖《あたた》かくなり、雨《あめ》が増《ふ》える季節《きせつ》で、四月二十日頃《しがつはつかごろ》に当《あ》たる。この時期《じき》に種《たね》を**まかれた**作物《さくもつ》は雨水《あまみず》の恵《めぐ》みを受《う》けてぐんぐん育《そだ》つ。この季節《きせつ》に見《み》られる、草木《くさき》が青々《あおあお》と**生《お》い茂《しげ》る**様子《ようす》を最《もっと》もよく表現《ひょうげん》した和菓子《わがし》が「草餅《くさもち》」だ。

地域《ちいき》によっては「よもぎ餅《もち》」とも呼《よ》ばれる草餅《くさもち》は餅生地《もちきじ》にヨモギの葉《は》が練《ね》り込《こ》まれており、中《なか》の餡《あん》は大半《たいはん》はあんこだ。同《おな》じ生地《きじ》を小《ち い》さな団子《だんご》にして串《くし》にさしたものは「草団子《くさだんご》」といい、団子《だんご》の表面《ひょうめん》にあんこを塗《ぬ》りつけることもある。穀雨《こくう》の季節《きせつ》に**顔《かお》を出《だ》す**ヨモギの新芽《しんめ》は柔《やわ》らかくて香《かお》りも良《よ》い。ヨモギは中国《ちゅうごく》では厄除《やくよ》けの植物《しょくぶつ》とされ、痛《いた》み止《ど》めや抗炎症《こうえんしょう》、血行促《けっこうそく》進《しん》の薬《くすり》にもなる。つまり、独特《どくとく》の味《あじ》わいと香《かお》りを持《も》つ草餅《くさもち》は厄除《やくよ》けと健康促進《けんこうそくしん》の効果《こうか》もあるのだ。

穀雨－艾草餅

四月二十日左右的節氣「穀雨」，天氣溫和、雨水明顯增多，若在此時播種，農作物便能受到雨水的恩澤順利成長。這個時期草木茂盛且翠綠，最適合展現這種情景的和菓子，大概就是「草餅」了。

有些地區稱草餅為「艾草餅」，是將艾草混合在麻糬裡面所做成的，裡面大多會包上紅豆餡。有時也會做成串起來的小糰子，稱為「草糰子」，有時也會把紅豆餡塗在小糰子上。艾草在這個時期發芽，摘下來的新芽柔軟又清香，最適合拿來享用了。在中國，艾草被視為用來避邪的植物，作為藥用也能止痛、抗消炎、促進血液循環。因此草餅不只是口味芳香獨特，還能避邪並且帶來健康呢。

單字

1. まく｜動
播種、散布。

2. 生《お》い茂《しげ》る｜動
草木枝葉繁盛、充滿生命力的模樣。

3. 顔《かお》を出《だ》す｜片
慣用語，指現身、露臉、出席。

立夏《りっか》

柏餅《かしわもち》

立夏《りっか》は夏《なつ》の気配《けはい》が立《た》ち上《あ》がる寒《さむ》くも暑《あつ》くもない季節《きせつ》のことで、五月五《ごがついつ》、六日頃《むいかごろ》に当《あ》たる。新暦《しんれき》を採用《さいよう》している日本《にほん》では五月五日《ごがついつか》は「端午《たんご》の節句《せっく》」に当《あ》たり、男《おとこ》の子《こ》の健《すこ》やかな成長《せいちょう》を願《ねが》ってお祝《いわ》いする行事《ぎょうじ》が行《おこな》われる。この行事《ぎょうじ》の代表的《だいひょうてき》な和菓子《わがし》が「柏餅《かしわもち》」だ。

柏餅《かしわもち》は上新粉《じょうしんこ》で作《つく》った餅《もち》に餡《あん》をはさみ、カシワの葉《は》で包《つつ》んだ和菓子《わがし》のこと。カシワは新芽《しんめ》が育《そだ》つまでは古《ふる》い葉《は》が落《お》ちないので、「家系《かけい》が**絶《た》えない**」「子孫《しそん》が繁栄《はんえい》する」を象徴《しょうちょう》する。柏餅《かしわもち》を食《た》べる風習《ふうしゅう》は徳川幕府《とくがわばくふ》九代将軍《きゅうだいしょうぐん》・徳川家重《とくがわいえしげ》の頃《ころ》に始《はじ》まったとされる。

端午《たんご》の節句《せっく》では菖蒲湯《しょうぶゆ》に浸《つ》かる風習《ふうしゅう》と鯉《こい》のぼりを上《あ》げる風習《ふうしゅう》もあり、立夏《りっか》の青空《あおぞら》にはためく鯉《こい》のぼりからは新緑《しんりょく》が**みなぎる**情景《じょうけい》も相俟《あいま》って**雄々《おお》しい**力強《ちからづよ》さが伝《つた》わってくる。

立夏 - 柏餅

五月五、六日左右的立夏，代表夏日即將到來，天氣不寒不熱。由於日本現今採用新曆來過節，因此新曆五月五日正值端午節，在日本，這天會舉行祈願男孩健康成長的行事，代表性的和菓子便是「柏餅」了。

「柏餅」是用槲櫟葉（柏葉）包裹著上新粉做成的餅，裡面一般會包餡。由於槲櫟葉在長出新芽之前，老葉不會掉落，因此象徵著家道不中落、子孫繁榮之意。據説食用柏餅是德川幕府九代將軍德川家重時出現的習慣。

端午的習俗除了食用柏餅之外，人們還會用菖蒲來洗澡、並且掛上鯉魚旗。鯉魚旗在立夏的晴空中飄揚，在充滿新綠的景色相襯之下，更顯得威武氣昂了呢。

單字

1. **絶《た》える** | 動
斷絕、終了、停止。

2. **みなぎる** | 動
充滿、瀰漫。

3. **雄々《おお》しい** | 形
雄糾糾氣昂昂、英勇的樣子。

小満《しょうまん》

枇杷《びわ》

「小満《しょうまん》」は麦《むぎ》の穂《ほ》がつくなど、万物《ばんぶつ》が**すくすく**と成長《せいちょう》し満《み》ちていく時期《じき》のことで、五月《ごがつ》二十日頃《はつかごろ》に当《あ》たる。この時期《じき》には旬《しゅん》の果物《くだもの》であるビワの形《かたち》に見立《みた》てた和菓子《わがし》が欠《か》かせない。

楕円形《だえんけい》をした橙黄色《とうこうしょく》のビワは小《ちい》さくて可愛《かわい》らしく、和菓子《わがし》の**モチーフ**にぴったりの果物《くだもの》だ。練《ね》り切《き》りや薯蕷饅頭《じょうよまんじゅう》で柔《やわ》らかな橙黄色《とうこうしょく》のビワを表現《ひょうげん》する店《みせ》もあれば、初夏《しょか》に清涼感《せいりょうかん》を演出《えんしゅつ》する半透明《はんとうめい》の葛生地《くずきじ》でビワの皮《かわ》を表現《ひょうげん》する店《みせ》もある。また、店《みせ》によっては、餡《あん》にビワを使《つか》い、普段《ふだん》はなかなか味《あじ》わえないビワ味《あじ》の和菓子《わがし》を作《つく》っているところもある。

丸々《まるまる》と明《あか》るい橙黄色《とうこうしょく》をした初夏《しょか》のビワの見《み》た目《め》は、まるで**晴《は》れやか**な夏《なつ》の到来《とうらい》を告《つ》げているようだ。

單字

1. すくすく | 副
長得很快、成長茁壯。

2. モチーフ | 名
創作的構想、動機、題材。

3. 晴《は》れやか | 形動
天氣晴朗、心情愉快。

小滿 - 枇杷

五月二十日左右，節氣進入「小滿」，稻麥開始結穗，可見到作物順利生長，因此得名。「枇杷」是屬於這個節氣的當令水果，在和菓子的世界中，也少不了仿作成「枇杷」模樣的菓子。

枇杷這種水果，原本造型及顏色就可愛，小巧的橘黃色橢圓外型，很適合用和菓子來模仿。有些店家用練切、或用薯蕷饅頭做成了柔和的橘黃色枇杷，也有店家選用「葛」來做成枇杷的外皮，半透明的葛，在初夏帶來了一抹清涼。甚至還有店家直接把枇杷做成餡，做出了平常難得一見的枇杷口味和菓子。

專屬於初夏的枇杷，鮮豔圓潤的橘黃色，像是預告著夏日的豔陽即將到來。

芒種《ぼうしゅ》
紫陽花《あじさい》

芒種《ぼうしゅ》はイネなど芒《のぎ》のある作物《さくもつ》の種《たね》を播《ま》く時期《じき》のことで、六月六日頃《ろくがつむいかごろ》に当《あ》たる。この時期《じき》に梅雨入《つゆい》りする日本《にほん》では古《ふる》くからアジサイが雨季《うき》を象徴《しょうちょう》する花《はな》とされ、『万葉集《まんようしゅう》』にもアジサイという言葉《ことば》が登場《とうじょう》する。

華《はな》やかで様々《さまざま》な色《いろ》のあるアジサイは和菓子《わがし》のデザインにぴったり。職人《しょくにん》たちは各種食材《かくしゅしょくざい》で小《ちい》さな花《はな》びらを一枚一枚作《いちまいいちまいつく》り、それらを束《たば》ねて華麗《かれい》なアジサイを表現《ひょうげん》する。そぼろ状《じょう》の練《ね》り切《き》りで作《つく》った「金団《きんとん》」で表現《ひょうげん》することもあれば、見《み》た目《め》の爽《さわ》やかな半透明《はんとうめい》の色付《いろつ》き寒天《かんてん》を小《ちい》さな四角《しかく》に切《き》り分《わ》けてから球状《きゅうじょう》にまとめてアジサイを表現《ひょうげん》することもある。

梅雨《つゆ》の季節《きせつ》に職人《しょくにん》たちが作《つく》る様々《さまざま》なアジサイの和菓子《わがし》はどれも驚《おどろ》きの**出来栄《できば》え**で、見《み》ていると雨《あめ》で**滅入《めい》っていた**気分《きぶん》も晴《は》れやかになってくる。

芒種 - 紫陽花

六月六日前後的芒種，指稻子已結實成種，穀粒上長出了細芒。日本在此時節進入了梅雨季節，自古以來，紫陽花便是日本象徵雨季的花卉，早在《萬葉集》當中就出現了紫陽花之名。

擁有各種色彩、造型華麗的紫陽花，很適合作為和菓子的題材。師傅們挑戰用各種食材做出一朵朵小花，再拼湊成花團錦簇的模樣。有的將練切壓成細條狀，做成「金團」這種造型，也有用寒天做成許多半透明的彩色小方塊，再拼湊成一個球狀，透明的寒天帶來了視覺上的清爽。

每年到了梅雨季節，和菓子師傅們製作出各種造型的紫陽花，總令人驚嘆不已。原本讓人鬱悶的雨季，也因此趣味了起來呢。

單字

1. 華《はな》やか｜形動
華麗、氣勢非凡，或是像花一樣開朗燦爛的模樣。

2. 出来栄《できば》え｜名
做出的好成果。

3. 滅入《めい》る｜動
意志變得消沉、沒了精神、情緒變低落。

夏至《げし》

水無月《みなづき》

六月二十一日頃《ろくがつにじゅういちにちごろ》は夏至《げし》の節気《せっき》に当《あ》たる。この日《ひ》は太陽《たいよう》が北回帰線上《きたかいきせんじょう》を直角《ちょっかく》に**照《て》らし**、北半《きたはん》球《きゅう》では一年《いちねん》で昼間《ひるま》が最《もっと》も長《なが》くなる。そんな夏《なつ》の暑《あつ》さを迎《むか》えるために昔《むかし》の人《ひと》が智慧《ちえ》を働《はたら》かせて作《つく》った和菓子《わがし》が、この時期《じき》に食《た》べずにはいられない水無月《みなづき》だ。

三角形《さんかっけい》をした水無月《みなづき》の半透明《はんとうめい》の生地《きじ》は氷《こおり》を表現《ひょうげん》している。昔《むかし》の宮中《きゅうちゅう》では氷室《ひむろ》の氷《こおり》を取《と》り寄《よ》せ、口《くち》にしていたが、その頃《ころ》は氷《こおり》は大変貴重《たいへんきちょう》なもので、庶民《しょみん》には手《て》が届《とど》かなかった。そこで、氷《こおり》を**模《も》した**和菓子《わがし》が作《つく》られ、六月《ろくがつ》の別名《べつめい》である「水無月《みなづき》」と呼《よ》ばれるようになった。日本《にほん》では上半期《かみはんき》の穢《けが》れを祓《はら》う神道行事《しんとうぎょうじ》「大祓《おおはらえ》」が**執《と》り行《おこな》われる**六月三十日《ろくがつさんじゅうにち》に水無月《みなづき》を食《た》べる習慣《しゅうかん》がある。水無月《みなづき》の上《うえ》にたっぷり乗《の》っている小豆《あずき》には魔除《まよ》けの力《ちから》があるそうだ。

夏至 - 水無月

六月二十一日前後，節氣來到了夏至，太陽在這天直射北迴歸線，因此是北半球白晝最長、黑夜最短的一天。為了迎接炎暑，古人在和菓子上發揮了智慧，那就是在此時期必吃的菓子——水無月。

這種菓子外型呈三角、底下半透明，其實是仿冰塊的形狀。從前宮中人們會把儲藏在冰室的冰塊拿來享用，一般民眾無法嚐到珍貴的冰塊，只好用和菓子的樣貌來模仿了。「水無月」原本是日文當中六月份的別稱，也被用來作為這種和菓子的名稱。在神道當中，六月三十日會舉行淨化儀式「大祓」，讓人除去前半年的穢氣。因此人們習慣在這天享用「水無月」，上面鋪滿了紅豆，據說帶有驅魔的功效呢。

單字

1. 照《て》らす｜動
照亮、照射。

2. 模《も》する｜動
模仿、仿造。

3. 執《と》り行《おこ》なう｜動
嚴肅地舉行、舉辦例行公事或祭典活動。

小暑《しょうしょ》

天《あま》の川《がわ》

小暑《しょうしょ》は暑《あつ》さが本格的《ほんかくてき》になる七月六《しちがつむいか》〜八日頃《ようかごろ》のこと。新暦《しんれき》を採用《さいよう》する日本《にほん》では小暑《しょうしょ》の**間《あいだ》**に七《しち》月七日《がつなのか》の「七夕《たなばた》」がある。この時期《じき》に合《あ》う和菓子《わがし》の多《おお》くは夏《なつ》の美《うつく》しい夜空《よぞら》を表現《ひょうげん》しており、中《なか》でも「天《あま》の川《がわ》」は七夕《たなばた》を象徴《しょうちょう》していてとても美《うつく》しい。

天《あま》の川《がわ》がテーマの和菓子《わがし》の中《なか》で最《もっと》も**注目《ちゅうもく》を集《あつ》める**のが「錦玉《きんぎょく》」にしたものだ。錦玉《きんぎょく》とは寒《かん》天《てん》を水《みず》に溶《と》かして砂糖《さとう》と煮詰《につ》め、冷《さ》まして固《かた》めたもので、透明《とうめい》で味《あじ》わいも冷《ひ》ややかなため、夏《なつ》の和菓子《わがし》としてぴったり。和菓子職人《わがししょくにん》の多《おお》くは錦玉《きんぎょく》の色《いろ》をグラデーションにしたり、月《つき》を描《えが》いたり、金箔《きんぱく》で星空《ほしぞら》を表現《ひょうげん》したりと様々《さまざま》なアレンジを加《くわ》えている。錦玉《きんぎょく》というキャンバスに**映《うつ》し出《だ》された**美《うつく》しい天《あま》の川《がわ》を眺《なが》めていると、織姫《おりひめ》と彦星《ひこぼし》のロマンスの情景《じょうけい》が頭《あたま》に浮《う》かんでくる。

小暑 - 銀河

七月六至八日左右的小暑，天氣漸炎熱了起來。由於日本現今以國曆來過節慶，因此小暑適逢七月七日的「七夕」。符合這個時節的和菓子，大多都表現出夏日美麗的星空，「銀河」便是代表七夕意象的美麗和菓子。

以「銀河」為主題的和菓子，最受矚目的，大概就是做成「錦玉」的這類了。錦玉是將寒天及砂糖煮沸之後，冷卻凝固而成。由於透明又口感清涼，很適合用來製作夏天的和菓子。許多和菓子師傅在錦玉當中做出各種變化，例如加上漸層的色彩、或是畫出一抹彎月、甚至用金箔來展現星空。一塊塊的錦玉成了畫布，裡面浮現出各式各樣美麗的銀河，讓人聯想到牛郎織女的浪漫故事。

單字

1. 間《あいだ》 | **名**
兩件事物的夾角處，或是指一段期間。

2. 注目《ちゅうもく》を集《あつ》める | **動**
引起注意、引人注目。

3. 映《うつ》し出《だ》す | **動**
放映出、映照出。

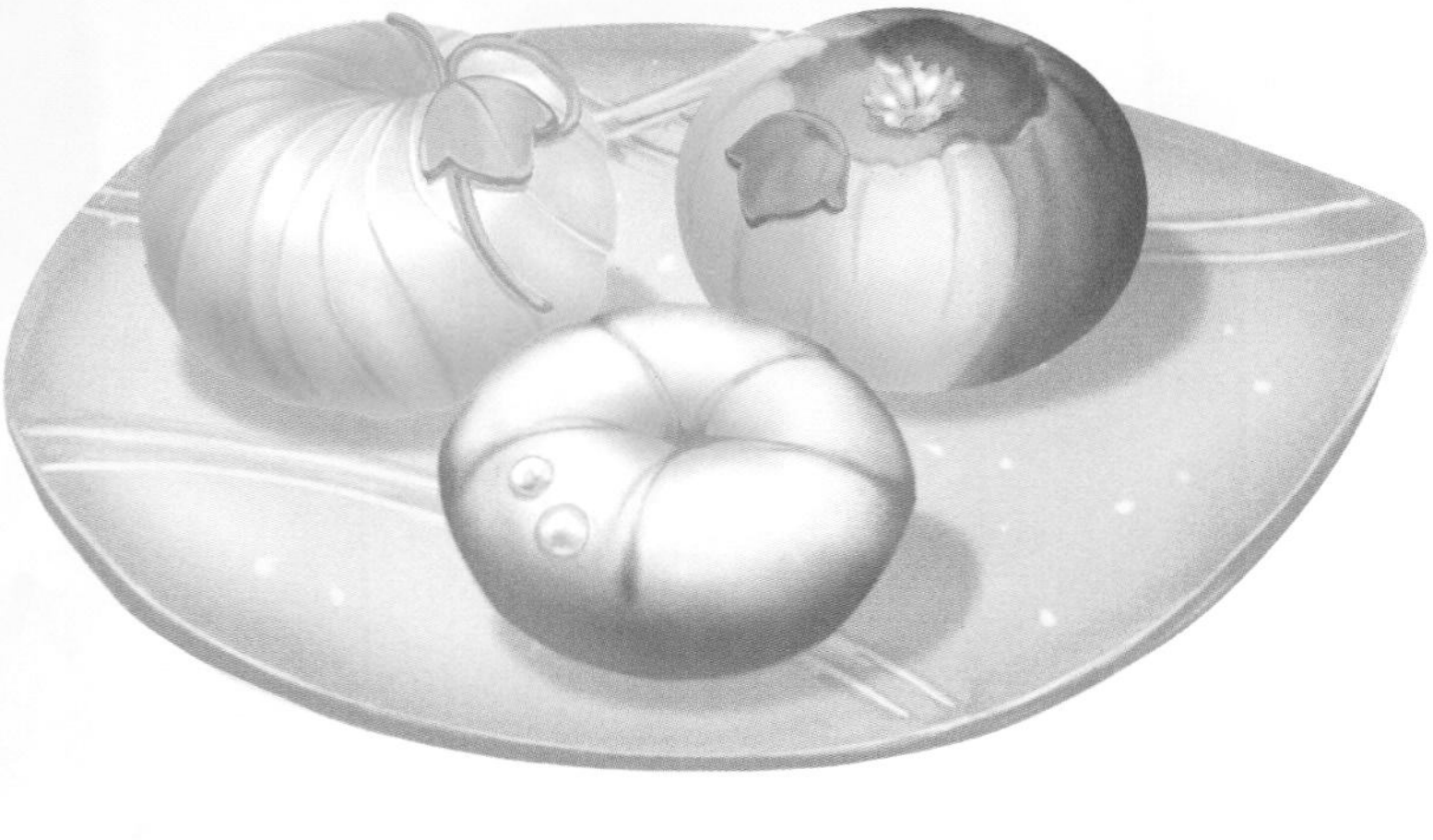

大暑《たいしょ》

朝顔《あさがお》

大暑《たいしょ》は一年《いちねん》で最《もっと》も暑《あつ》い時期《じき》のことで、七月二十二《しちがつにじゅうに》～二十三日頃《にじゅうさんにちごろ》に当《あ》たる。アサガオの咲《さ》く季節《きせつ》でもある。アサガオは遣唐使《けんとうし》によって中国《ちゅうごく》から日本《にほん》へ種子《しゅし》が薬用《やくよう》として持《も》ち込《こ》まれ、江《え》戸《ど》時代《じだい》には庶民《しょみん》の間《あいだ》でアサガオの栽培《さいばい》**ブーム**が起《お》きたそう。アサガオは日本《にほん》でよく見《み》る人気《にんき》の花《はな》と言《い》える。

アサガオは浴衣《ゆかた》やうちわといった夏物《なつもの》の**絵柄《えがら》**として描《えが》かれることが多《おお》く、もちろん和菓子《わがし》のテーマとしてもよく用《もち》いられる。練《ね》り切《き》りの餡《あん》を丸《まる》く成形《せいけい》し、表面《ひょうめん》に花《はな》びら模様《もよう》を刻《きざ》んだものが多《おお》いが、花《はな》びらを模《も》した円錐形《えんすいけい》のものもある。さらに小《ちい》さな緑《みどり》の葉《は》や蔓《つる》を添《そ》えれば、夏《なつ》の風情《ふぜい》が生《い》き生《い》きと伝《つた》わってくる。

朝《あさ》に花《はな》を咲《さ》かせ、昼《ひる》には萎《しぼ》むアサガオは**刹那《せつな》**の美《び》を体現《たいげん》しており、その点《てん》は美《うつく》しい和菓子《わがし》と同《おな》じだ。

大暑 - 牽牛花

七月二十二、二十三日左右的大暑，是一年中最炎熱的時期，正值牽牛花綻放。據說古時遣唐使從中國將牽牛花的種子帶回日本，起初作為藥用，到了江戶時代，民間興起了栽培牽牛花的風潮，因此牽牛花可說是日本常見又受喜愛的花卉。

牽牛花也時常被運用在夏天的事物之上，例如浴衣或團扇的圖案，當然和菓子也少不了牽牛花的蹤影。一般會用練切做成圓形，再刻出花瓣，也有做出一瓣瓣圓錐形，用來表現花瓣的。上面再點綴著小巧的綠色葉片，甚至纏繞著藤蔓，夏日的風情便栩栩如生展現在眼前了。

牽牛花在清晨綻開，中午就閉合，這種一瞬間的美，與美麗的和菓子不謀而合呢。

單字

1. ブーム | 名
熱潮、大流行。

2. 絵柄《えがら》 | 名
花樣、圖案。

3. 刹那《せつな》 | 名
梵語、佛教用語，指極短的時間。

立秋《りっしゅう》

桔梗《ききょう》

八月七《はちがつなの》～八日頃《ようかごろ》は暦上《こよみじょう》は秋《あき》の気配《けはい》が立《た》ち始《はじ》める「立秋《りっしゅう》」に当《あ》たるが、まだまだ暑《あつ》さが続《つづ》く。この時期《じき》の太陽《たいよう》に照《て》らされて咲《さ》き誇《ほこ》る花《はな》の中《なか》で特《とく》に人気《にんき》なのがキキョウで、立秋《りっしゅう》を過《す》ぎるとキキョウの**見頃《みごろ》**も間《ま》もなく終《お》わる。現代《げんだい》のキキョウの花期《かき》は六《ろく》～八《はち》、九月頃《くがつごろ》だからだ。キキョウは『万葉集《まんようしゅう》』収録《しゅうろく》の歌《うた》において秋《あき》の七草《ななくさ》の一《ひと》つに数《かぞ》えられており、秋《あき》を代表《だいひょう》する和菓子《わがし》のテーマの一《ひと》つでもある。

キキョウは紫色《むらさきいろ》で星形《ほしがた》と特徴《とくちょう》が明確《めいかく》なため、和菓子《わがし》になっても**認識《にんしき》**しやすい。練《ね》り切《き》りで作《つく》ることが多《おお》く、キキョウの花《はな》びらをいかに生《い》き生《い》きと精緻《せいち》に表現《ひょうげん》できるかが職人《しょくにん》の腕《うで》の**見《み》せ所《どころ》**だ。キキョウを模《も》した和菓子《わがし》には干菓子《ひがし》のものもある。キキョウは星形《ほしがた》だからこそ昔《むかし》から人気《にんき》が絶《た》えないのかもしれない。

立秋 - 桔梗

八月七、八日前後，雖然天氣仍炎暑，其實已經進入「立秋」，準備迎接秋天來臨了。在日照當頭所盛開的花朵裡面，受人喜愛的「桔梗」，過了立秋後，花期也即將告終。現代的桔梗，花期大約在六月至八、九月，其實《萬葉集》當中所列舉的「秋之七草」，也包括了桔梗，因此桔梗理所當然是代表秋天的和菓子之一。

紫色呈星形的桔梗，外型特徵很明顯，因此做成和菓子也容易辨識。一般會使用練切來製作，而如何將桔梗的花瓣做得鮮活又細緻，便是和菓子師傅的技術所在了。除了做成上生菓子的桔梗以外，桔梗也時常被做成干菓子。也許因為狀如星形，自古以來桔梗的人氣始終不減呢。

單字

1. 見頃《みごろ》 | 名
正好看的時候、觀賞的最適時期。

2. 認識《にんしき》 | 名
對事物的理解、認知，辨認。

3. 見《み》せ所《どころ》 | 名
最精彩的地方、展現之處、拿手好戲。

処暑《しょしょ》

向日葵《ひまわり》

処暑《しょしょ》は厳《きび》しい暑《あつ》さの峠《とうげ》を越《こ》した時期《じき》のことで、八月《はちがつ》二十二《にじゅうに》～二十四日《にじゅうよっか》頃《ごろ》に当《あ》たる。日中《にっちゅう》はまだ暑《あつ》いが、朝夕《あさゆう》には涼《すず》しい風《かぜ》が吹《ふ》き、心地良《ここちよ》い気候《きこう》となってくるこの時期《じき》の代表的《だいひょうてき》な花《はな》がヒマワリで、光《ひか》り輝《かがや》く青空《あおぞら》の下《もと》、黄色《きいろ》の花《はな》を咲《さ》かせる姿《すがた》はとても美《うつく》しい。

色鮮《いろあざ》やかで花《はな》びらが細《こま》かく、中央《ちゅうおう》の花芯《かしん》が大《おお》きいという明確《めいかく》な特徴《とくちょう》を持《も》つヒマワリは、和《わ》菓子《がし》のデザインとしても華《はな》やかさを演出《えんしゅつ》する。和菓子職人《わがししょくにん》の多《おお》くは練《ね》り切《き》り餡《あん》を使用《しよう》し、細《こま》やかな技巧《ぎこう》を**凝《こ》らして**花《はな》びら一枚一枚《いちまいいちまい》を見事《みごと》に表現《ひょうげん》し、黄金色《こがねいろ》と茶色《ちゃいろ》のヒマワリを模《も》した和《わ》菓子《がし》は茶席《ちゃせき》で目《め》を引《ひ》く存在《そんざい》となる。これほど可愛《かわい》く生《い》き生《い》きとした和菓子《わがし》を目《め》にすれば、耐《た》え難《がた》い暑《あつ》さが続《つづ》く中《なか》でも、心《こころ》は**明《あか》るく**なるというものだ。

處暑 - 向日葵

處暑是八月二十二至二十四日左右，是指「暑氣至此而止」之意。白天雖然還有些熱氣，但早晚吹起了涼風，氣候漸漸舒適了起來。向日葵可說是這個時節的代表花卉，在藍天的照耀之下，盛開的黃色花朵十分美麗迷人。

向日葵的色彩耀眼、花瓣細膩，加上中間大大的花蕊，特徵十分鮮明，做成和菓子也很華麗。因此許多和菓子師傅使用練切，加上纖細的技巧，做出向日葵一枚又一枚的花瓣，總讓人愛不釋手。金黃色及茶色組成的向日葵和菓子，在茶席上十分醒目，即便暑氣仍然令人難耐，見到這可愛又生氣盎然的和菓子，讓人覺得心情也明亮起來了呢。

單字

1. 峠《とうげ》｜名

全盛期、關鍵期，也有山頂、頂點的意思。

2. 凝《こ》らす｜動

全神貫注、聚精會神。

3. 明《あか》るい｜形

明亮的、開朗的、鮮明的。

白露《はくろ》

月見団子《つきみだんご》

「白露《はくろ》」とは気温《きおん》が下《さ》がり、朝露《あさつゆ》がつき始《はじ》める時期《じき》のことで、九月七《くがつなの》～九日頃《ここのかごろ》に当《あ》たる。この時期《じき》は旧暦八月十五日《きゅうれきはちがつじゅうごにち》の十五夜《じゅうごや》と**重《かさ》なる**ことがある。十五夜《じゅうごや》に欠《か》かせない和菓子《わがし》が「月《つき》見団子《みだんご》」だ。

月見団子《つきみだんご》が丸《まる》いのは満月《まんげつ》の姿《すがた》を模《も》しているため。十五夜《じゅうごや》には月《つき》の見《み》える場所《ばしょ》に設置《せっち》した「三宝《さんぼう》」という台《だい》に十五個《じゅうごこ》の団子《だんご》を積《つ》み、**お供《そな》え物《もの》**としてさらにサツモイモ、枝豆《えだまめ》、栗《くり》などの秋《あき》の収穫物《しゅうかくぶつ》を添《そ》え、ススキを飾《かざ》る**風習《ふうしゅう》**がある。

この風習《ふうしゅう》が流行《はや》り始《はじ》めたのは江戸時代《えどじだい》のことで、稲《いね》の収穫期《しゅうかくき》と重《かさ》なることから、米《こめ》から作《つく》った団子《だんご》で祝《いわ》うようになったという。団子《だんご》は好《この》みに応《おう》じてゴマや砂糖醤油《さとうじょうゆ》につけたり、味噌《みそ》汁《しる》の中《なか》に入《い》れて食《た》べるとおいしく味《あじ》わえる。

白露 - 賞月糰子

天氣漸涼，清晨時分容易結露珠，便是所謂的「白露」，約在九月七至九日之間。此時節有可能碰上農曆八月十五日，也就是中秋節。中秋不能錯過的和菓子，便是「賞月糰子」。

做成圓球狀的賞月糰子，其實是仿滿月的形狀。習俗是在見得到月亮的地方，放置稱為「三寶」的台座，高高地疊著十五個糰子。旁邊還會放上秋天收穫的果實，例如番薯、毛豆、栗子等，插上芒草，用來祭拜月亮。

這個儀式是在江戶時代流行起來的，據說是因為正值稻米收穫的時期，因此人們用米做成了糰子，拿來慶祝。享用時可依個人喜好來添加調味，沾芝麻、砂糖醬油，甚至煮在味噌湯裡面，都很美味呢。

單字

1. 重《かさ》なる | 動
重疊、交會。

2. お供《そな》え物《もの》 | 名
給神佛的供品。

3. 風習《ふうしゅう》 | 名
在某地流傳的生活形式、風俗習慣。

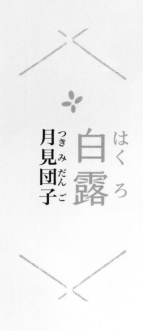

秋分《しゅうぶん》

おはぎ

昼《ひる》と夜《よる》の長《なが》さがほぼ同《おな》じになる「秋分《しゅうぶん》」は九月二十三日頃《くがつにじゅうさんにちごろ》に当《あ》たり、この日《ひ》を**境**《さかい》に夜《よる》の時《じ》間《かん》が長《なが》くなっていく。春分《しゅんぶん》の日《ひ》と秋分《しゅうぶん》の日《ひ》を中日《ちゅうにち》とし、それぞれ前後《ぜんご》の三日《みっか》を合《あ》わせた七日《なのか》間《かん》は「彼岸《ひがん》」と呼《よ》ばれ、先祖供養《せんぞくよう》の期間《きかん》に当《あ》たる。

彼岸《ひがん》に供《そな》えるのが、**つぶつぶ**のもち米団子《ごめだんご》であんこを包《つつ》んだ「おはぎ」だ。おはぎは日常《にちじょう》的《てき》な和菓子《わがし》で、客《きゃく》に出《だ》したり、日頃《ひごろ》のおやつにしたり、**法要**《ほうよう》の供《そな》え物《もの》にしたりしている。ゴマやきな粉《こ》をまぶしたおはぎもある。

おはぎには「ぼたもち」という別名《べつめい》もある。違《ちが》いについては諸説《しょせつ》あるものの、一般的《いっぱんてき》には、ぼたもちは春《はる》の彼岸《ひがん》に食《た》べるもの、おはぎは萩《はぎ》の季節《きせつ》、すなわち秋《あき》の彼岸《ひがん》に食《た》べるものとされている。

秋分 - 御荻

過了九月二十二至二十四日左右的「秋分」，白晝漸短、黑夜漸長。在春分、以及秋分的前後各三天，也就是春、秋當中有各七天的期間，稱為「彼岸」，是祭拜祖先的日子。

「彼岸」時所供奉的「御萩」，是用紅豆泥將帶有顆粒狀的糯米糰子包裹起來而成。其實「御萩」也是生活中常見的和菓子，可以拿來招待客人、或是當成平日的點心，甚至法事時也會拿來供奉。除了紅豆泥以外，另外也有用芝麻、或是用黃豆粉來包裹的御萩。

「御萩」還有另外一個名字，叫做「牡丹餅」。至於兩者的區別，眾說紛紜，一般是稱春分用的為「牡丹餅」，至於秋分用的「御萩」，則是因為秋天萩花正盛開呢。

單字

1. 境《さかい》｜名

土地與土地的邊界、交界處，或是某個範圍內。

2. つぶつぶ｜副 名

顆粒感，或是很多粒狀物。

3. 法要《ほうよう》｜名

法事、佛事。

寒露《かんろ》
栗《くり》きんとん

「寒露《かんろ》」は露《つゆ》が寒《さむ》さで霜《しも》に変《か》わる時期《じき》のことで、十月七《じゅうがつなの》～九日頃《ここのかごろ》に当《あ》たる。十月上旬《じゅうがつじょうじゅん》～中《ちゅう》旬《じゅん》に収穫《しゅうかく》される濃厚《のうこう》な風味《ふうみ》の晩生栗《ばんせいぐり》を使《つか》った「栗《くり》きんとん」はとてもおいしい。

秋《あき》の食材《しょくざい》である栗《くり》を用《もち》いた和菓子《わがし》の中《なか》で**一押《いちお》し**なのが栗《くり》きんとんだ。茹《ゆ》でた栗《くり》に砂糖《さとう》を加《くわ》え、布《ぬの》に包《つつ》んで握《にぎ》ってまとめれば、シンプルな味《あじ》わいで香《かお》り高《だか》い栗《くり》きんとんの完成《かんせい》だ。栗《くり》は八月《はちがつ》下旬《げじゅん》に収穫《しゅうかく》される早生栗《わせぐり》や十月《じゅうがつ》に収穫《しゅうかく》される晩生栗《ばんせいぐり》など時期《じき》と品種《ひんしゅ》によって味《あじ》わいが異《こと》なり、それぞれ食《た》べ比《くら》べてみるのも楽《たの》しいだろう。

栗《くり》きんとんは岐阜県東濃地方《ぎふけんとうのうちほう》が最《もっと》も有名《ゆうめい》で、同地方《どうちほう》では五十**軒**《ごじゅっけん》以上《いじょう》の店《みせ》が栗《くり》きんとんを販《はん》売《ばい》している。栗《くり》は日《ひ》が経《た》つと風味《ふうみ》が落《お》ちるため、**地元《じもと》**で採《と》れた栗《くり》を地元《じもと》で加工《かこう》した栗《くり》きんとんが最《もっと》もおいしいと言《い》える。

寒露 - 栗金飩

露氣寒冷，甚至凝結成霜，這是十月七至九日左右的「寒露」。而在十月上旬至中旬所產的晚生栗子，口味濃厚，做成「栗金飩」正是美味。

栗子是秋天的常見食材，用栗子做成的和菓子，首推「栗金飩」。將煮熟的栗子加上糖，用麻布包裹起來，捏成一顆顆，就成了味道單純又香濃的栗金飩。從八月底早生的栗子開始，到十月所產的晚生栗子，每個時期栗子味道不盡相同，比較不同品種、產期的栗子，也是一種樂趣。

製作栗金飩最出名的，是岐阜縣的東濃地方，此地有五十間以上店鋪在販賣。由於栗子放久了有損美味，因此當地採收的栗子，直接加工成栗金飩，可說是最佳的品嘗方式呢。

單字

1. 一押《いちお》し | 名
最推薦的事物。

2. 軒《けん》 | 名
屋簷，也用於店家的單位「間」。

3. 地元《じもと》 | 名
當地、勢力範圍。

霜降《そうこう》

柿《かき》

　霜降《そうこう》は、朝晩《あさばん》の**冷《ひ》え込《こ》み**が増《ま》し、北国《きたぐに》や山里《やまざと》では霜《しも》が降《お》りはじめる時期《じき》のことで、十月《じゅうがつ》二十三《にじゅうさん》、二十四日《にじゅうよっか》を過《す》ぎた頃《ころ》に当《あ》たる。この時期《じき》の代表的《だいひょうてき》な果物《くだもの》といえば柿《かき》だ。柿《かき》はビタミンC《シー》が豊富《ほうふ》で、中国《ちゅうごく》には霜降《そうこう》の頃《ころ》に柿《かき》を食《た》べると冬《ふゆ》に**風邪《かぜ》をひかない**という言《い》い伝《つた》えもある。

　もちろん、柿《かき》は和菓子《わがし》のテーマとしてもぴったり。茶席《ちゃせき》では練《ね》り切《き》り餡《あん》で柿《かき》を模《も》した和菓子《わがし》が出《だ》されることが多《おお》く、茶席《ちゃせき》に秋《あき》の風情《ふぜい》を**もたらす**ことができる。柿羊羹《かきようかん》など本物《ほんもの》の柿《かき》を使用《しよう》した柿《かき》の香《かお》りが濃厚《のうこう》な菓子《かし》もある。また、昔《むかし》から長《なが》く保存《ほぞん》するために作《つく》られてきた渋柿《しぶがき》の干《ほ》し柿《がき》は、現代《げんだい》では栗《くり》を包《つつ》んだり餡《あん》を加《くわ》えたりしたものもあり、伝統的《でんとうてき》な干《ほ》し柿《がき》にはない斬新《ざんしん》さがある。

單字

1. 冷《ひ》え込《こ》む｜動
氣溫驟降、著涼、受寒。

2. 風邪《かぜ》をひく｜動
感冒、受風寒。

3. もたらす｜動
帶來、招致。

霜降 - 柿

　　過了十月二十三、四左右的「霜降」，早晚漸漸有了寒意，北方或山上甚至開始降霜。代表這個時節的水果便是柿子了，柿子富含維他命C，在中國甚至有俗語說若在霜降時吃柿子，那麼冬天便不會感冒。

　　理所當然地，柿子很適合拿來當成和菓子的題材。茶席上使用的和菓子，大多是用「練切」來模擬出柿子外型，能夠給茶席帶來秋天氣息。此外也有真正使用了柿子，做成了充滿濃厚柿香的點心，例如柿子羊羹等等。尤其是用澀柿做成的「柿乾」，自古以來便是人們用來保存柿子的方法。而現代的柿乾，有包栗子的、或是加上豆餡的，傳統的柿乾也有了各種嶄新風貌呢。

立冬《りっとう》
亥《い》の子《こ》餅《もち》

立冬《りっとう》は冬《ふゆ》が始《はじ》まる時期《じき》で、十一月六《じゅういちがつむい》～八日頃《ようかごろ》に当《あ》たる。**おおよそ**旧暦十月《きゅうれきじゅうがつ》（亥《い》の月《つき》）に相《そう》当《とう》し、平安時代《へいあんじだい》から宮中《きゅうちゅう》では「亥《い》の子《こ》」（亥《い》の月《つき》の最初《さいしょ》の亥《い》の日《ひ》）の「亥《い》の刻《こく》」（午後《ごご》九《く》～十一時頃《じゅういちじごろ》）に無病息災《むびょうそくさい》と子孫繁栄《しそんはんえい》を願《ねが》って「亥《い》の子餅《こもち》」を食《た》べる風習《ふうしゅう》があった。

「亥《い》」は日本《にほん》では猪《いのしし》を指《さ》す。亥《い》の子餅《こもち》に決《き》まった形《かたち》や色《いろ》はないが、猪《いのしし》の子供《こども》の体《からだ》の模様《もよう》に似《に》せた焼印《やきいん》をつけ、猪《いのしし》らしく茶色《ちゃいろ》や灰色《はいいろ》に仕上《しあ》げたものが多《おお》い。十一月《じゅういちがつ》は茶道《さどう》において夏用《なつよう》の「風炉《ふろ》」を閉《と》じて冬用《ふゆよう》の「地炉《ちろ》」を開《ひら》き、茶壺《ちゃつぼ》から新茶《しんちゃ》を取《と》り出《だ》して使用《しよう》する「**口切《くちきり》**の茶《ちゃ》事《じ》」が行《おこな》われる時期《じき》でもあり、亥《い》の子餅《こもち》は「亥《い》」が陰陽五行《いんようごぎょう》で水性《すいせい》に当《あ》たり、火難《かなん》を**免《まぬが》れる**という意味《いみ》があることから、口切《くちきり》の茶事《ちゃじ》に欠《か》かせないものとなっている。

立冬 - 亥子餅

立冬，十一月六至八日之間，表示時序已進入冬季。此時大約值舊曆十月（又稱「亥月」），自平安時代，宮中就有在「亥之子」（亥月最初的亥日）的「亥之刻」（晚上九至十一點）享用「亥子餅」，祈求無病無災、多子多孫的習俗。

「亥」在日本是指山豬，亥子餅雖然沒有特定的外型和顏色，但大多表面會烙上仿幼小山豬身上的紋路，並且做成類似山豬的茶色或灰色。此外十一月正值茶道當中將夏天「風爐」換成冬天「地爐」的時節，此時會舉辦將新茶從茶壺中拿出來使用的「口切茶事」。在陰陽五行中屬水的「亥」，有著祈求避免火災之意，更是口切茶事上不可或缺的角色呢。

單字

1. おおよそ｜副 名
大概、大致上。

2. 口切《くちきり》｜名
開封，第一次打開容器蓋子的動作。

3. 免《まぬが》れる｜動
逃過一劫、倖免於難。

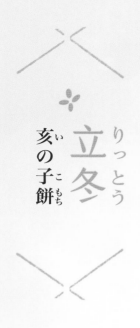

小雪《しょうせつ》

紅葉《もみじ》

「小雪《しょうせつ》」は北国《きたぐに》で雪《ゆき》が**ちらつき**始《はじ》めるものの、まだ積《つ》もるほどではない時期《じき》のことで、十一月《じゅういちがつ》二十二日《にじゅうににち》頃《ごろ》に当《あ》たる。日《ひ》差《ざ》しが弱《よわ》まり、紅葉《もみじ》が散《ち》り始《はじ》め、鮮《あざ》やかな赤《あか》と黄色《きいろ》と褐色《かっしょく》の葉《は》が地面《じめん》を**覆《おお》い尽《つ》くす**絶景《ぜっけい》が見《み》られる時期《じき》だ。

秋《あき》から初冬《しょとう》にかけての季節《きせつ》に茶席《ちゃせき》でよく目《め》にするのが、紅葉《もみじ》をかたどった和菓子《わがし》だ。紅葉《もみじ》を模《も》した和菓子《わがし》は見《み》た目《め》が美《うつく》しいのはもちろん、菓銘《かめい》も詩的《してき》で、「錦秋《きんしゅう》」、「綾錦《あやにしき》」、「梢《こずえ》の錦《にしき》」や紅葉《こうよう》の名所《めいしょ》に由来《ゆらい》する「竜田《たつた》」「竜田川《たつたがわ》」など、いずれの菓銘《かめい》からも情景《じょうけい》が浮《う》かび上《あ》がってくる。初秋《しょしゅう》から深秋《しんしゅう》、初冬《しょとう》へと時《とき》が流《なが》れるに従《したが》い、紅葉《もみじ》を模《も》した和菓子《わがし》の色《いろ》も緑《みどり》から赤《あか》、黄色《きいろ》へと変《か》わってゆき、季節《きせつ》の**移《うつ》り変《か》わり**を感《かん》じることができる。

單字

1. ちらつく｜動
閃爍、若隱若現、紛紛落下。

2. 覆《おお》い尽《つ》くす｜動
遮蔽、掩蓋、掩飾。

3. 移《うつ》り変《か》わる｜動
隨時間變化、變遷。

小雪 - 紅葉

十一月二十二日前後的「小雪」，北國即將進入紛紛飄雪的季節了，但仍不到積雪的程度。此時日照漸漸微弱，紅葉也開始飄落，鮮紅色、黃色、褐色的葉片鋪滿大地，也是一番風景。

用來表現紅葉的和菓子，是秋天至初冬茶席上常見的景色。這些模擬紅葉的和菓子，除了樣貌美麗，菓銘更是極富詩意。除了直接以紅葉來稱呼的，其他如同「錦秋」、「綾錦」、「枝頭之錦」，或是以賞紅葉著名景點為名的「龍田」、「龍田川」等等，每個菓銘都勾勒出了一幅畫面。隨著初秋、深秋、至初冬，這些紅葉和菓子的顏色也由綠色漸漸轉成紅色、黃色，讓人感受到季節更迭呢。

大雪《たいせつ》

雪平《せっぺい》

大雪《たいせつ》は寒冷地《かんれいち》で厚《あつ》い積雪《せきせつ》が見《み》られる時期《じき》のことで、十二月七《じゅうにがつなの》〜八日頃《ようかごろ》に当《あ》たる。**ふわふわ**とした白《しろ》い積雪《せきせつ》を表現《ひょうげん》するのにぴったりな和菓子《わがし》が雪平《せっぺい》だ。

雪平《せっぺい》は求肥《ぎゅうひ》にメレンゲを加《くわ》えて練《ね》り、空気《くうき》を**抱《だ》き込《こ》ませた**もの。柔《やわ》らかい食感《しょっかん》の求肥《ぎゅうひ》にメレンゲを混《ま》ぜることで、雪《ゆき》のようにふんわりとした口当《くちあ》たりになる。他《ほか》の材料《ざいりょう》を組《く》み合《あ》わせることが多《おお》く、例《たと》えば、中《なか》に餡《あん》を包《つつ》み、葉《は》と花芯《かしん》に見立《みた》てた材料《ざいりょう》を表面《ひょうめん》に添《そ》えて冬《ふゆ》の白《しろ》いサザンカを表現《ひょうげん》したものや、目《め》や耳《みみ》に見立《みた》てた材料《ざいりょう》を添《そ》え、雪《ゆき》で作《つく》った可愛《かわい》いうさぎを表現《ひょうげん》したもの、装飾《そうしょく》を**施《ほどこ》して**雪《ゆき》だるまに見立《みた》てたものなど、雪平《せっぺい》の姿《すがた》は多種多様《たしゅたよう》。雪《ゆき》のように白《しろ》い見《み》た目《め》と雪《ゆき》のような食感《しょっかん》から、冬《ふゆ》の人気和菓子《にんきわがし》となっている。

大雪 - 雪平

「大雪」約在十二月七、八日左右，寒冷地區已有了厚厚的積雪。「雪平」這種和菓子的製法，正適合用來表現積雪又白又綿的模樣。

「雪平」是在「求肥」這種材料當中加入蛋白霜攪拌，讓裡面充滿空氣而成。求肥原本就口感軟嫩，若再加上蛋白霜，就真的如同雪花般輕柔順口了。一般會用雪平搭配其他材料，製成各式各樣的和菓子。例如在上面妝點葉片及花蕊、包入豆餡，就是冬天的白色山茶花。或是點綴上眼睛及耳朵，做出像是用雪堆成的可愛雪兔。甚至在白色上面加些裝飾，就能製作出冬天的小雪人。雪白的外表、以及如雪花般的口感，讓雪平成了冬天受歡迎的和菓子呢。

單字

1. ふわふわ｜**副**
擬聲擬態語，指柔軟、蓬鬆、輕飄飄地。

2. 抱《だ》き込《こ》む｜**動**
攬進、懷抱住，也有拉攏、連累的意思。

3. 施《ほどこ》す｜**動**
施捨、給予恩惠。

冬至《とうじ》

柚子饅頭《ゆずまんじゅう》

冬至《とうじ》は一年《いちねん》で昼《ひる》が最《もっと》も短《みじか》く、夜《よる》が最《もっと》も長《なが》い日《ひ》のことで、十二月二十一《じゅうにがつにじゅういち》、二十二日《にじゅうににち》ごろに当《あ》たる。日本《にほん》では冬至《とうじ》に柚子湯《ゆずゆ》に入《はい》る風習《ふうしゅう》があり、由来《ゆらい》は不明《ふめい》だが、一説《いっせつ》によると、**湯《ゆ》**につかって病気《びょうき》を治《なお》す「湯治《とうじ》」という言葉《ことば》と「冬至《とうじ》」、および「柚子《ゆず》」と「融通《ゆうずう》」の**語呂合《ごろあ》わせ**から来《き》ているらしい。

冬至《とうじ》には柚子《ゆず》と関係《かんけい》のある和菓子《わがし》も**好《この》んで**食《た》べられている。日本《にほん》の柚子《ゆず》は通常《つうじょう》、小《ち》さくて丸《まる》く、黄色《きいろ》い。味《あじ》は酸《す》っぱく、爽《さわ》やかな香《かお》りがするため、直接《ちょくせつ》食《た》べるより、細《こま》かくした柚子《ゆず》の皮《かわ》や柚子《ゆず》の汁《しる》を材料《ざいりょう》に混《ま》ぜて、柚子味《ゆずあじ》の羊羹《ようかん》や柚子餅《ゆずもち》、柚子饅頭《ゆずまんじゅう》を作《つく》るなど、調味《ちょうみ》に使《つか》うのに向《む》いている。中《なか》には柚子《ゆず》を模《も》した小《ち》さくて丸《まる》い可愛《かわい》らしい黄色《きいろ》の饅頭《まんじゅう》もある。

單字

1. 湯《ゆ》 | 名
熱水、溫泉、入浴的水。

2. 語呂合《ごろあ》わせ | 名
雙關語、諧音。

3. 好《この》む | 動
特別有好感、喜歡的、喜好。

冬至 - 柚子饅頭

十二月二十一、二十二日前後的「冬至」，是一年當中白天最短、夜晚最長的日子。在日本，人們有在冬至這天泡柚子澡的習俗。這個習俗的由來不明，有人說是因為泡熱水療養的「湯治」一詞，與「冬至」的讀音相同，而「柚子」又與「圓融」一詞的日文讀音很相近。

因此人們也喜好在冬至享用與柚子相關的和菓子。日本一般常見的「柚子」，外型是小巧的黃色圓球狀，口味酸澀，散發出清香，比起直接食用，更適合拿來調味。將弄碎的柚子皮或柚子汁加進材料當中，做成柚子口味的羊羹，或是柚餅、柚子饅頭，都很適合。有些饅頭甚至做成了柚子的外型，小巧可愛的黃色圓球，很是討喜呢。

小寒《しょうかん》

菱《ひし》葩餅《はなびらもち》

「小寒《しょうかん》」は一月五《いちがついつ》、六日頃《むいかごろ》のこと。この時期《じき》に行《おこな》われる新年最初《しんねんさいしょ》の茶会《ちゃかい》「初釜《はつがま》」に必《かなら》ず登《とう》場《じょう》するのが「菱葩餅《ひしはなびらもち》」だ。

菱葩餅《ひしはなびらもち》は「花《はな》びら餅《もち》」ともいう。平安時代《へいあんじだい》の宮中《きゅうちゅう》の新年行事《しんねんぎょうじ》「歯固《はがた》めの儀式《ぎしき》」に由来《ゆらい》する。歯固《はがた》めの儀式《ぎしき》では主《おも》に長寿《ちょうじゅ》を願《ねが》い、餅《もち》の上《うえ》に菱餅《ひしもち》を**敷《し》き**、その上《うえ》に猪肉《ぶたにく》やダイコン、アユの塩漬《しおづ》けなどを**のせて**食《た》べていたが、だんだん簡略化《かんりゃくか》され、薄《うす》く伸《の》ばした餅《もち》でゴボウと味噌餡《みそあん》を包《つつ》んだものとなった。

菱葩餅《ひしはなびらもち》は明治時代《めいじじだい》に裏千家《うらせんけ》家元十一世《いえもとじゅういっせい》・玄々斎《げんげんさい》が初釜《はつがま》の時《とき》に使用《しよう》して以降《いこう》、初釜《はつがま》に不可欠《ふかけつ》の存在《そんざい》となった。薄《うす》く**伸《の》ばした**白《しろ》い餅《もち》で赤《あか》い菱餅《ひしもち》、味噌餡《みそあん》、ゴボウの砂糖煮《さとうに》を包《つつ》んだ菱葩餅《ひしはなびらもち》は、新年《しんねん》にしか味《あじ》わえない特別《とくべつ》な食《た》べ物《もの》なのだ。

小寒 - 菱葩餅

一月五、六日左右的「小寒」，在茶道的世界中，正值新年過後的第一次茶會「初釜」，茶席上一定會見到的，便是「菱葩餅」了。

菱葩餅又稱「花瓣餅」，來自於平安時代宮中的新年行事「固齒之儀」。這個儀式主要是祈願長命百歲，人們會在麻糬餅上放上菱餅、豬肉或白蘿蔔、鹽漬香魚等食材一同享用。後來漸漸被簡化，成了用麻糬皮來包裹牛蒡以及味噌餡的一種菓子。

明治時代，茶道裏千家第十一代家元玄玄齋將這種菓子用在初釜，菱葩餅自此成了初釜上不可或缺的角色。以白色麻糬皮包裹紅色菱餅及味噌、糖漬牛蒡的組合，是新年時期才嘗得到的特殊風味呢。

單字

1. 敷《し》く｜動
鋪設、鋪滿。

2. のせる｜動
放上、裝上，也有搭乘、使參加的意思。

3. 伸《の》ばす｜動
拉長、延長、伸長。

大寒《だいかん》

椿《つばき》

大寒《だいかん》は二十四節気《にじゅうしせっき》の最終節《さいしゅうせつ》で、最《もっと》も寒《さむ》い時期《じき》のこと。一月二十一日頃《いちがつにじゅういちにちごろ》に当《あ》たる。多《おお》くの草《くさ》木《き》が枯《か》れているこの季節《きせつ》に、寒《さむ》さを**ものともせずに**鮮《あざ》やかな赤《あか》や雪《ゆき》のような白《しろ》の花《はな》を咲《さ》かせ、青々《あおあお》とした葉《は》を茂《しげ》らせるのがツバキだ。

昔《むかし》から人気《にんき》の高《たか》いツバキは、和菓子《わがし》のテーマとなることが多《おお》い。職人《しょくにん》の技《わざ》によってツバキの形《かたち》と鮮《あざ》やかな色《いろ》を模《も》した和菓子《わがし》は、寒《さむ》い季節《きせつ》の茶席《ちゃせき》に温《ぬく》もりをもたらしてくれる。「椿《つばき》餅《もち》」という和菓子《わがし》もある。平安時代《へいあんじだい》の文学作品《ぶんがくさくひん》『源氏物語《げんじものがたり》』に登場《とうじょう》し、和菓子《わがし》の起源《きげん》とされる。現代《げんだい》の椿餅《つばきもち》はツバキの葉《は》で上下《じょうげ》を**挟《はさ》んだ**餅《もち》の中《なか》に餡《あん》が入《はい》っており、冬《ふゆ》から初春《しょしゅん》にかけてよく茶席《ちゃせき》に出《だ》される。椿餅《つばきもち》を味《あじ》わうことは、厳《きび》しい冬《ふゆ》の寒《さむ》さが間《ま》もなく**過《す》ぎ去《さ》り**、春《はる》がやって来《く》ることを意味《いみ》する。

單字

1. ものともせずに｜片
不當一回事、不放在眼裡、不理睬。

2. 挟《はさ》む｜動
夾起來、介入。

3. 過《す》ぎ去《さ》る｜動
隨時間經過而成為過去。

大寒 - 椿

一月二十一日左右是二十四節氣當中最後一個「大寒」，也是最寒冷的時期。在草木皆枯的此時，不畏寒冷而綻放的，是有著鮮紅、雪白花瓣，及濃綠葉片的「日本椿花」。

自古以來受人們喜愛的椿花，是和菓子常見的題材。菓子師傅們用各種技巧模擬出椿花的外型，鮮豔的色彩，為寒冷時節的茶席增添了一股暖意。此外，其實有一種名為「椿餅」的和菓子，曾出現在平安時代的文學作品《源氏物語》當中，被認為可能是和菓子的起源。現代的椿餅，是用上下兩片椿樹的葉片夾著麻糬，麻糬裡還包著豆餡。椿餅時常出現在冬末至初春的茶席上，品嘗椿餅，也代表著嚴寒將過、春天要到來了呢。

CONVERSATION

文 / 今泉江利子

A：こんにちは。台湾《たいわん》の友人《ゆうじん》が遊《あそ》びに来《く》るので、和菓子《わがし》を出《だ》したいんですが、ご紹介《しょうかい》いただけませんか。

B：はい。季節《きせつ》が感《かん》じられるものですと、寒《かん》天《てん》や葛《くず》を使《つか》ったものですね。錦玉羹《きんぎょくかん》、水《みず》羊羹《ようかん》、あんみつ、ところてん。あとはわらび粉《こ》で作《つく》ったわらび餅《もち》。

A：どれも夏《なつ》らしい涼《すず》しげな和菓子《わがし》ですね。

B：ありがとうございます。練《ね》り切《き》りでしたら、「ほおずき」とか「朝顔《あさがお》」なんかもおすすめです。

A：じゃ、この「清流《せいりゅう》」っていう錦玉羹《きんぎょくかん》と「朝《あさ》顔《がお》」を2《ふた》つずついただけますか。少《すく》なくてすみません。

B：いいえ、1《ひと》つから販売《はんばい》しておりますので。いつでもお気軽《きがる》にお立《た》ち寄《よ》りくださいね。

A：你好。因為台灣的朋友要來玩，想招待他們吃和菓子，能幫我介紹一下嗎？

B：好的。如果說想要能感受到季節的菓子，就要選裡面有寒天或葛粉的吧。像錦玉羹、水羊羹、餡蜜、心太等等，還有用蕨粉作的蕨餅。

A：不管哪個都是充滿夏天氣息、很清爽的和菓子呢。

B：謝謝您。如果想選練切的話，「鬼灯」「牽牛花」之類的也推薦給您。

A：那能給我這個叫「清流」的錦玉羹，還有「牽牛花」各兩個嗎？不好意思有點少。

B：不會，我們也是一個一個賣的。隨時都歡迎您輕鬆地來店逛逛喔！

單字｜例句

出《だ》す｜**他動 I**　拿出、取出

例《れい》. お客様《きゃくさま》にお茶《ちゃ》とお菓子《かし》をお出《だ》しした。

替客人端出了茶及和菓子。

涼《すず》しげな｜**ナ形容詞**　涼爽的、清涼的

例《れい》. 青《あお》や緑《みどり》は涼《すず》しげな夏《なつ》の和菓子《わがし》によく使《つか》われる色《いろ》だ。

藍色和綠色常用於清爽的夏日和菓子。

なんか｜**副助詞**　之類的、等等、什麼的

例《れい》. どら焼《や》きなんかのあんこを使《つか》った和菓子《わがし》が好《す》きだ。

我喜歡像是銅鑼燒之類的，有用到紅豆餡製作的和菓子。

気軽《きがる》に｜**副詞**　不要顧慮太多做出行動，也就是別太客氣、放輕鬆之意。

例《れい》. ここは気軽《きがる》に抹茶《まっちゃ》と和菓子《わがし》が楽《たの》しめる店《みせ》だ。

這裡是可以放輕鬆享受抹茶跟和菓子的店。

立《た》ち寄《よ》る｜**自動 I**　接近、走近。通常形容走到一半靠近店家。

例《れい》. 定番《ていばん》の和菓子《わがし》に目《め》がないので、この店《みせ》にはついつい立《た》ち寄《よ》ってしまう。

因為對基本款的和菓子沒有抵抗力，忍不住一直走近這家店。

interview

”將心去蕪存菁
創造雋永的柔軟感動

文／張雅琳　圖／日日幸福 提供

和菓子職人 吳蕙菁

她是日本百年和菓子老店「兔子屋」創業以來唯一一位外國員工，也是首名在日本和菓子業界大賽獲獎的外國職人。她是台灣首屈一指的和菓子達人，如果要討論在台灣的和菓子流派，不能不提到她的名字——吳蕙菁。她以一己之力，將如藝術般感動人心的和菓子文化帶入台灣，讓和菓子走進更多人的日常生活之中，歲歲年年，四時皆美。

從和菓子品牌「唐和家」創辦人吳蕙菁手中接過名片，映入眼簾的圖像，是唐和家最具代表性的菓子「菊姬」（きくひめ），渾圓而白裡透紅的球體上，有著上百片的美麗花瓣，細緻優雅。製作過程是以剪刀在五公分見方、質地極軟的豆沙上，剪出百餘刀，不僅力道講究平均，不能忽深忽淺，上至下的花瓣也要依序做出由小到大的層次，在在考驗刀工俐落，

都說名片是人的第二張臉，為何選擇「菊姬」作為品牌予人的第一印象？吳蕙菁淺淺一笑解釋道，當年自己從日本修業回國，在當時之所以能帶動一波和菓子的討論風氣，關鍵就是這顆深具視覺張力的甜點，「十五年前一顆小小的上生果子，竟然要賣到兩百元一個，很大膽吧！」刻意塑造話題性商品的策略成功，從此打響名氣。

初識自身烘焙天分

沏一壺茶，端出一盤菓子，在一方和室空間裡頭，吳蕙菁娓娓道來自己如何與和菓子相遇。

學美術的她，出社會後也發揮所長，成為一位平面設計師，接各家書籍出版封面的案子。只是工作型態經常是沒日沒夜地爆肝趕圖稿，長達六、七年的時間下來，內心彷彿有個隨時會爆炸的壓力鍋。於是，她除了吃甜食排解壓力，更跑去學了烘焙，原本只是做做興趣，沒想到「一不小心」通過了國家丙級烘焙執照考核，啟發她思考，既然自己有這份才能，「是不是可以試著轉換跑道？」

吳蕙菁想起了自己曾在日本節目《電視冠軍》中看過的和菓子職人比賽，被那些外型美麗的日本傳統點心深深打動。對比西式糕餅烘焙的高糖、高油，她更驚訝於只用豆沙、糯米粉、水和麥芽，竟然可以製作出這麼漂亮的和菓子。知道它是健康甜點，吃起來負擔不大，「我就很想嘗試看看。」

當時台灣坊間的日本和菓子店，如老字號的明月堂、滋養，雖然有販售羊羹、麻糬等糕點，卻無法滿足吳蕙菁想要探究更多和菓子學問的心。三十三歲的她，在工作瓶頸和人生波折的低谷中，毅然決然拋下耕耘已久的平面設計領域，為自己賭上一把。

「若不是有相對的決心，人是不會輕易脫離舒適圈的。」吳蕙菁說，當時只會背五十音的自己，一月決定赴日，三月就踏上日本。一開始，先從語言學校讀起，為了學好日語，她特地搬離有許多台灣留學生的宿舍，每天通車上學的途中也絲毫不敢浪費，時間都投入在苦讀單字、熟記文法，「是我這輩子最用功念書的時期。」一年後，她就順利通過二級日語檢定，也如願進入日本東京製菓學校的和菓子本科就讀。

老師的新作「上善若水」

製菓學校打開眼界

當時，班上只有她一個台灣人，和另外兩、三位韓國學生，其他日本同學，大多是家中經營和菓子店的新生代，未來準備要傳承家業的。

年紀比其他十七、八歲的年輕小夥子大上一輪的吳蕙菁，成了班上同學口中戲稱的「歐巴桑」。雖然日文程度半生不熟，但菓子的名稱本就是漢字，學習上不成問題，體力反而成了最大考驗，「以前工作都是在電腦前坐著，不像學校課程需要大量的實作。」除了基本的食材處理外，創作上生菓子，常常得自己設計製作尖頭筷子、圓頭木棒、薄木片等輔助道具，每次上木工課程，就把教室弄得像木頭加工廠般。

她笑笑說：「勞動量很大，可是精神上很滿足。」

在製菓學校進修期間，屢屢讓吳蕙菁開了眼界，明白和菓子不僅僅是和菓子，更結合了工藝與藝術，因此，連同茶道、花藝、書畫、文學等素養課程，都涵蓋在修業範圍內。

半路出家習藝，她對每個機會都分外珍惜，「一年的時間當三年用。」剛升上二年級時，老師帶著幾個留學生到製菓工廠見習，也造訪了擁有百年歷史的和菓子名店「兔子屋」（うさぎや），鋪子的代表名物，是被譽為「日本第一」的銅鑼燒。看見店裡貼出的徵人啟示，吳蕙菁鼓起勇氣，用一口破日語前去面試，為自己爭取到在兔子屋工作的機會。

每逢假日，她就到店裡實習，把握每一個打工的日子，也將兔子屋完全手工製作與堅持不囤貨的理念，看在眼裡。老闆娘瀨山妙子待她像是自己的女兒般，分享許多做人處事的珍貴經驗。

比方說，店裡清潔打掃時，她看到做了二十幾年的老員工都趴跪在地上擦拭，忍不住問老闆娘，為什麼這些事不讓年輕人來做就好？「妙子告訴我，這樣做是為了加深每一位員工的認同感，對自己清潔過的工作場域，會更在意、更珍惜。」又或者每當夏天便進入和菓子店的淡季，生意不若其他時節熱絡，員工們只能做些雜務，卻不見東家減少人力，「從經營的角度看，會覺得這樣可以嗎？但妙子

說，養兵千日用在一時，我又上了一課。」

在妙子身上學到的許多心法，無形中都成為吳蕙菁日後創業的養分。

職業比賽高手過招

留日期間，光是學校課業及菓子店的打工，就已經忙得不可開交，但真正讓吳蕙菁更上層樓、快速提升和菓子技巧與藝術能量的關鍵，是她在最後一年，選擇參加日本菓業振興會年度例會和菓子技能比賽。

那是場為期長達一年、總共比十二次的馬拉松式比賽。按月提案，需依照歲時奧妙，因應每個月不同的季節花朵與節慶，製作出融合「四季」與「五行」的上生菓子。難就難在，一組五個菓子中，顏色、形狀與材質皆不能重複外，還要滿足視覺、味覺、嗅覺、觸覺和聽覺「五感」條件，方屬上品。

當時，吳蕙菁不僅是歷來唯一參展的台灣人，一眾職人排開來，獨獨只有她仍是學生身分，她形容自己是「志在參加」，透過比賽經歷增廣見學，不僅可以觀摩職人作品，還可以聽到評審對自己作品的評論，更了解自身的不足。

「我的想法很單純，就是把每天都當成最後一天，盡全力去做我覺得有趣的事。」為了準備作品，經常是一連數週徹夜趕工，每到假日，還得婉拒同學們的出遊邀約，就因為一份對菓子的赤忱，吳蕙菁絲毫不以為苦，「我是真的很陶醉在那個過程裡頭，沒有壓力。也希望這份參賽經驗，可以做為日後留學生們在異鄉的借鏡。」

不過，最讓她感動的是，後來學校同學們知道她準備作品需要的素材很多，只要課堂作業有剩餘的材料就會留給她，一些平日裡比較難入手的材料，老師們也會想方設法幫忙找來提供給她。這讓她更堅定地相信，「只要肯持續努力，自然能夠贏得別人的認同。」

吳蕙菁將自己的美術底子與素描功力轉換成食物，每個月都拿到不錯的成績。像是她首次嘗試的引果子作品，將原本在腦海裡的草圖細節，用羊羹來作畫，製作時必須抓準羊羹凝固的時間點，很少有人能一次成功，她也是反

老師重現職人比賽時的作品「十六夜」

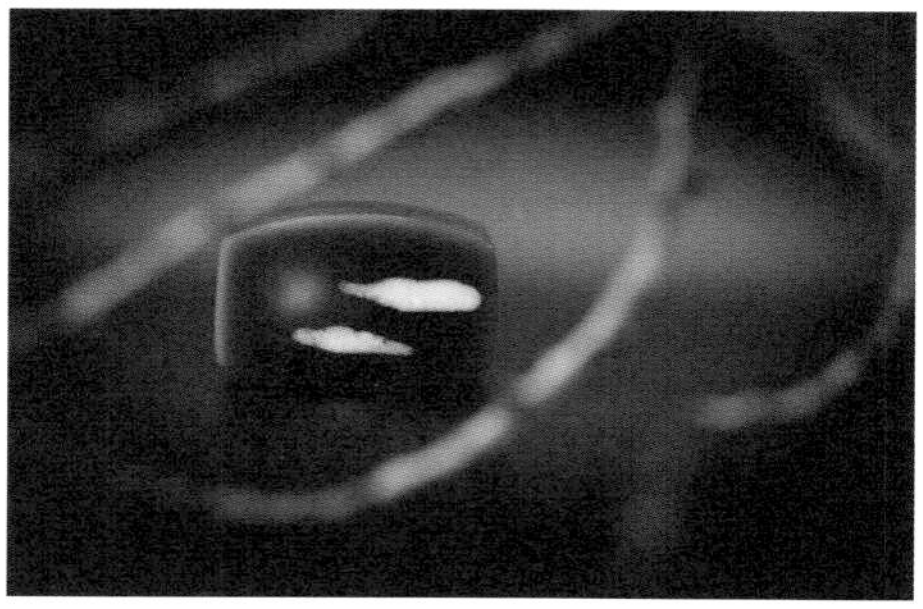

覆實驗，才呈現出夕陽餘暉中、被融雪披覆的漸層富士山。大半年下來，評審們都知道，有個台灣來的學生，雖然日語講得不算好，但是和菓子做得很好。

憶及當時每個月要創作出五個全新的菓子，又有文化和語言上的障礙，天人交戰的場景，吳蕙菁仍歷歷在目。特別是提交參賽作品前，她也會徵詢學校老師和妙子老闆娘的意見，每次被妙子退回提案，都讓她傷透腦筋。不過，所謂嚴師出高徒，正因為有了前輩們的高標準鞭策，奠定了她豐沛的創作力，才有日後一路上源源不絕的精彩作品。

心隨境轉凝練感悟

小小的菓子，都是體現創作者的心境。

吳蕙菁在日本參加職人比賽時，初試啼聲之作當中有一款紅豆羊羹，名為「十五夜」，朦朧的月光與兩片被月色照亮的浮雲，別具韻味。多年後，她出書分享職人手藝，重現這款作品，改為「十六夜」（いざよい），在日語中，有著「猶豫、想前進卻又無法前進」的意涵。

她解釋，因為跟十五夜的滿月比起來，十六夜的月出現時間較晚，有如躊躇著什麼一般，恰恰呼應了當初她思索著要如何在台灣推廣和菓子文化、舉步猶疑不前的心情。

製菓學校畢業後，雖然未能如願留在日本工作，但吳蕙菁深信，當上天關上一扇門，定會再開另一扇窗。於是，她帶著一身手藝回台，將分享和菓子之美，視為自己的天命。十多年來，奔走全台，積極開辦體驗課程，參與的學員人數已突破上萬人次，也在工作室收了許多入室弟子，開枝散葉。

回首來時路，她有感而發地說，「當你的人生需要一個轉彎時，當下的勇氣，就決定了未來的樣貌。」

走過低潮，如今的吳蕙菁，舉手投足盡是自在從容，笑看世間百態，一如她最新創作的金字塔錦玉羹，玲瓏剔透。她分享作品的構思：「想像這是一座富士山，當山頂積雪開始融化，可以看到裡面有許多色彩繽紛的羊羹，就是希望肆虐全球的疫情寒冬終將過去、迎來春天。」

她將新作取名為「上善若水」，源自老子《道德經》的處世哲學，老子以水比喻有德行的人，如同水的特性，一能滋養萬物，二則柔順不與人爭，三指水往下流、意為謙卑自處。她恍然大悟，「原來老子給我靈感的同時，也是要教化我，做人要像水一樣。」

即使早已是眾人眼中殿堂級的職人，吳蕙菁始終不忘初心，秉持著「用心製作的和菓子，會贏得客人笑容」的座右銘。她強調，每一顆菓子，蘊含著製菓者的精神和能量，以及對自然萬物的所感。「我的願望是和菓子不只是我一個人默默地做，如果能有更多人一起做、分享菓子的雋永意涵，充滿故事的菓食文化就能傳承下去。」她謙虛道：「在和菓子千年的時間軸裡，能留下多少刻度，不是我在乎的事情。在這段歷史洪流裡我能占其一，已很滿足。」

撰文　張雅琳
自由撰稿人，擅長書寫人物、旅遊、美食、生活風格等主題。踏入媒體業十餘年，以「寫字的人」爲職志。

圖源　日日幸福
本文圖片皆出自吳蕙菁老師著作《和菓子聖經：極美、好吃，超過 1600 張精析圖解，職人技藝完全掌握》、《和菓子魔法書：舌尖上的藝術品，療癒系菓食的美感生活》，皆由日日幸福出版。

Embellish

菓銘

If someone loves a flower,
of which just one single blossom
grows in all the millions and millions of
stars,
it is enough to make him happy
just to look at the stars.

就像是做最後的點綴，傾注所有的愛。每一顆菓子都正因被賦予了姓名，表現了職人獨一無二的感情，而顯得更加燦爛。細細品味這份日本文化獨有的優雅細膩，不需感到負擔，若能找到自己心中盛放的花朵便足矣。

菓銘

隱藏在和菓子中的心意

文 / 王文萱

短歌《たんか》、俳句《はいく》、文学《ぶんがく》

「菓銘《かめい》」とは和菓子《わがし》に付《つ》けられる特別《とくべつ》な名前《なまえ》のこと。「羊羹《ようかん》」、「練《ね》り切《き》り」などは和菓子《わがし》の種類《しゅるい》を指《さ》し、菓銘《かめい》ではない。大半《たいはん》の菓銘《かめい》には歴史的《れきしてき》な由緒《ゆいしょ》があり、代表的《だいひょうてき》な菓銘《かめい》の多《おお》くは昔《むかし》の短歌《たんか》や俳《はい》句《く》などの文学作品《ぶんがくさくひん》に由来《ゆらい》する。

例《たと》えば、端午《たんご》の節句《せっく》の象徴的《しょうちょうてき》な和菓子《わがし》で、この時期《じき》によく見《み》られる植物《しょくぶつ》のカキツバタを模《も》した「唐衣《からころも》」は文学作品《ぶんがくさくひん》『伊《い》勢《せ》物語《ものがたり》』に由来《ゆらい》する。主人公《しゅじんこう》の在原業平《ありわらのなりひら》は旅《たび》の途中《とちゅう》で一面《いちめん》に咲《さ》き広《ひろ》がるカキツバタを見《み》て、身《み》に付《つ》けている唐衣《からころも》のように長年《ながねん》なれ親《した》しんだ妻《つま》を都《みやこ》に残《のこ》して遠《とお》いところまで来《き》てしまったなあという感慨《かんがい》を込《こ》めた和歌《わか》を詠《よ》む。「唐衣《からころも》」という言葉《ことば》から始《はじ》まるこの和歌《わか》は折句《おりく》で、各句《かくく》の最《さい》初《しょ》の文字《もじ》をつなげると「かきつばた」になる。このことから「唐衣《からころも》」は四《し》、五月《ごがつ》頃《ごろ》のカキツバタの形《かたち》を模《も》した和菓子《わがし》の名《な》前《まえ》となったのだ。

このほか、「初《はつ》ちぎり」という菓銘《かめい》は

江戸時代《えどじだい》の俳人《はいじん》、加賀千代女《かがのちよじょ》が詠《よ》んだ俳句《はいく》に由来《ゆらい》する。表面上《ひょうめんじょう》は「柿《かき》が渋《しぶ》いかどうかは実際《じっさい》に食《た》べてみて初《はじ》めてわかるもの」という内容《ないよう》だが、そこには「結婚《けっこん》も幸《しあわ》せかどうかは試《ため》してみて初《はじ》めてわかるもの」という結婚前《けっこんまえ》の不安《ふあん》な気持《きも》ちが重《かさ》ねられている。このため、秋《あき》に作《つく》られる柿《かき》の形《かたち》をした和菓子《わがし》には大抵《たいてい》「初《はつ》ちぎり」という菓銘《かめい》が付《つ》けられる。また、冬《ふゆ》から春《はる》に移《うつ》る時期《じき》に吹《ふ》く「東風《こち》」という菓銘《かめい》は、菅原道真《すがわらのみちざね》の「東風《こち》吹《ふ》かば　にほひをこせよ　梅《うめ》の花《はな》　主《あるじ》なしとて　春《はる》な忘《わす》れそ」という和歌《わか》に由来《ゆらい》し、この菓銘《かめい》の付《つ》いた和菓子《わがし》は無論《むろん》、和歌《わか》に登場《とうじょう》する梅《うめ》の花《はな》を模《も》している。ほかにも、秋《あき》の和《わ》菓子《がし》「竜田《たつた》」という菓銘《かめい》は、昔《むかし》から紅葉《こうよう》の名所《めいしょ》として名高《なだか》い奈良県《ならけん》の竜田川《たつたがわ》にちなんだもの。竜田《たつた》の紅葉《こうよう》の美《うつく》しさは高畠《たかばたけ》式部《しきぶ》や在原業平《ありわらのなりひら》など、多《おお》くの有名《ゆうめい》な歌人《かじん》に詠《よ》まれている。このため、紅葉《もみじ》を模《も》した和菓子《わがし》は「紅葉《もみじ》」ではなく「竜田《たつた》」と呼《よ》ばれるのだ。また、「藤浪《ふじなみ》」という菓《か》銘《めい》は、日本最古《にほんさいこ》の歌集《かしゅう》『万葉集《まんようしゅう》』に収《おさ》められている、風《かぜ》に揺《ゆ》れる藤《ふじ》の花《はな》の様子《ようす》を「藤浪《ふじなみ》」と表現《ひょうげん》した和歌《わか》に由来《ゆらい》し、藤《ふじ》の花《はな》をイメージした和菓子《わがし》に付《つ》けられるようになった。

これらの菓銘《かめい》は、「カキツバタ」や「梅《うめ》の花《はな》」などを関連《かんれん》のある言葉《ことば》で間接《かんせつ》的《てき》に表現《ひょうげん》した隠喩《いんゆ》だ。先《さき》に挙《あ》げた文学作《ぶんがくさく》品《ひん》に馴染《なじ》んでいれば、これらの菓銘《かめい》を耳《みみ》にした時《とき》に作中《さくちゅう》の情景《じょうけい》がイメージされ、和菓子《わがし》を味《あじ》わう上《うえ》での楽《たの》しみの一《ひと》つとなる。目《め》と舌《した》を楽《たの》しませてくれるだけでなく、想像力《そうぞうりょく》もかきたててくれる美《うつく》しい和《わ》菓子《がし》は、単《たん》なる食品《しょくひん》ではなく、芸術《げいじゅつ》、文《ぶん》化《か》を継承《けいしょう》した作品《さくひん》なのだ。

短歌、俳句、文學

「菓銘」是指和菓子特有的名字。像「羊羹」、「練切」這些只是指和菓子的種類，並不稱做菓銘。菓銘大多有其歷史由來，許多經典的菓銘出自於日本古典的短歌、俳句等文學作品。

例如代表端午節的和菓子「唐衣」，外表是在此時節常見的植物燕子花。至於由來，則要提到《伊勢物語》這部文學作品。《伊勢物語》的主角在原業平，某次在旅途中見到一整面的燕子花，勾起了鄉愁。他當下吟了一首詩歌，描述自己留下了如同穿在身上的「唐衣」一般親近的妻子，離開都城，踏上遙遠的旅程，不禁覺得悲從中來。這首詩以「唐衣」兩字開頭，其實是首藏頭詩，每個詩句的第一個字，拼起來正好就是「燕子花」的日文「かきつばた」。此後「唐衣」便成了四、五月份燕子花形狀的和菓子之名。

菓銘「初契」，則出自江戶時代俳人加賀千代女的俳句。內容寫著柿子是否苦澀，要實際嘗了才會知道。當時作者千代女即將出嫁，此句其實是在表現她的心境——婚姻是禍是福，實際體驗了才會知曉。所以秋天模仿柿子形狀的和菓子，大多會被冠上「初契」之銘。冬春之際的「東風」，則是來自於菅原道真的和歌「東風吹拂花飄香，梅花無主莫忘春」。和菓子的形狀當然就是和歌當中出現的「梅花」。秋天的和菓子「龍田」，其實是指奈良的龍田川，這裡自古以來就是賞紅葉的著名景點。許多著名的歌人，例如高畠式部、在原業平，都曾經在和歌當中歌詠「龍田」的美景。因此紅葉造型的和菓子，並不直接稱「楓葉」，而是會以「龍田」為名。此外，日本最古的歌集《萬葉集》當中，曾用「藤浪」一詞來形容藤花被風吹搖曳的景象，後人也取「藤浪」來當成仿藤花意象的和菓子之名。

以上這幾個例子當中，「菓銘」的命名方式是間接的，並非直接用「燕子花」或「梅花」來取名，而是用有所關聯的詞彙來做間接的隱喻。這麼一來，若事先熟悉這些古典文學作品，那麼聽聞菓銘時，便能聯想到文學作品的意境，這種聯想遊戲，也是享用和菓子時的趣味之一。美麗的和菓子，不僅滿足了人們的視覺感官、以及舌尖上的味覺感官，透過菓銘還能讓人馳騁想像力，讓和菓子不再只是件「食」品，而是傳承了藝術及文化的創作品。

單字

1. 由緒《ゆいしょ》｜名
淵源、歷史、來歷。

2. つなぐ｜動
連接、連繫、串起。

3. 渋《しぶ》い｜形
澀的，也指吝嗇，或是風格素雅、老練細膩。

4. 馴染《なじ》む｜動
熟識、親近。

5. かきたてる｜動
挑動、煽動。

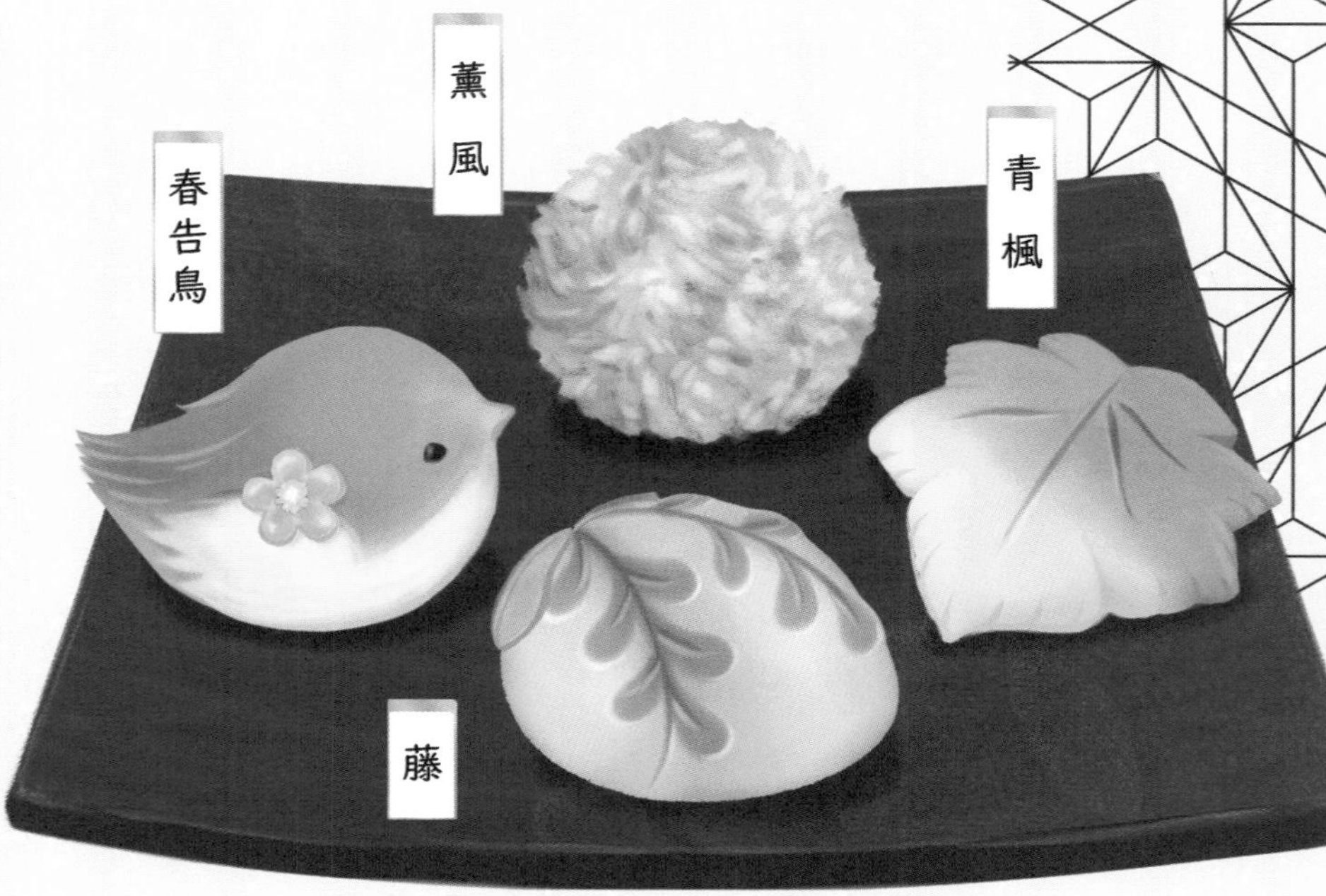

四《し》季《き》折《おり》々《おり》の風《ふう》物《ぶつ》詩《し》

和菓子《わがし》を作《つく》る上《うえ》で最《もっと》も重要《じゅうよう》なのは季節《きせつ》感《かん》を表現《ひょうげん》することだ。**旬**《しゅん》の食材《しょくざい》を使用《しよう》するのはもちろん、和菓子《わがし》そのもののデザインやイメージによって自然《しぜん》の花鳥風《かちょうふう》月《げつ》をはじめとする四季折々《しきおりおり》の風物詩《ふうぶつし》を表《あらわ》し、季節感《きせつかん》を表現《ひょうげん》しなければならず、この点《てん》が他《ほか》の食《た》べ物《もの》と大《おお》きく異《こと》なるところだ。また、和菓子《わがし》の「菓銘《かめい》」も季節感《きせつかん》を表《あらわ》す手段《しゅだん》の一《ひと》つである。

和菓子《わがし》によって季節感《きせつかん》を完全《かんぜん》に表現《ひょうげん》するには菓銘《かめい》が欠《か》かせない。例《たと》えば、和菓子《わがし》にはそぼろ状《じょう》のこし餡《あん》で球状《きゅうじょう》に仕上《しあ》げた「金団《きんとん》」というものがあり、金団《きんとん》で春《はる》に芽《め》を出《だ》す植物《しょくぶつ》を表現《ひょうげん》する場合《ばあい》は、白《しろ》い餡《あん》と薄緑《うすみどり》の餡《あん》で積雪《せきせつ》と新芽《しんめ》に見立《みた》て、「芽吹き」という名をつけることで、新《しん》芽《め》が雪《ゆき》の中《なか》から萌《も》え出《で》る情景《じょうけい》を受《う》け手《て》に**喚起**《かんき》させることができる。また、金団《きんとん》で梅《うめ》の花《はな》を表現《ひょうげん》する場合《ばあい》は、赤《あか》と白《しろ》のこし餡《あん》を使用《しよう》し、「梅東風《うめごち》」と名付《なづ》けたり、白《しろ》いこし餡《あん》の金団《きんとん》に小《ちい》さな赤《あか》い花《はな》を添《そ》えて「雪中梅《せっちゅうばい》」と名付《なづ》けたりすれば、自然《しぜん》と季節感《きせつかん》が生《う》まれる。

各季節特有《かくきせつとくゆう》の花《はな》や植物《しょくぶつ》は和菓子《わがし》のテーマとして取《と》り上《あ》げられることが多《おお》く、四《し》月《がつ》は桜《さくら》、五月《ごがつ》は藤《ふじ》、六月《ろくがつ》はアジサイ、夏《なつ》はアサガオ、秋《あき》は紅葉《もみじ》、冬《ふゆ》はツバキが定《てい》番《ばん》のテーマだ。ただし、花《はな》や植物《しょくぶつ》の名前《なまえ》をそのまま菓銘《かめい》とするのではなく、よりイメージ豊《ゆた》かな言葉《ことば》を選《えら》ぶことが多《おお》い。例《たと》えば、その年《とし》に初《はじ》めて咲《さ》いた桜《さくら》を意味《いみ》する「初桜《はつざくら》」、遠《とお》くに見《み》える桜《さくら》の**ありさ**

まを表《あらわ》す「遠桜《とおざくら》」、手《て》で折《お》って持《も》ち帰《かえ》りたいほど桜《さくら》が美《うつく》しいという意味《いみ》が込《こ》められた「手折桜《たおりざくら》」、梅雨《つゆ》に咲《さ》くアジサイを意味《いみ》する「雨上《あめあ》がり」、秋《あき》の多彩《たさい》な紅葉《もみじ》を美《うつく》しい絹織物《きぬおりもの》にたとえた「綾錦《あやにしき》」、さらには、柿《かき》の木《き》から全《すべ》ての実《み》を収穫《しゅうかく》せず、来年《らいねん》もよく実《みの》るようにとのまじないで、木《き》に取《と》り残《のこ》しておく一《ひと》つ二《ふた》つの柿《かき》を意味《いみ》する「木守《きまもり》」という言葉《ことば》もある。花《はな》や植物《しょくぶつ》そのものだけでなく、その場《ば》の情《じょう》景《けい》やそこから広《ひろ》がる意味合《いみあ》いをも含《ふく》んだこれらの菓銘《かめい》により、和菓子《わがし》はより重層《じゅうそう》的《てき》なイメージを想起《そうき》させるものとなるのだ。

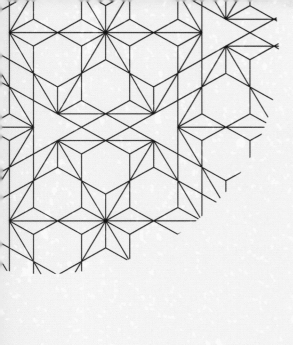

和菓子《わがし》によって表現《ひょうげん》されることの多《おお》い四季折々《しきおりおり》の事物《じぶつ》には、自然《しぜん》の花《はな》や植物《しょくぶつ》以《い》外《がい》のものもあり、菓銘《かめい》を聞《き》かないと意味《いみ》が理解《りかい》できないことが多《おお》い。例《たと》えば、菓《か》銘《めい》の「着《き》せ綿《わた》」とは平安時代《へいあんじだい》に始《はじ》まった重陽《ちょうよう》の節句《せっく》の宮中行事《きゅうちゅうぎょうじ》のことで、九月九《くがつここの》日《か》の重陽《ちょうよう》の節句《せっく》の前日《ぜんじつ》に菊《きく》の花《はな》に綿《わた》をかぶせておき、翌朝《よくあさ》、菊《きく》の香《かお》りや露《つゆ》を含《ふく》んだ綿《わた》で体《からだ》を**清《きよ》めて**厄除《やくよ》けと長寿《ちょうじゅ》を祈願《きがん》していた。和菓子《わがし》「着《き》せ綿《わた》」は通常《つうじょう》、菊《きく》の花《はな》に見立《みた》てた生地《きじ》の上《うえ》に綿《わた》を模《も》したそぼろ餡《あん》がのっており、その見《み》た目《め》と菓銘《かめい》により、平安貴族《へいあんきぞく》たちの祈願《きがん》する姿《すがた》が脳裏《のうり》に浮《う》かび上《あ》がってくる。

和菓子《わがし》には京都《きょうと》の祇園祭《ぎおんまつり》を表現《ひょうげん》した「鉾巡《ほこめぐ》り」、葵祭《あおいまつり》を表現《ひょうげん》した「賀茂《かも》の祭《まつり》」、五山送《ござんのおく》り火《び》を表現《ひょうげん》した「送《おく》り火《び》」など、伝統的《でんとうてき》な祭《まつ》りを表現《ひょうげん》したものも多《おお》く、テーマの意味《いみ》を伝《つた》える菓銘《かめい》があって初《はじ》めて和菓子《わがし》という作品《さくひん》は完成《かんせい》する。**すなわち**、和菓子《わがし》は花鳥風月《かちょうふうげつ》など季節《きせつ》の風《ふう》物詩《ぶつし》をそのまま具体化《ぐたいか》しているのではなく、抽象的《ちゅうしょうてき》にイメージ化《か》された事《じ》物《ぶつ》のエッセンスを手《て》のひらより小《ちい》さな菓《か》子《し》の中《なか》に凝縮《ぎょうしゅく》し、さらに菓銘《かめい》によってポイントを示《しめ》しているのだ。目《め》で楽《たの》しみ、菓銘《かめい》から想像力《そうぞうりょく》を膨《ふく》らませ、そして最後《さいご》に舌《した》で味《あじ》わう。これこそが和菓子《わがし》の最上《さいじょう》の楽《たの》しみ方《かた》だ。

花鳥風月、季節風物詩

製作和菓子最重要的，就是要表現季節性。除了使用當季的食材來製作，和菓子本身也必須展現出季節感。和菓子的造型或意境，必須反映出大自然的花鳥風月、各季節的風物景致，這點與其他食物有很大的不同。其中和菓子的「菓銘」，便是表現季節感的方式之一。

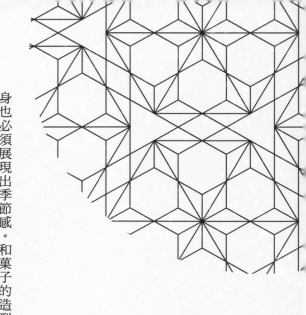

和菓子時常需要搭配菓銘，才能畫龍點睛將季節表現出來。例如有一種稱為「金團」的和菓子製法，是將豆泥過篩，使其變成許多細條狀，再將細條狀組合成圓球狀而成。同樣是「金團」外表的和菓子，若想表現春天植物發芽的模樣，那麼就使用白色及淺綠色的豆泥，用來表現積雪及嫩芽，冠上「萌芽」之名，便能讓人聯想到雪中冒出新芽的景象。若想表現梅花，那麼就用紅色與白色的豆泥，冠上「梅東風」，或是在白色豆泥的金團上，妝點紅色小花，取名「雪中梅」，季節感便能油然而生。

不同季節特有的花卉植物，是和菓子時常用來表現的主題。四月櫻、五月藤、六月紫陽花，夏牽牛花、秋紅葉、冬山茶等等，這些季節性的花卉植物，都是常見的和菓子題材。但在取菓銘時，時常不直接用花卉名稱，而是用更富意境的方式。例如「初櫻」指的是一年當中最初綻開的櫻花，「遠櫻」則是指從遠方眺望整片櫻花景色的模樣，「手折櫻」則是指櫻花美麗的模樣，讓人不禁想要摘下之意。其他例如「雨後」是指梅雨季節的紫陽花景色，「綾錦」是指秋日紅葉的各種色彩，有如美麗的絹織物之意。「木守」則是指柿子，這是因為從樹上摘取柿子時，人們會特意留下一、兩個，用來守護樹木，期望隔年還有豐盛的果實。這些菓銘除了意指花卉植物本身，還點出了植物所在的環境及景象，以及衍伸的意涵，讓和菓子的意境更為立體，更能勾起人們的想像空間。

除了花卉植物與大自然，各季節的應景事物也時常用和菓子來表現，許多時候必須透過菓銘，才能讓人理解其意。例如自平安時代

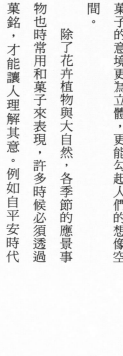

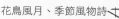

起，宮中在重陽節有個特別習俗「著綿」，是在九九重陽的前一天，先將菊花覆蓋在絲綢上，隔天早上再用沾有菊花香味及露珠的絲綢來擦拭身體，祈求驅邪並且長壽。「著綿」和菓子常見的外型，是在菊花上面擺著模擬絲綢的細條狀，搭配了菓銘之後，平安貴族們祈願的姿態似乎就展現在眼前了呢。

表現京都祇園祭的和菓子「鉾巡」、或是表現葵祭的「賀茂祭」、甚至是表現五山送火的「送火」，這些傳統祭典，也時常透過和菓子展現出來，此時更需要透過菓銘來讓人理解主題，「和菓子」這件作品才得以完整呈現。也就是說，和菓子並非將花鳥風月及季節風物景致完完整整地具象化，而是透過抽象、意象化的方式，將事物的精髓，凝聚在不到巴掌大小的菓子裡，再用菓銘，表達出重點。透過視覺享受菓子，接著透過菓銘馳騁想像力，最後進入味覺的世界，這才是享用菓子的最佳方法。

單字

1. 旬《しゅん》 | 名
當令、當季，常用於蔬果、海鮮等等。

2. 喚起《かんき》 | 名
喚起、引起注意、提醒。

3. ありさま | 名
模樣、情況、光景、狀態。

4. 清《きよ》める | 動
洗乾淨、淨身，洗刷汙名、使人清白。

5. すなわち | 接續
換言之、也就是說。

句型

をはじめとする
以……為首 / 為代表，用於舉例。

例句

あのカフェは京都《きょうと》をはじめ、全国《ぜんこく》二十《にじゅう》か所《しょ》に出店《しゅってん》しています。
那間咖啡廳以京都為首，在全國二十個地方都有開分店。

当店《とうてん》では本格《ほんかく》ラーメンをはじめとして、デザート、おつまみなども幅広《はばひろ》くご提供《ていきょう》しております。
本店以正宗拉麵為代表，也提供甜點、下酒菜等多樣化的餐點。

地域《ちいき》と歴史《れきし》

日本各地《にほんかくち》の風土《ふうど》風習《ふうしゅう》や観光名所《かんこうめいしょ》、歴史《れきし》物語《ものがたり》は話題《わだい》に上《のぼ》ることが多《おお》く、こうした名所《めいしょ》や物語《ものがたり》は「菓銘《かめい》」の良《よ》き題材《だいざい》にもなっている。菓銘《かめい》を聞《き》くとその歴史的《れきしてき》な由来《ゆらい》や情景《じょうけい》が脳裏《のうり》に思《おも》い浮《う》かぶのも、和菓子《わがし》の楽《たの》しみの一《ひと》つだ。

例《たと》えば、「高雄《たかお》」という菓銘《かめい》は京都市《きょうとし》右京区《うきょうく》にある地名《ちめい》を指《さ》している。高雄《たかお》は紅葉《こうよう》の名所《めいしょ》として知《し》られ、「高雄《たかお》」と名付《なづ》けられた和菓子《わがし》はもちろん紅葉《もみじ》を模《も》している。「竜田川《たつたがわ》」という菓銘《かめい》も同《おな》じく紅葉《こうよう》の名所《めいしょ》である奈良《なら》の竜田川《たつたがわ》に由来《ゆらい》する。桜《さくら》の名所《めいしょ》に由来《ゆらい》する菓銘《かめい》では「吉野《よしの》」が有名《ゆうめい》だ。「吉野《よしの》」は古《ふる》くから桜《さくら》の名所《めいしょ》として知《し》られる奈良《なら》の吉野山《よしのやま》のことで、吉野山《よしのやま》では豊臣秀吉《とよとみひでよし》が総勢《そうぜい》五千《ごせん》人《にん》を引《ひ》き連《つ》れて花見《はなみ》の宴《うたげ》を**開《ひら》いた**こともある。菓銘《かめい》の「嵐山《あらしやま》」も京都《きょうと》にある花見《はなみ》スポットのこと。また、「古都《こと》の春《はる》」、「奈良《なら》の都《みやこ》」なども京都《きょうと》や奈良《なら》の桜《さくら》をイメージして作《つく》られた和菓子《わがし》の菓銘《かめい》だ。

地域《ちいき》の風習《ふうしゅう》に由来《ゆらい》する菓銘《かめい》を持《も》つ和菓子《わがし》としては、奈良《なら》の「良弁椿《ろうべんつばき》」を**取《と》り上《あ》げない**わけにはいかないだろう。良弁椿《ろうべんつばき》とは奈良《なら》の東大寺《とうだいじ》開山堂《かいざんどう》の庭《にわ》にある椿《つばき》のことで、東大寺《とうだいじ》の開祖《かいそ》である良弁《ろうべん》の像《ぞう》が開山堂《かいざんどう》に祀《まつ》られていることから「良弁椿《ろうべんつばき》」と呼《よ》ばれている。赤《あか》に白《しろ》い糊《のり》をこぼしたようなまだら模様《もよう》の花《はな》びらなので、「糊《のり》こぼし椿《つばき》」とも呼《よ》ばれている。東大寺《とうだいじ》では三月初旬《さんがつしょじゅん》から中旬《ちゅうじゅん》にかけて二月堂《にがつどう》で行《おこな》われる「お水取《みずと》り」の前《まえ》、二月下旬《にがつげじゅん》頃《ごろ》に「花《はな》ごしらえ」という行事《ぎょうじ》がある。お水取《みずと》りの期間中《きかんちゅう》に二月堂《にがつどう》に供《そな》える良弁椿《ろうべんつばき》の造花《ぞうか》を僧侶《そうりょ》たちが手染《てぞ》めの和紙《わし》を使《つか》って作《つく》るのだ。奈良《なら》の和菓子店《わがしてん》の多《おお》くでは、この良弁椿《ろうべんつばき》の造花《ぞうか》をモチーフにした各店《かくみせ》独自《どくじ》の和菓子《わがし》「良弁椿《ろうべんつばき》」がお水取《みずと》りの期間中《きかんちゅう》に販売《はんばい》される。お水取《みずと》りは千二百年《せんにひゃくねん》以上《いじょう》の歴史《れきし》を有《ゆう》する行事《ぎょうじ》で、奈良《なら》では昔《むかし》から「お水取《みずと》りが終《お》わると春《はる》が来《く》る」と言《い》われてきた。

良弁椿《ろうべんつばき》のように菓銘《かめい》の由来《ゆらい》を知《し》らないと、その背後《はいご》に様々《さまざま》な風習《ふうしゅう》の意味《いみ》や物語《ものがたり》が秘《ひ》められていることが分《わ》からない和菓子《わがし》は他《ほか》にもいくつかある。例《たと》えば、正月《しょうがつ》の茶会《ちゃかい》に登場《とうじょう》する「菱葩餅《ひしはなびらもち》」は平安時代《へいあんじだい》の宮中《きゅうちゅう》の新年行事《しんねんぎょうじ》「歯固《はがた》めの儀式《ぎしき》」に由来《ゆらい》する。また、石川県《いしかわけん》や富山県《とやまけん》一帯《いったい》の

新年《しんねん》の茶会《ちゃかい》でよく出《だ》される、梅《うめ》の花《はな》の形《かたち》をした和菓子《わがし》「福梅《ふくうめ》」は、同地域《どうちいき》を**治《おさ》めていた**加賀藩前田家《かがはんまえだけ》の家紋《かもん》「剣梅鉢《けんうめばち》」を形取《かたど》ったものだ。さらに、京都《きょうと》では六月《ろくがつ》三十日《さんじゅうにち》に行《おこな》われる厄除《やくよ》けの行事《ぎょうじ》「夏越《なごし》の祓《はらえ》」に合《あ》わせて「水無月《みなづき》」という和菓子《わがし》を食《た》べる風習《ふうしゅう》があり、夏越《なごし》の祓《はらえ》は日本《にほん》の神話《しんわ》に登場《とうじょう》する伊弉諾尊《いざなぎのみこと》の「禊祓《みそぎはらえ》」（水《みず》で穢《けが》れを祓《はら》うこと）が起源《きげん》とされる。このほか、三月三日《さんがつみっか》の雛祭《ひなまつ》りで食《しょく》される「引千切《ひちぎり》」、九月九日《くがつここのか》の重陽《ちょうよう》の**節句《せっく》**の際《さい》に食《しょく》される「着《き》せ綿《わた》」、旧暦十月《きゅうれきじゅうがつ》に食《しょく》される「亥《い》の子餅《こもち》」などの和菓子《わがし》も、昔《むかし》の宮中行事《きゅうちゅうぎょうじ》から伝《つた》わってきたもので、いずれも千年以上《せんねんいじょう》の歴史《れきし》がある。

和菓子《わがし》は菓銘《かめい》を付《つ》けられることで、初《はじ》めてその和菓子《わがし》にまつわる物語《ものがたり》や意味合《いみあ》いが付与《ふよ》されるといってもよい。菓銘《かめい》の中《なか》には各地《かくち》の風土風習《ふうどふうしゅう》、歴史物語《れきしものがたり》だけでなく、古典文学作品《こてんぶんがくさくひん》や自然《しぜん》の花鳥風月《かちょうふうげつ》など四季折々《しきおりおり》の風物詩《ふうぶつし》に由来《ゆらい》するものもある。職人《しょくにん》の技《わざ》と日本文化特有《にほんぶんかとくゆう》の感性《かんせい》と知《ち》性《せい》が**凝縮《ぎょうしゅく》**された和菓子《わがし》は、菓銘《かめい》を通《つう》じて人々《ひとびと》の想像力《そうぞうりょく》を無限《むげん》に広《ひろ》げ、より余韻深《よいんぶか》い味《あじ》わいとなるのだ。

地域、歷史

日本各地的風土民情、觀光名所、歷史故事，一向為人津津樂道。這些景點或典故，自然成了「菓銘」的好題材。聽聞菓銘，想像其歷史由來及情境，就是享受和菓子的方法之一。

例如「高雄」這個菓銘，指的就是位於京都市右京區的地名。此處是有名的賞楓景點，以「高雄」為名的和菓子，理所當然就是仿紅葉的模樣。類似的還有「龍田川」這個菓銘，龍田川位於奈良，同樣以紅葉景色著名。以賞櫻景點為菓銘的，「吉野」是個常見的例子。「吉野」指的是奈良的吉野山，自古便以櫻花著名，豐臣秀吉還曾經帶著五千人，上山舉辦盛大的賞花宴會。類似的還有「嵐山」，是京都著名的賞櫻景點。其他例如「古都之春」、「奈良之都」等菓銘，都是和菓子師傅分別以京都及奈良的櫻花為意象，所創作的菓子。

至於地方上的習俗所衍伸出來的和菓子，就不得不提奈良的「良弁椿」這個特別的和菓子了。奈良東大寺開山堂的庭園裡種植著椿花，由於開山堂祭祀著東大寺的開祖良弁，因此這株椿花被稱為「良弁椿」。而這株椿花的紅花瓣上，有著不規則的白色，像是漿糊溢了出來一樣，所以又被稱為「糊溢」。每年三月初到三月中，東大寺二月堂會舉行「取水」的法事，在那之前，二月下旬會先舉行「備花」行事。僧侶們會用手染的和紙做成「良弁椿」的模樣，於「取水」期間將紙花供奉在二月堂，因此奈良的許多和菓子店，會以這些紙花為發想，各自做出自己店家的「良弁椿」，於取水期間販賣。「取水」法事已有一千兩百多年的歷史，自古以來人們相信法事結束後，奈良的春天就會到來。

正如同「良弁椿」這個和菓子，有些菓銘若理解其由來，便能了解背後的許多習俗故事。例如正月茶席會出現的「菱葩餅」，其實是由平安時代宮中的新年行事「固齒之儀」演變而來的。在石川縣、富山縣一帶，新年時期常出現在茶席上的，則是「福梅」這種梅花形狀的和菓子。這是來自於曾經統治當地的加賀藩前田家，根據其家紋「劍梅鉢」的形狀所製成。此外在京都，六月三十日必吃的「水無月」，則是配合著「夏越祓」這個驅邪行事來享用的，而「夏越祓」其實可追溯到日本神話當中登場的神明伊 諾尊，他曾經用水洗去汙穢，稱為「禊祓」。三月三日女兒節所享用的「引千切」、九月九日重陽的「著綿」、以及舊曆十月享用的「亥子餅」，這些和菓子都是由從前宮中行事演變而來的，背後都有著上千年的歷史意義。

和菓子被賦予菓銘之後，才算有了屬於和菓子的故事及內涵。有些菓銘取自於古典文學作品，有些來自於大自然的花鳥風月、以及季節性的風物景致，有些來自各地風土民情及歷史故事。凝聚了師傅的技藝，以及日本文化中的感性、知識性於一身的和菓子，透過菓銘，帶給人們無盡的想像，讓和菓子的美味更有餘韻。

單字

1. 開《ひら》く｜動
打開、舉辦，也指店鋪開始營業。

2. 取《と》り上《あ》げる｜動
提到、拿起、採納、受理。

3. 治《おさ》める｜動
統治、支配、平定。

4. 節句《せっく》｜名
重要的民俗大節日。

5. 凝縮《ぎょうしゅく》｜動
凝聚、凝結。

句型

にかけて
從……到……，用於表現同一個時間或空間的範圍。

例句

日本《にほん》では三月《さんがつ》から五月《ごがつ》にかけて桜《さくら》が見《み》られます。
在日本，從三月到五月都可以欣賞到櫻花。

年末《ねんまつ》から年始《ねんし》にかけて、国《くに》へ帰《かえ》るつもりです。
我打算在年末到年初這段期間回國。

撰文　王文萱
日本京都大學博士。擁有和服、禮法、日本箏等日本文化指導資格，
茶道文化檢定一級合格，並擔任日本茶大使。
著《京都爛漫》、《竹久夢二 Takehisa Yumeji》等書，另有多本合著及譯作。

延伸閱讀。

節日菓銘

與時俱進的和菓子，現代也有了嶄新的風貌。特別是現代生活中，增加了許多從西洋傳進來的節日，為了讓人們能夠在各種節日享用應景的和菓子，和菓子師傅們無不絞盡腦汁，配合節日做出變化。

例如年末的聖誕節，是和菓子師傅們發揮創意的好機會。聖誕樹、聖誕襪、雪人、花圈、禮物、麋鹿、甚至是聖誕老公公的臉，都化身成了和菓子。在日文當中，耶誕夜又稱為「聖夜」，因此有些店家會用「聖夜」來當作菓銘。有些甚至直接用外來語的「聖誕節（クリスマス）」、「聖誕老公公（サンタクロース）」、「雪人（スノーマン）」、「禮物（プレゼント）」來做為菓銘。用外來語來稱呼日本傳統的和菓子，讓人有耳目一新的感覺。

五月第二個周日的母親節，是明治時代才從西洋傳來的習慣。當時也傳入了贈送康乃馨的習俗，因此康乃馨便成了和菓子的題材。許多店家推出名為「康乃馨」的和菓子，有些是用練切做成了康乃馨的模樣，也有將花朵做在錦玉羹當中的，漂亮的模樣讓人愛不釋手。

其他例如情人節以「heart」為菓銘、以愛心形狀來發想的和菓子，或是萬聖節名為「halloween」、「pumpkin」、「ghost」等等，有著南瓜或鬼形狀的和菓子，新潮的模樣讓和菓子永遠不退潮流。西洋節日的出現，讓傳統和菓子有了更多不同風貌呢。

CONVERSATION

《和菓子《わがし》サークル定例茶話会《ていれいさわかい》について話《はな》している》

文 / 今泉江利子

A：来月《らいげつ》テーマなんだけど、和歌《わか》と和菓子《わがし》はどう？

B：いいね。和歌《わか》から着想《ちゃくそう》を得《え》た和菓子《わがし》、多《おお》いもんね。

A：和菓子《わがし》はおいしいだけじゃなく、季節《きせつ》とか日本《にほん》の美《うつく》しい文化《ぶんか》をいただくものでもあるじゃない？

B：うん。うちはスイーツ目当《めあ》てのサークルじゃない！

A：(笑) だよね。じゃ、テーマは決《き》まりね。場所《ばしょ》は？

B：「東風《こち》」って和菓子《わがし》があるこの店《みせ》でやらない？

A：いいよ。菅原道真《すがわらのみちざね》の「東風《こち》吹《ふ》かば……」か。東《ひがし》の風《かぜ》が梅《うめ》の香《か》を運《はこ》んでくるようなみごとな意匠《いしょう》だね。

B：でしょ。限《かぎ》られたよりすぐりの材料《ざいりょう》で最《さい》高《こう》のものを作《つく》る、引《ひ》き算《ざん》のおいしさと美《うつく》しさ。

A：足《た》し算《ざん》で表現《ひょうげん》する洋菓子《ようがし》とは違《ちが》ったよさだよね。

《正在討論關於和菓子社團例行茶話會的事情》

A：關於下個月的主題，和歌跟和菓子的話怎麼樣？

B：不錯欸。因為從和歌發想的和菓子也很多嘛。

A：和菓子不只是好吃，也能透過它感受到季節和日本文化是吧？

B：嗯。我們才不是只以甜點為目標的社團呢！

A：(笑) 也是啦。那主題就確定了，地點呢？

B：要不要在有「東風」這款和菓子的店裡舉辦？

A：可以喔。菅原道真的「東風吹拂……」啊。東風吹拂，就像將梅花香帶了過來，真是完美的意境呢。

B：對吧。這就是在有限的材料裡精挑細選做出最完美的和菓子，減法原則下的美味與美麗。

A：是跟使用加法原則表現的洋菓子不同的優點呢。

單字｜例句

和歌《わか》 | **名詞**　和歌，日本的詩歌形式，類似漢詩，又稱大和言葉。

例《れい》. 漢詩《かんし》に対《たい》して、和歌《わか》は日本固有《にほんこゆう》の歌《うた》という意味《いみ》があります。

相對於漢詩，和歌是日本既有的詩歌。

いただく | **他動 I**　享用。

例《れい》. ここは SNS《エスエヌエス》で話題《わだい》の絶品《ぜっぴん》の和《わ》スイーツがいただけるお店《みせ》です。

這裡是可以享用到社群網站上蔚為話題的極品日式甜點的店家。

目当《めあ》て | **名詞**　以……為目標。

例《れい》. この神社《じんじゃ》の門前《もんぜん》にあるみたらし団子目当《だんごめあ》てにやってくる参拝客《さんぱいきゃく》も多《おお》い。

很多前來參拜的人的目標，是這間神社門前販賣的御手洗糰子。

よりすぐり | **名詞**　從好東西中再更精挑細選的事物。

例《れい》. この鯛焼《たいや》きはよりすぐりの小豆《あずき》だけを使《つか》っています。

這個鯛魚燒只使用精挑細選後的紅豆。

＊漢字寫作「選りすぐり」，有「よりすぐり」「えりすぐり」兩種讀音。

よさ | **名詞**　好處、優點。

例《れい》. 和菓子《わがし》のよさは米《こめ》や豆《まめ》など植物性《しょくぶつせい》の材料《ざいりょう》を使《つか》っているところだ。

和菓子的優點就是使用米、豆類等等植物性的材料製作。

茶與和菓子 相輔相成的滋味

文／王文萱

ヘルシーな和菓子《わがし》と茶《ちゃ》

スイーツは美《お》味《い》しいが、食《た》べ過《す》ぎると体《からだ》に良《よ》くないというイメージが多《た》少《しょう》はある。「スイーツを食《た》べたいけど…」という人《ひと》には、和菓子《わがし》がお薦《すす》めだ。なぜなら、和菓子《わがし》は材料《ざいりょう》に卵《たまご》を使《つか》うことが少《すく》なく、動物性脂肪《どうぶつせいしぼう》がほとんど含《ふく》まれていないため、牛乳《ぎゅうにゅう》やバター、生《なま》クリームなどを多《おお》く使用《しよう》する洋菓子《ようがし》と比《くら》べ、体《からだ》への影響《えいきょう》がかなり小《ちい》さく、カロリーも洋菓子《ようがし》に比《くら》べると**ぐんと**低《ひく》いからだ。また、和菓子《わがし》に用《もち》いられることの多《おお》い豆類《まめるい》や寒天《かんてん》などには、高血糖《こうけっとう》を抑制《よくせい》したり、便秘《べんぴ》の**解消**《かいしょう》にも効果《こうか》がある食物繊維《しょくもつせんい》が豊富《ほうふ》に含《ふく》まれている。

甘《あま》くて香《かお》り高《だか》い和菓子《わがし》を味《あじ》わう時《とき》に欠《か》かせないものといえば茶《ちゃ》だ。栄西禅師《えいさいぜんじ》が一二一一年《ねん》に**著**《あらわ》**した**『喫茶養生記《きっさようじょうき》』に「茶《ちゃ》は養生《ようじょう》の仙薬《せんやく》なり、延齢《えんれい》の妙術《みょうじゅつ》なり」とあるように、茶《ちゃ》は昔《むかし》から健康《けんこう》に良《よ》いものとして**重宝**《ちょうほう》**されてきた**。特《とく》に、茶《ちゃ》に多《おお》く含《ふく》まれるカテキンには抗酸化《こうさんか》、殺《さっ》

菌《きん》、血糖値抑制《けっとうちよくせい》など様々《さまざま》な効果《こうか》がある。また、茶葉《ちゃば》をすりつぶして作《つく》られる日本《にほん》特有《とくゆう》の茶《ちゃ》「抹茶《まっちゃ》」を飲《の》めば、水《みず》に溶《と》けない食物繊維《しょくもつせんい》やタンパク質《しつ》など、茶葉《ちゃば》の豊富《ほうふ》な栄養素《えいようそ》を丸《まる》ごと摂取《せっしゅ》することができる。

体《からだ》には良《よ》いものの、カテキンが入《はい》っているがために生《う》まれる茶《ちゃ》の苦味《にがみ》を中和《ちゅうわ》してくれるのが和菓子《わがし》の甘味《あまみ》で、茶《ちゃ》と和菓子《わがし》は最高《さいこう》のコンビと言《い》える。実際《じっさい》、和菓子《わがし》は茶《ちゃ》のお伴《とも》として誕生《たんじょう》したと言《い》っても過言《かごん》ではなく、和菓子《わがし》の歴史《れきし》は茶《ちゃ》の歴史《れきし》と共《とも》に発展《はってん》してきたのだ。鎌倉時代《かまくらじだい》には禅僧《ぜんそう》が茶《ちゃ》と一緒《いっしょ》に「点心《てんしん》」（菓子《かし》）を食《た》べる習慣《しゅうかん》があり、その後《ご》、室町時代《むろまちじだい》に茶道《さどう》が発達《はったつ》するとともに、様々《さまざま》な食材《しょくざい》を使用《しよう》した茶菓子《ちゃがし》が食《しょく》されるようになった。

さらに、江戸時代《えどじだい》に砂糖《さとう》が普及《ふきゅう》したことで、和菓子《わがし》の種類《しゅるい》は急速《きゅうそく》に増《ふ》えた。天保《てんぽう》十年《じゅうねん》（一八三九年《ねん》）刊行《かんこう》の『古今新製菓子大全《ここんしんせいかしたいぜん》』には二百種類《にひゃくしゅるい》の菓子《かし》が紹介《しょうかい》されている。

このため、茶道《さどう》においては、和菓子《わがし》は基本的《きほんてき》に茶《ちゃ》の味《あじ》わいを引《ひ》き立《た》てるために食《しょく》されている。茶《ちゃ》に添《そ》える和菓子《わがし》は茶《ちゃ》の香《かお》りや濃《こ》さ、薄《うす》さによって、あるいは和《わ》菓子《がし》の食感《しょっかん》で選《えら》んでもいいし、舌《した》だけでなく目《め》でも楽《たの》しめるように、色《いろ》や形《かたち》が季節《きせつ》に合《あ》ったものを選《えら》んでもいい。一般的《いっぱんてき》には、茶《ちゃ》の苦味《にがみ》が和菓子《わがし》の甘味《あまみ》によって引《ひ》き立《た》つように、和菓子《わがし》を食《た》べてから茶《ちゃ》を飲《の》む。

日本《にほん》の茶《ちゃ》と和菓子《わがし》は互《たが》いの味《あじ》わいを高《たか》め合《あ》う、**切《き》り離《はな》せない**存在《そんざい》で、味覚《みかく》の面《めん》でも視覚《しかく》の面《めん》でも最高《さいこう》の組《く》み合《あ》わせだ。しかも、両方《りょうほう》とも栄養価《えいようか》が高《たか》い。リラックス効果《こうか》があるのみならず、体《からだ》にも良《よ》いコンビなのだ。

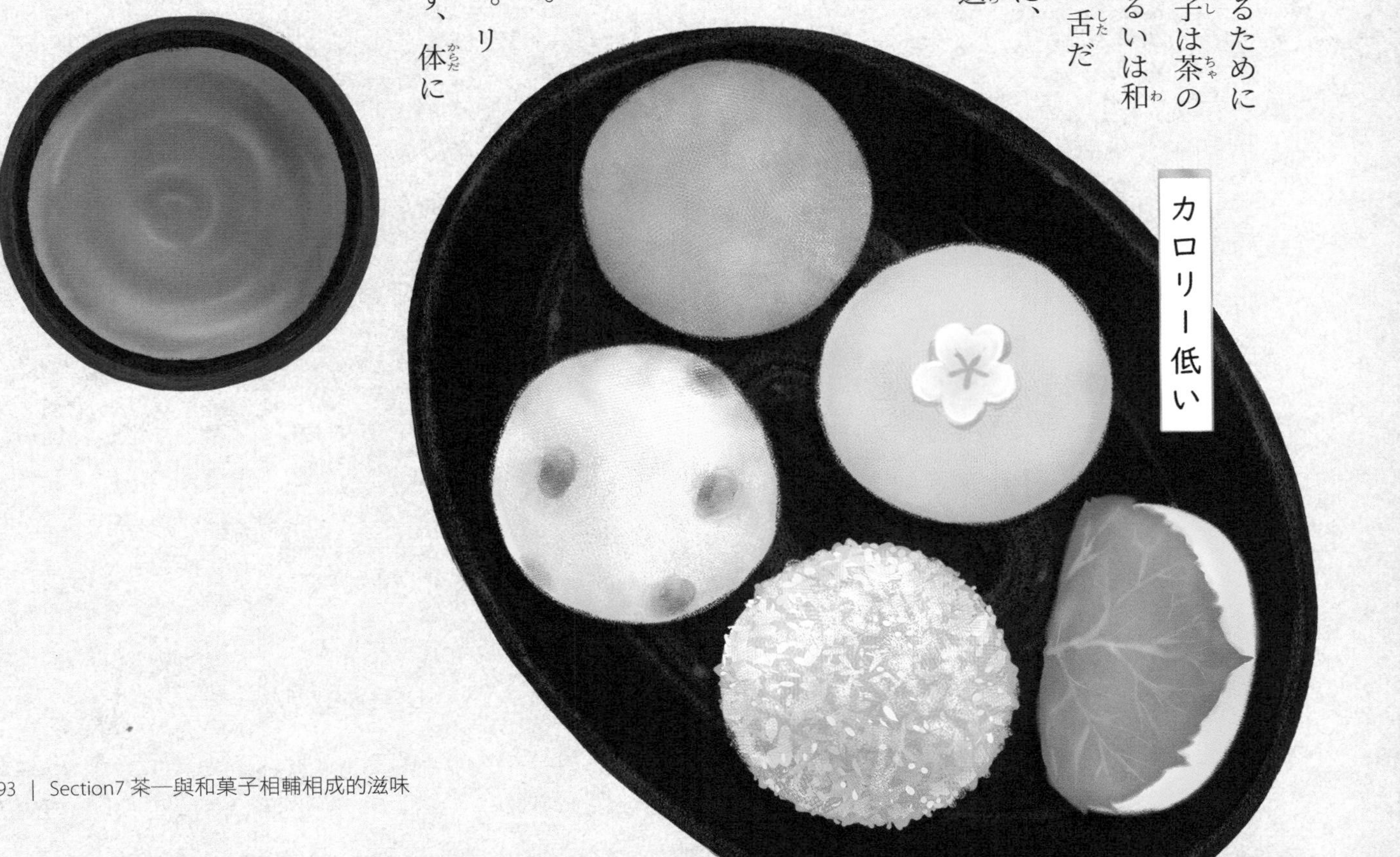

擁有健康功效的和菓子與茶

甜點雖然美味，但多少會讓人覺得吃多了對健康有負擔。若對甜食有顧忌，那麼和菓子也許會是個好選擇。首先，和菓子很少使用雞蛋，也幾乎不使用動物性脂肪。比起蛋糕、派之類，大量使用牛奶、奶油、生奶油等等的洋菓子，和菓子對身體帶來的負擔小很多，當然卡路里也比洋菓子低了不少。而且和菓子當中的常用食材如豆類、寒天等，含有許多食物纖維。食物纖維不僅能抑制血糖，還能消解便秘，對身體很有益處。

享用香甜的和菓子時，不可或缺的良伴便是「茶」。一二一一年，榮西禪師所著的《喫茶養生記》裡面提到「茶是養生的仙藥，延齡的妙術」，可見自古以來，茶的保健效果便十分受人們重視。尤其是茶當中含量很高的兒茶素，有抗酸化、抑制血糖、抗菌等多種功效。此外，日本的特殊茶款「抹茶」，食用方式是將茶葉磨碎後調水一飲而盡，因此能吸收到茶葉本身的所有營養成分，特別是能夠攝取到不溶於水的食物纖維及蛋白質等，營養價值更高。

茶當中的兒茶素，雖然對健康有益，但卻會帶來苦澀味。而和菓子的甜味，正好能夠中和茶的苦澀味，因此茶與和菓子，可說是最佳搭檔。甚至可以進一步說，日本的菓子，正是為了搭配茶，而誕生的。綜觀和菓子的歷史，可以發現和菓子是隨著飲茶的歷史而發展至今。鎌倉時代，禪僧喫茶時搭配「點心」，到了室町時代茶道漸漸確立，人們使用各種食材作為菓子來搭配茶。直到江戶時代砂糖普及，和菓子種類急速增加，天保十（一八三九）年出版的《古今新製菓子大全》當中甚至記載了兩百種菓子。

因此在茶道當中，原則上和菓子是為了襯托茶的滋味而享用的。至於如何選擇，可以依照茶款的香味及濃淡來搭配菓子，也可以用菓子的口感來做決定，更能用色彩及外型來選適合該季節的菓子，讓品茶及菓子從味覺提升到視覺層次。享用時，一般會先吃菓子、再喝茶，讓口中先有菓子的甜味，藉此襯托出茶本身帶著些許苦澀的香味。

日本茶與和菓子，滋味相輔相成，享用時缺一不可。無論是在味覺與視覺方面，日本茶與和菓子都是最佳組合，而且兩者同樣都擁有極高的營養成分。茶與菓子不僅能讓人感到放鬆，還能達到有益健康的功效呢。

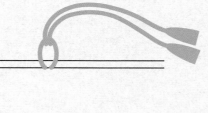

單字

1. ぐんと｜副
使勁、一口氣地改變某事物的狀態。

2. 解消《かいしょう》｜名
至今為止的某狀態、關係、約定等等消失或終止。

3. 著《あらわ》す｜動
寫作並出版書籍。

4. 重宝《ちょうほう》｜名 形動
重要的寶物，或是珍視、愛惜某事物的樣子。

5. 切《き》り離《はな》す｜動
將兩個相連的事物切分開來。

句型

とともに
伴隨著……、與……同時。

例句

年《ねん》と共《とも》に涙脆《なみだもろ》くなってきた。
在年紀增長的同時，淚腺變得脆弱了起來。

人々《ひとびと》の価値観《かちかん》は時代《じだい》の流《なが》れとともに変《か》わっていくものなんだ。
人們的價值觀是會伴隨著時代流轉而改變的。

日本茶《にほんちゃ》の特徴《とくちょう》

いわゆる「日本茶《にほんちゃ》」は、不発酵茶《ふはっこうちゃ》である「緑茶《りょくちゃ》」が大部分《だいぶぶん》を**占《し》める**。緑茶《りょくちゃ》は茶《ちゃ》の葉《は》を摘採後《てきさいご》、**ただちに**加熱《かねつ》し、発酵《はっこう》を止《と》める「殺青《さっせい》」をしたもので、日本《にほん》ではたいていは蒸《む》して殺青《さっせい》する。ちなみに、ウーロン茶《ちゃ》は半発酵茶《はんはっこうちゃ》、紅茶《こうちゃ》は発酵茶《はっこうちゃ》に**当《あ》たる**。

同《おな》じ緑茶《りょくちゃ》でも、栽培《さいばい》・製造方法《せいぞうほうほう》によって種類《しゅるい》や味《あじ》は大《おお》きく異《こと》なる。中《なか》でも、高級茶《こうきゅうちゃ》の抹茶《まっちゃ》と玉露《ぎょくろ》は茶葉《ちゃば》の甘《あま》みが強《つよ》くなる「被覆栽培《ひふくさいばい》」で作《つく》られている。また、煎茶《せんちゃ》は最《もっと》も日常的《にちじょうてき》に飲用《いんよう》されている茶《ちゃ》で、焙茶《ほうじちゃ》は茶葉《ちゃば》を焙煎《ばいせん》したものだ。玄米茶《げんまいちゃ》は緑茶《りょくちゃ》と炒《い》った米《こめ》を混《ま》ぜたもので、茶《ちゃ》と米《こめ》の両方《りょうほう》の香《かお》りを味《あじ》わうことができる。

日本茶《にほんちゃ》を淹《い》れる時《とき》は苦《にが》みや渋《しぶ》みが強《つよ》く出過《です》ぎないよう、湯《ゆ》の温度《おんど》は高《たか》くし過《す》ぎないほうがいい。繊細《せんさい》な味《あじ》わいの日本茶《にほんちゃ》と和菓子《わがし》は、互《たが》いにおいしさを**引《ひ》き立《た》てる**、相性《あいしょう》**抜群《ばつぐん》**の組《く》み合《あ》わせといえよう。

日本茶的特殊之處

所謂的「日本茶」，絕大部分是未經發酵的茶，也就是「綠茶」。綠茶是在茶葉摘採下來之後，立刻進行「殺青」程序，也就是用加熱的方式，來抑制茶葉發酵，而日本茶大多是使用「蒸」的方式來殺青。附帶一提，半發酵的茶種一般稱為烏龍茶，完全發酵的則稱為紅茶。

同樣是綠茶，根據栽培方式以及製造過程的不同，製造出來的茶款口味也完全不同。其中抹茶與玉露是較為高級的茶款，會使用「被覆」的方式來栽種，讓茶葉更為甘甜。煎茶是日常生活中最常見到的茶款，焙茶則是將茶葉拿去焙炒而成的。玄米茶是用綠茶以及烘炒過的米混合而成，因此除了茶味以外，還喝得到米香。

日本茶的沖泡溫度一般不宜太高，才不會太過苦澀。口味纖細的日本茶與和菓子，可說是相輔相成的美味。

單字

1. 占《し》める｜**動**
佔有某個部分、位置或地位。

2. ただちに｜**副**
立即行動、直接、親自動作。

3. 当《あ》たる｜**動**
命中、擊中、預測準確、對應到。

4. 引《ひ》き立《た》つ｜**動**
顯眼、脫穎而出、格外醒目。

5. 抜群《ばつぐん》｜**名 形動**
超群、出眾、出類拔萃。

句型

ちなみに
接續詞，指對了、順帶一提、另外等等附加之意。

例句

私《わたし》が作《つく》った新作《しんさく》和《わ》菓《が》子《し》をぜひ試《ため》してみてください。ちなみに、静岡県産《しずおかけんさん》の緑茶《りょくちゃ》です。
請一定要嚐嚐看我最新的和菓子作品。另外，這是靜岡縣生產的綠茶。

来月《らいげつ》引《ひ》っ越《こ》しすることになりました。ちなみに、引《ひ》っ越《こ》し先《さき》は京《きょう》都《と》府《ふ》です。
我下個月要搬家了。順帶一提，要搬去京都府。

その一《いち》 抹茶《まっちゃ》

日本特有《にほんとくゆう》の茶《ちゃ》「抹茶《まっちゃ》」は茶葉《ちゃば》をすりつぶし、水《みず》に溶《と》かして飲《の》むため、甘味《あまみ》があり、苦味《にがみ》のない茶葉《ちゃば》を使用《しよう》する必要《ひつよう》がある。一般的《いっぱんてき》に抹茶《まっちゃ》の茶葉《ちゃば》は、新芽《しんめ》の生育《せいいく》中《ちゅう》に茶《ちゃ》の木《き》をわらで覆《おお》い、光《ひかり》を**遮《さえぎ》る**「被《ひ》覆《ふく》」という栽培法《さいばいほう》で育《そだ》てられる。光《ひかり》を遮《さえぎ》ることで、茶葉《ちゃば》に含《ふく》まれるテアニンが苦《にが》味《み》成分《せいぶん》のカテキンに変化《へんか》するのを**抑《おさ》えられ**、茶葉《ちゃば》の柔《やわ》らかさも保《たも》てるのだ。

茶道《さどう》の抹茶《まっちゃ》にはあっさりとした「薄《うす》茶《ちゃ》」と、こってりとした「濃茶《こいちゃ》」の二種《にしゅ》類《るい》がある。薄茶《うすちゃ》には水分《すいぶん》の少《すく》ない「干菓《ひが》子《し》」を、濃茶《こいちゃ》には水分《すいぶん》が多《おお》く、鮮度《せんど》も高《たか》い「生菓子《なまがし》」を組《く》み合《あ》わせることが多《おお》いが、正式《せいしき》な茶席《ちゃせき》でない限《かぎ》り、どのように**組《く》み合《あ》わせる**かは自由《じゆう》だ。

濃厚《のうこう》な味《あじ》わいの抹茶《まっちゃ》には、甘味《あまみ》が強《つよ》く、味《あじ》が濃《こ》い羊羹《ようかん》、最中《もなか》、どら焼《や》きなどの和《わ》菓子《がし》が合《あ》う。一方《いっぽう》の特徴《とくちょう》が強《つよ》く出過《です》ぎることなく、双方《そうほう》の味《あじ》のバランスがとれるためだ。

其一、抹茶

日本茶當中的特別品項「抹茶」，飲用時是將葉片磨碎，用水化開後連葉片一同吃下，因此必須使用較甘甜、不苦澀的茶葉。一般會使用「被覆」的方式來栽種，也就是在茶樹長出新葉後，使用草簾遮蔽茶樹。藉此減少日光照射，能讓茶氨酸不易變化成有苦澀味的兒茶素，並且讓葉片維持柔軟。

在茶道當中，有將抹茶打成爽口的「薄茶」喝法，也有將抹茶調成濃厚稠狀的「濃茶」喝法。一般來說，濃茶會搭配水分較多、鮮度較高的「生菓子」，薄茶則搭配水分較少的「干菓子」。但若不是在茶道的正式茶席上，那麼搭配方式當然很自由。

由於抹茶口感濃厚，適合甜度較高、味道濃厚的和菓子，例如羊羹、最中、銅鑼燒等等。如此一來才能均衡品嘗到茶與菓子的味道，以免任何一方搶了鋒頭。

單字

1. 遮《さえぎ》る | 動
蓋住、遮掩、遮蔽。

2. 抑《おさ》える | 動
壓抑、抑制住。

3. 組《く》み合《あ》わす | 動
將兩件事物混合、組合、統一在一起。

その二《に》 煎茶《せんちゃ》

煎茶《せんちゃ》は日本茶《にほんちゃ》の中《なか》で最《もっと》もよく飲《の》まれている茶《ちゃ》だ。抹茶《まっちゃ》のように栽培時《さいばいじ》に茶《ちゃ》の木《き》に覆《おお》いを掛《か》けて日光《にっこう》を遮《さえぎ》る必要《ひつよう》がない。茶葉《ちゃば》を**摘《つ》んだ**ら「殺青《さっせい》」して発酵《はっこう》を止《と》め、揉捻《じゅうねん》、乾燥《かんそう》などの工程《こうてい》を経《へ》て、甘味《あまみ》と渋《しぶ》味《み》を兼《か》ね備《そな》える煎茶《せんちゃ》が出来上《できあ》がる。日本《にほん》茶《ちゃ》の多《おお》くは蒸《む》して殺青《さっせい》するが、中国《ちゅうごく》では炒《い》って殺青《さっせい》することが多い。

味《あじ》の濃厚《のうこう》な抹茶《まっちゃ》と比《くら》べ、煎茶《せんちゃ》は繊細《せんさい》でほのかな味《あじ》わい。味《あじ》が濃《こ》すぎる菓子《かし》、甘《あま》すぎる菓子《かし》と組《く》み合《あ》わせると、煎茶《せんちゃ》の甘《あま》味《み》と渋味《しぶみ》のバランスを味《あじ》わえなくなる。

煎茶《せんちゃ》には干菓子《ひがし》、どら焼《や》き、最中《もなか》、煎《せん》餅《べい》などがよく合《あ》う。また、紅茶《こうちゃ》と一緒《いっしょ》に味《あじ》わうことの多《おお》い長崎《ながさき》カステラも、実《じつ》は煎茶《せんちゃ》との**相性《あいしょう》**が良《よ》い。煎茶《せんちゃ》と菓子《かし》を賞味《しょうみ》する時《とき》は、まず煎茶《せんちゃ》を一口《ひとくち》**すすり**、茶《ちゃ》本《ほん》来《らい》の味《あじ》と香《かお》りを感《かん》じてから菓子《かし》を一口《ひとくち》ほおばるという風《ふう》に交互《こうご》に味《あじ》わうと、煎茶《せんちゃ》の味《あじ》が菓子《かし》によって引《ひ》き立《た》てられ、重層《じゅうそう》的《てき》な味《あじ》わいを楽《たの》しめる。

其二、煎茶

「煎茶」是日常生活中最常被飲用的日本茶。與抹茶不同，栽種煎茶時，不必遮蓋茶樹隔絕日光。茶葉摘取後先「殺青」抑制發酵，再經過多次揉捻、乾燥等過程，就成了兼具甘甜及澀味的煎茶。附帶一提，日本茶多使用蒸煮的方式來殺青，在中國則是多以炒的方式來殺青。

比起抹茶的濃厚，煎茶的滋味較為淡雅纖細。尤其煎茶同時擁有甘甜及澀味，如果搭配口味太重、或是太甜的菓子，就無法好好品嘗煎茶甘與澀的平衡了。

例如干菓子、銅鑼燒、最中、仙貝，都很適合。此外時常被拿來搭配紅茶的長崎蛋糕，搭上煎茶其實也很對味。品嘗煎茶與菓子時，建議先喝一口茶，享受煎茶原本的香味，再品嘗一口菓子，接著交替享用，便能藉由菓子的口味，襯托出煎茶的層次感。

單字

1. 摘《つ》む｜動
摘取、採取。

2. 相性《あいしょう》｜名
原指男女緣分、生辰八字，後指兩個人的個性、契合度。

3. すする｜動
啜飲、吸食液態食物，例如粥或茶。

その三《さん》　焙茶《ほうじちゃ》

焙茶《ほうじちゃ》は日本茶《にほんちゃ》を焙《ほう》じたもの。一般《いっぱん》に煎《せん》茶《ちゃ》や番茶《ばんちゃ》（低級品《ていきゅうひん》の茶《ちゃ》）、茎茶《くきちゃ》（茎《くき》の部《ぶ》分《ぶん》を集《あつ》めた茶《ちゃ》）を焙煎《ばいせん》したものをいう。焙煎《ばいせん》することで茶葉《ちゃば》に含《ふく》まれる苦味《にがみ》・渋《しぶ》味成分《みせいぶん》のカテキンが壊《こわ》されるため、焙茶《ほうじちゃ》には苦味《にがみ》・渋味《しぶみ》がない。また、焙茶《ほうじちゃ》はカフェインが少《すく》なく、妊婦《にんぷ》も子供《こども》も気軽《きがる》に飲《の》めるため、**日常的**《にちじょうてき》に飲《の》まれている。

焙茶《ほうじちゃ》はあっさりとした味《あじ》わいなため、味《あじ》のしっかりとした和菓子《わがし》に合《あ》わせると互《たが》いに引《ひ》き立《た》つ。また、濃厚《のうこう》な味《あじ》の菓子《かし》を食《た》べてから焙茶《ほうじちゃ》をすすると、口《くち》の中《なか》の甘《あま》い**くどさ**が消《き》えることから、焙茶《ほうじちゃ》は多《おお》くのレストランで食後《しょくご》に出《だ》されている。ただし、焙茶《ほうじちゃ》はあっさりしているとはいえ、**コク**があるため、シンプルな味《あじ》わいの饅頭《まんじゅう》、大福《だいふく》、餅菓子《もちがし》などと合《あ》わせるといい。

ちなみに、苦味《にがみ》、渋味《しぶみ》がなく、あっさりとした味《あじ》わいの焙茶《ほうじちゃ》は洋菓子《ようがし》やチョコレート、牛乳《ぎゅうにゅう》との相性《あいしょう》も意外《いがい》に良《よ》い。

其三、焙茶

焙茶，是將日本茶用火烘製而成的。一般會使用煎茶或番茶（等級較低的茶葉）、莖茶（使用莖做成的茶葉）來烘焙製作。由於茶葉經烘焙後，帶苦澀味的兒茶素會受到破壞，因此焙茶味道不苦澀。而且焙茶咖啡因含量較低，孕婦、兒童也能輕鬆飲用，是日常生活中受歡迎的日本茶。

焙茶味道清爽，適合搭配口感實在的和菓子，讓茶與菓子的口感互補。享用完厚重的菓子後，飲用焙茶，能去除口中的甜膩，所以許多餐廳會在餐後提供焙茶來解膩。而且焙茶雖然清爽，味道卻很實在，因此建議搭配口味單純的和菓子。例如饅頭、大福、麻糬類的菓子等，都很適合。

順道一提，味道溫和清爽又不苦澀的焙茶，其實除了和菓子以外，搭配洋菓子、甚至巧克力、牛奶，其實都意外地適合喔。

單字

1. 日常的《にちじょうてき》｜**形動**

像每天重複做的事一般，形容一如往常。

2. くどさ｜**名**

くどい的名詞化，形容色彩或味道濃厚。くどい也有不乾脆、很難纏的意思。

3. コク｜**名**

甘、鮮、苦、鹽、酸五種日式基本味道，再添加香味與口感的組合。常被用來客觀形容一般人會覺得美味的口感。

茶道《さどう》とは?

　茶道《さどう》は湯《ゆ》を沸《わ》かし、茶《ちゃ》を点《た》て、客人《きゃくじん》に振《ふ》る舞《ま》う行為《こうい》、または儀式《ぎしき》と言《い》える。茶《さ》道《どう》には多《おお》くの決《き》まり事《ごと》があるほか、美術《びじゅつ》品《ひん》である各茶道具《かくちゃどうぐ》の選定《せんてい》には様々《さまざま》な知識《ちしき》と感性《かんせい》を要《よう》し、茶道《さどう》の場《ば》では全体性《ぜんたいせい》を**重《おも》んじなければならない**。茶道《さどう》は一種《いっしゅ》の総《そう》合芸術《ごうげいじゅつ》であり、芸術行為《げいじゅつこうい》でもあるのだ。

　日本《にほん》には中国《ちゅうごく》から喫茶《きっさ》の習慣《しゅうかん》が伝《つた》わり、室町時代以降《むろまちじだいいこう》、茶会《ちゃかい》は**次第《しだい》に**精神的《せいしんてき》な交流《こうりゅう》の場《ば》となっていった。現在《げんざい》の茶道《さどう》の**礎《いしずえ》**を築《きず》いたのは茶道《さどう》の大成者《たいせいしゃ》である安土桃山時代《あづちももやまじだい》の茶人《ちゃじん》、千利休《せんのりきゅう》であり、利《り》休《きゅう》から派生《はせい》した茶道《さどう》は各流派《かくりゅうは》に引《ひ》き継《つ》がれた。その中《なか》の三大流派《さんだいりゅうは》は表千家《おもてせんけ》、裏千《うらせん》家《け》、武者小路千家《むしゃのこうじせんけ》で、合《あ》わせて三千家《さんせんけ》と呼《よ》ぶ。

　茶道《さどう》は「和敬清寂《わけいせいじゃく》」の精神《せいしん》を基本《きほん》とする。和敬清寂《わけいせいじゃく》とは、主人《しゅじん》と客人《きゃくじん》が和《わ》して互《たが》いに敬《うやま》い、体《からだ》と心《こころ》と環境《かんきょう》を清浄《せいじょう》に保《たも》ち、自然《しぜん》と同化《どうか》して静寂《せいじゃく》を得《え》るという意《い》味《み》だ。

什麼是茶道？

　茶道，是一連串煮水、打茶、款待客人的流程，也可說是一種儀式。茶道當中除了有許多必須遵守的規矩以外，每樣茶道具都是一項美術品，挑選時也需要具備各種知識及感性，在進行茶道的過程當中更要講究整體性。因此茶道可說是一門綜合藝術，進行茶道的過程，本身就是一種藝術行為。

　日本的喫茶習慣，是由中國傳來的，但自室町時代起，茶會漸漸成了精神層面的交流。安土桃山時代的茶人千利休，可說是茶道集大成者，奠定了現今茶道的基礎。利休的後人各自將茶道傳了下來，其中最大的三個流派為表千家、裏千家、武者小路千家，合稱為三千家。

　茶道的基本精神為「和敬清寂」，主客之間必須和諧並互相敬重，身心及環境都必須保持清潔，並與大自然融合，求取寧靜。

單字

1. 重《おも》んじる｜動
尊重、重視。

2. 次第《しだい》に｜副
逐漸地、階段性地改變或進行。

3. 礎《いしずえ》｜名
根本、基礎、基石。

茶席菓子《ちゃせきがし》

茶道《さどう》の茶席《ちゃせき》で出《だ》される和菓子《わがし》は茶道《さどう》とともに発展《はってん》してきた。茶道《さどう》は七世紀頃《ななせいきころ》に禅僧《ぜんそう》を通《つう》じて中国《ちゅうごく》から日本《にほん》に伝《つた》わり、鎌倉時代《かまくらじだい》には禅僧《ぜんそう》たちの間《あいだ》で茶《ちゃ》を飲《の》む際《さい》に「点心《てんしん》」という軽食《けいしょく》を食《た》べる習慣《しゅうかん》が生《う》まれた。室町時代《むろまちじだい》になると茶道《さどう》は武家社《ぶけしゃ》会《かい》の中《なか》で発展《はってん》を遂《と》げ、その確立《かくりつ》に伴《ともな》い、茶席《ちゃせき》で出《だ》される菓子《かし》の種類《しゅるい》も増《ふ》えた。ただ、室町時代《むろまちじだい》の茶会《ちゃかい》の記録《きろく》（会記《かいき》）によれば、当時《とうじ》の菓子《かし》は焼《や》き栗《ぐり》、アワビ、昆《こん》布《ぶ》など、おかずに近《ちか》いものだった。その後《ご》、安土桃山時代《あづちももやまじだい》にポルトガル、スペインなどから金平糖《こんぺいとう》、有平糖《あるへいとう》、長崎《ながさき》カステラなど卵《たまご》や砂糖《さとう》を多《おお》く使用《しよう》した菓子《かし》が伝《でん》来《らい》したが、当時《とうじ》は上流階級《じょうりゅうかいきゅう》の嗜好品《しこうひん》にすぎなかった。日本《にほん》でサトウキビの栽培《さいばい》と砂糖《さとう》の製造《せいぞう》が本格的《ほんかくてき》に始《はじ》まり、和菓子《わがし》の種類《しゅるい》が急速《きゅうそく》に増《ふ》えたのは江戸時代《えどじだい》の元禄《げんろく》期《き》で、この時期《じき》に現在《げんざい》の和菓子《わがし》の製法《せいほう》が定《さだ》まったと言《い》える。

このように、日本《にほん》の茶《ちゃ》と和菓子《わがし》は数《すう》百年《ひゃくねん》かけて発展《はってん》してきた。正式《せいしき》な茶席《ちゃせき》で懐石料理《かいせきりょうり》の後《あと》に出《だ》される和菓子《わがし》は食後《しょくご》のデザートのようなものだ。厳《おごそ》かな雰囲気《ふんいき》の中《なか》で味《あじ》わう濃茶《こいちゃ》に出《だ》される、甘《あま》くて香《かお》り高《だか》く、口当《くちあ》たりも良《よ》い生菓子《なまがし》は「主菓《おもが》子《し》」と呼《よ》ばれる。主菓子《おもがし》は菓子《かし》そのものの味《あじ》を賞味《しょうみ》するためのもので、金団《きんとん》、練《ね》り切《き》り、大福《だいふく》、饅頭《まんじゅう》、羊羹《ようかん》など水分《すいぶん》の多《おお》い菓子《かし》が選《えら》ばれることが多《おお》い。一方《いっぽう》、和《なご》やかな雰囲気《ふんいき》の中《なか》で味《あじ》わう薄茶《うすちゃ》に出《だ》される菓子《かし》は茶《ちゃ》を引《ひ》き立《た》てるような存在《そんざい》で、比較的自由《ひかくてきじゆう》に選《えら》べるが、落雁《らくがん》や金平糖《こんぺいとう》など水分《すいぶん》の少《すく》ない干菓子《ひがし》が供《きょう》されることが多《おお》い。

甘味《あまみ》と苦味《にがみ》が調和《ちょうわ》した和菓子《わがし》と茶《ちゃ》の味《あじ》わいは茶席参加者《ちゃせきさんかしゃ》の舌《した》を喜《よろこ》ばせ、亭主《ていしゅ》

（茶席《ちゃせき》の主催者《しゅさいしゃ》）のセンスと配慮《はいりょ》が感《かん》じられる和菓子《わがし》の見《み》た目《め》と、菓銘《かめい》から喚起《かんき》されるイメージは茶席《ちゃせき》をテーマ性《せい》豊《ゆた》かな場《ば》にしてくれる。心《こころ》の込《こ》もった茶席《ちゃせき》の饗《きょう》宴《えん》は、互《たが》いに引《ひ》き立《た》て合《あ》い、味覚的《みかくてき》にも視覚的《しかくてき》にも楽《たの》しませてくれる和菓子《わがし》と茶《ちゃ》によって成《な》り立《た》っているのだ。

茶席菓子

茶道茶席上所使用的和菓子，是隨著茶道文化發展而來的。茶是在七世紀左右，由中國隨著禪僧傳入日本的。鎌倉時代，禪僧有了喫茶的習慣，當時會搭配簡單的食物，稱為「點心」。室町時代，茶道漸漸在武家社會當中發展，隨著茶道內容漸漸被確立，茶席上搭配的菓子也越來越多變化。不過若翻閱室町時代的茶會紀錄《會記》，會發現當時搭配茶的菓子，是烤栗子、鮑魚、昆布等，比較接近菜餚的一種。安土桃山時代，從葡萄牙、西班牙等地傳入了金平糖、有平糖、長崎蛋糕等大量使用蛋及砂糖的點心，但當時這些只是上流階層的享受。直到江戶時代的元祿時期，日本開始大量栽種並製作砂糖，和菓子種類因此急速增加。現今的和菓子製作方式，可說是在此時期定型的。

茶與和菓子，經歷幾百年來的發展，演變成今日的樣貌。在正式茶席上享用懷石料理之後，和菓子的出現，就類似餐後點心的地位。享用濃茶時，氣氛嚴肅，會搭配香甜順口的生菓子，此時也稱之為「主菓子」，比較注重於享用菓子本身的味道。一般來說，常用的主菓子有金團、練切、大福、饅頭、羊羹等含水量較高的菓子。享用薄茶時，氣氛較輕鬆，菓子的選擇也比較自由，比較像是佐茶的角色。一般多使用含水量較低的干果子，例如落雁、金平糖等。

和菓子的香甜與茶的苦澀味，有著互相中和的作用，能夠讓味覺感到滿足。和菓子的外觀及菓銘的意境，更豐富了茶席的主題，展現出了亭主（茶席主人）的品味及用心。茶與和菓子，相輔相成，從視覺到味覺，成就出一場場用心準備的茶席饗宴。

單字

1. 遂《と》げる｜動
發展到最終的結果、達到目的。

2. 本格的《ほんかくてき》｜形動
遵循原則、正規的，或是認真、正式。

3. 厳《おごそ》か｜形動
莊嚴地、肅穆地、莊重或有威嚴地。

4. 雰囲気《ふんいき》｜名
氣氛、感覺。

5. 供《きょう》される｜動
呈上、端出、供給。

句型

際《さい》に
在／當……之際。

例句

お降《お》りの際《さい》にはお足元《あしもと》にご注意《ちゅうい》ください。
下樓時請注意您的腳步。

お困《こま》りの際《さい》は、いつでもご連絡《れんらく》ください。
感到困擾時請隨時聯絡我。

茶《ちゃ》の香《かお》りの中《なか》で味《あじ》わう和《わ》菓《が》子《し》——茶会《ちゃかい》の流《なが》れ

正式《せいしき》な茶会《ちゃかい》で和菓子《わがし》を味《あじ》わう際《さい》にはいくつか決《き》まり事《ごと》がある。今《いま》まで茶会《ちゃかい》に参《さん》加《か》したことのない人《ひと》は知《し》らなくても**支障《ししょう》**はないが、前《まえ》もって全体《ぜんたい》の流《なが》れを知《し》っておくと、実際《じっさい》に参加《さんか》した時《とき》に落《お》ち着《つ》いて対応《たいおう》できるようになる。

茶会《ちゃかい》では、亭主《ていしゅ》から和菓子《わがし》の盛《も》られた器《うつわ》が送《おく》られてきて、一礼《いちれい》されたら、一礼《いちれい》を返《かえ》す。前《まえ》の客《きゃく》から「お先《さき》にいただきます」と一礼《いちれい》された時《とき》も**会釈《えしゃく》**すればいい。自分《じぶん》の前《まえ》に菓子器《かしき》が置《お》かれたら、まずは次《つぎ》の客《きゃく》に「お先《さき》にいただきます」と挨拶《あいさつ》し、両手《りょうて》で菓子器《かしき》を持《も》ち上《あ》げ、感謝《かんしゃ》の気《き》持《も》ちを表《あらわ》す。菓子器《かしき》は高価《こうか》な美術品《びじゅつひん》であるため、あまり高《たか》く持《も》ち上《あ》げないように注意《ちゅうい》しよう。その後《ご》は、自身《じしん》で用意《ようい》した懐紙《かいし》を取《と》り出《だ》し、菓子器《かしき》に添《そ》えられている箸《はし》で和菓子《わがし》を挟《はさ》んで懐紙《かいし》の上《うえ》に取《と》る。懐紙《かいし》は一般向《いっぱんむ》けに公開《こうかい》されている茶会《ちゃかい》では持参《じさん》していない参加者《さんかしゃ》のために亭主《ていしゅ》が用意《ようい》している。和菓子《わがし》を懐紙《かいし》の上《うえ》に取《と》ったら、菓子器《かしき》を自分《じぶん》と次《つぎ》の客《きゃく》の間《あいだ》に置《お》く。

続《つづ》いて、亭主《ていしゅ》の「どうぞお菓子《かし》をお**召《め》し上《あ》がり**下《くだ》さい」という挨拶《あいさつ》を受《う》けてから、懐紙《かいし》を持《も》ち上《あ》げて食《た》べる。生菓子《なまがし》の場合《ばあい》は必《かなら》ず専用《せんよう》の楊枝《ようじ》（「黒文字《くろもじ》」または「菓子切《かしき》り」という）で一口大《ひとくちだい》に切《き》り、口《くち》に運《はこ》ぶ。饅頭《まんじゅう》の場合《ばあい》は手《て》で割《わ》って食《た》べる。いずれにせよ、和菓子《わがし》を直接《ちょくせつ》かじって歯跡《はあと》がつくような食《た》べ方《かた》をしてはならない。干菓子《ひがし》の場合《ばあい》は菓子器《かしき》から懐紙《かいし》の上《うえ》に取《と》る時《とき》も、食《た》べる時《とき》も手《て》を使《つか》う。和菓子《わがし》はできる限《かぎ》り抹茶《まっちゃ》が運《はこ》ばれてくるまでに食《た》べきっておくこと。使《つか》い終《お》わった懐紙《かいし》は汚《よご》れた面《めん》が内側《うちがわ》になるように折《お》り、持《も》ち帰《かえ》って捨《す》てる。

複雑《ふくざつ》だと思《おも》うかもしれないが、これらの決《き》まりは茶会《ちゃかい》の流《なが》れを**妨《さまた》げ**たり、他《ほか》の人《ひと》に迷惑《めいわく》をかけたりして失礼《しつれい》にならないようにあるのだ。もちろん、より重要《じゅうよう》なのは、和菓子《わがし》の季節感《きせつかん》と亭主《ていしゅ》の**おもてなし**の心《こころ》を感《かん》じ取《と》り、おいしい和菓子《わがし》を味《あじ》わうことだ。

在茶香中享用和菓子──茶會流程

在正式的茶席上，享用和菓子有些既定的規矩，雖然未曾接觸過的客人不了解也無妨，但若能事先知道流程，實際參加時就能夠更放鬆心情應對了。

首先，主人會端來整盤和菓子，接著與客人行禮，此時拿到菓子的客人回禮即可。如果前一位客人和自己行禮表示「我先享用了」，那麼只要稍微回禮即可。待器皿擺到自己前方，請先和下一位客人打招呼表示「我先享用了」，然後用兩手稍微將菓子器皿舉起離地，表達感謝。由於器皿都是高價的美術品，請注意不要舉得過高。接著拿出自己準備好的懷紙，用菓子器皿上放著的筷子夾一個菓子，放到自己的懷紙上。若是一般對外公開茶會，考慮到並非所有人都會帶懷紙參加，主人也會幫客人準備好懷紙。接著將器皿移到自己與下一位客人中間。

等待亭主告知「請享用和菓子」，此時便可將整個懷紙端起來享用。享用時，若是生菓子，必須用專用叉子（黑文字或菓子切）把菓子切成一口大小，再插起來整塊放入口中。若端上的是饅頭，那麼可以用手直接剝小塊食用。總之請不要直接把菓子拿起來咬，這麼做會留下齒痕。如果端來的是干菓子，那麼直接用手從菓子器皿拿到懷紙上即可，食用時也用手拿取。在抹茶端上之前，盡可能將和菓子享用完畢。用完的懷紙，要把髒的地方往內側折，然後自己帶離茶室丟棄。

聽起來似乎很複雜，其實這些步驟，主要都是為了不干擾到茶會進行，並且不會影響他人，或是突兀失禮。更重要的，是感受和菓子帶來的季節感，以及亭主款待客人的心意，並且好好享用和菓子的美味。

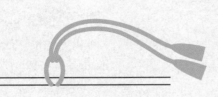

單字

1. 支障《ししょう》｜名
障礙、問題，通常用在較正式的場合或文件、商用信件中。

2. 会釈《えしゃく》｜名
微微點頭、打招呼的動作。

3. 召《め》し上《あ》がる｜動
享用，是吃或喝的尊敬語。

4. 妨《さまた》げる｜動
妨害、阻撓、攪局。

5. おもてなし｜名
盛情且周到的款待。

句型

限《かぎ》り
在……的範圍內。

例句

予告編《よこくへん》を見《み》る限《かぎ》りでは、なかなか面白《おもしろ》そうな映《えい》画《が》だ。
從預告片（的範圍）來看，感覺是一部有趣的電影。

私《わたし》の知《し》る限《かぎ》り、詳《くわ》しい事情《じじょう》を知《し》る人《ひと》は一人《ひとり》もいない。
在我所知的範圍內，沒有一個人知道詳細的狀況。

延伸閱讀。

和菓子離れ與和菓子的傳承

和菓子　V.S.　洋菓子

在現代的國際化社會當中，由於飲品以及點心的選擇越來越多，很自然地人們享用日本茶、搭配和菓子的機會變少了。特別是年輕人，比起和菓子，更常享用洋菓子。這種傾向稱為「和菓子危機」。此外現今社會以小家庭居多，人們一同圍在桌邊享用菓子的時間較從前為少，也是造成和菓子危機的原因之一。理所當然地，比起成為和菓子師傅，更多年輕人憧憬成為洋菓子師傅。因此如何延續傳統技藝的傳承，也成為和菓子業界煩惱的問題。

為了解決這些問題，和菓子業界當然做了不少努力。例如推出搭配西洋節慶的和菓子，讓人們在聖誕節、情人節時，除了西洋甜點之外，也願意享用和菓子。或是將和菓子本身加入西洋要素，在豆餡中加入奶油、在銅鑼燒當中加入鮮奶油等等，製作出「和洋折衷」的和菓子，來吸引更多客群。或是尋求異業結合，例如製作以和菓子為主題的電視劇或漫畫，讓更多人對和菓子展生興趣。如此一來，和菓子不再給人陳舊的印象，不僅願意享用的人變多了，就連年輕人也可能憧憬成為和菓子師傅。

此外，隨著「和食」在二〇一三年被登錄世界無形文化遺產，以及各式各樣的抹茶甜品受到世界各地人們的歡迎，和菓子也漸漸受到世界各地人們的矚目。如何將和菓子推往國際，也許正是和菓子業界接下來的重要課題。

CONVERSATION

《和喫茶《わきっさ》で》

文 / 今泉江利子

A：うー、和喫茶《わきっさ》って緊張《きんちょう》するなあ。

B：茶道《さどう》はそんな堅苦《かたくる》しいもんじゃないよ。

A：そう？まあ、和菓子《わがし》は洋菓子《ようがし》より脂質《ししつ》が少《すく》なくて、ダイエット向《む》きだっていうしね。ただ、作法《さほう》がね。

B：和敬清寂《わけいせいじゃく》の気持《きも》ちで、お茶《ちゃ》を飲《の》めば、大《だい》丈夫《じょうぶ》。

A：お点前《てまえ》をした人《ひと》への感謝《かんしゃ》や尊重《そんちょう》だね。わかった。

B：それから、和菓子《わがし》が先《さき》で抹茶《まっちゃ》が後《あと》ね。飲《の》むときはお茶碗《ちゃわん》の一番《いちばん》きれいな正面《しょうめん》を避《さ》けて飲《の》んでね。

A：お茶碗《ちゃわん》を回《まわ》すってそういうことか。ここにも尊重《そんちょう》する気持《きも》ちが表《あらわ》れてるんだね。あっ、和菓子《わがし》の甘《あま》さで抹茶《まっちゃ》がよりおいしくなるね。茶道《さどう》っていいね。

B：うん、また、気軽《きがる》に抹茶《まっちゃ》と和菓子《わがし》を楽《たの》しもうね。

《在日式喫茶店》

A：嗚，日式喫茶店令人好緊張啊。

B：茶道不是那麼硬梆梆的東西啦。

A：是喔？嘛，不都說和菓子跟洋菓子比起來脂質相對很少，很適合減肥嗎？不過，正式流程啊……

B：只要抱持著和敬清寂的心境喝茶，就沒問題的！

A：這是對刷茶的人表示的感謝與尊重對吧，我懂了！

B：然後啊，要先吃和菓子才喝抹茶喔。喝的時候要避開茶碗最漂亮的那一面。

A：要把茶碗轉過來原來是這個原因啊。這個細節也表現出了尊重的心情呢。啊，和菓子的甜度讓抹茶更好喝了耶。茶道真好啊。：嗯，再輕鬆地享用抹茶跟和菓子吧！

單字｜例句

堅苦《かたくる》しい｜**イ形容詞**　鄭重其事、沒有通融餘地

例《れい》. 茶道《さどう》は堅苦《かたくる》しくて、難《むずか》しいと思《おも》っている日本人《にほんじん》も多《おお》い。

覺得茶道很死板或很困難的日本人也不在少數。

向《む》き｜**他動「向く」の名詞化**　面向、取向、適合哪個族群

例《れい》. 和《わ》カフェは茶道初心者《さどうしょしんしゃ》向《む》きだから、気軽《きがる》に抹茶《まっちゃ》が楽《たの》しめる。

因為日式咖啡廳很適合茶道新手，可以無負擔地享受抹茶。

作法《さほう》｜**名詞**　禮節、正式的進行流程或方法

例《れい》. 茶道体験教室《さどうたいけんきょうしつ》で和菓子《わがし》の食《た》べ方《かた》にも作法《さほう》があることを知《し》った。

我在茶道體驗教室瞭解到了，就連和菓子的吃法都有正式流程這件事。

和敬清寂《わけいせいじゃく》｜**名詞**　茶聖千利休提出的茶道精神宗旨

例《れい》. 和敬清寂《わけいせいじゃく》と一期一会《いちごいちえ》は日本《にほん》のおもてなしにも生《い》かされている。

和敬清寂與一期一會的宗旨充分發揮了日本人周到款待的精神。

（和敬：表示主客相互尊敬、人與茶室的和諧
清寂：身心清潔無雜念、禪道追求閒寂枯淡）

避《さ》ける｜**他動 II**　避開

例《れい》. 水《みず》た - まりを避《さ》けて、町屋《まちや》を改装《かいそう》した甘味処《かんみどころ》へ向《む》かった。

避開地上的水坑，我朝著江戶時代的町屋改裝成的日式甜點店走去。

各地特色和菓子

全日本最特別和菓子8選

文 / 王文萱

01 北海道《ほっかいどう》——べこ餅《もち》

北海道《ほっかいどう》の「べこ餅《もち》」は、白《しろ》と黒《くろ》の二色《にしょく》が配《はい》された木《こ》の葉形《はがた》の餅菓子《もちがし》で、主《おも》に端《たん》午《ご》の節句《せっく》の際《さい》に食《しょく》されている。道南地域《どうなんちいき》で食《た》べられることが多《おお》く、**冠婚葬祭**《かんこんそうさい》など**ハレの日**《ひ》の際《さい》にも供《きょう》される。

べこ餅《もち》は上新粉《じょうしんこ》と砂糖《さとう》を混《ま》ぜ合《あ》わせた生地《きじ》を蒸《む》して作《つく》る。白色《しろいろ》の生地《きじ》には白砂《しろざ》糖《とう》、黒色《くろいろ》の生地《きじ》には黒砂糖《くろざとう》が使用《しよう》される。**よもぎ**を入《い》れて緑色《みどりいろ》の生地《きじ》を作《つく》り、白《しろ》と緑《みどり》の配色《はいしょく》にしたり、花形《はながた》や丸形《まるがた》に仕《し》上《あ》げたりすることもある。名称《めいしょう》の由来《ゆらい》については、白《しろ》と黒《くろ》の配色《はいしょく》が「べっこう」の色合《いろあ》いに近《ちか》いことから「べっこう餅《もち》」となったという説《せつ》のほか、乳牛《にゅうぎゅう》の色《いろ》を**連想**《れんそう》させることから東北地方《とうほくちほう》の**方言**《ほうげん》で牛《うし》を意味《いみ》する「べこ」を用《もち》いたという説《せつ》など諸《しょ》説《せつ》ある。

北海道— Beko 餅

北海道的「Beko 餅」，大多是在端午節所享用的。這是一種葉片形狀的麻糬，由黑白兩色所構成。「Beko 餅」流行在道南地域，除了端午節以外，人們也會在婚喪喜慶等特別日子享用。

「Beko 餅」的主要材料是上新粉及砂糖，將兩者混合之後蒸煮而成。白色部分用的是白砂糖，黑色部分則是黑砂糖。也有些人會加入艾草，做成綠白兩色的。或是做成花朵形狀、圓形等等的。至於名稱由來，有各種說法。有一說是因為黑白兩色看起來很像「甲（bekko）」。還有一說是這種黑白兩色菓子很像乳牛的顏色，因此用東北地方的方言「Beko」來稱呼，表示「牛」之意。

單字

1. **冠婚葬祭**《かんこんそうさい》｜名
成人式、婚禮、葬禮、祭典，為日本人生的四個重要儀式。

2. **ハレの日**《ひ》｜名
指特別之日、慶祝或舉辦儀式的日子。

3. **よもぎ**｜名
魁蒿，為艾草的一種。

4. **連想**《れんそう》｜名
聯想，想到的與該事物相關的其他方面。

5. **方言**《ほうげん》｜名
方言，某種語言在該國各區域的特殊變化。

02 東京都《とうきょうと》——人形焼《にんぎょうやき》

各地《かくち》の美食《びしょく》が集《あつ》まる東京《とうきょう》では様々《さまざま》な土産物《みやげもの》が販売《はんばい》されているが、東京《とうきょう》の伝統《でんとう》和菓子《わがし》といえば「人形焼《にんぎょうやき》」だ。人形焼《にんぎょうやき》は小麦粉《こむぎこ》、卵《たまご》、砂糖《さとう》を合《あ》わせた生地《きじ》を**文楽《ぶんらく》**人形《にんぎょう》や**七福神《しちふくじん》**の型《かた》で焼《や》いたもので、長崎《ながさき》カステラに似《に》ている。あんこやカスタードクリーム、抹茶《まっちゃ》など餡入《あんい》りのものもあれば、餡《あん》なしタイプもある。

人形焼《にんぎょうやき》の**発祥地《はっしょうち》**は人形職人《にんぎょうしょくにん》が多《おお》く住《す》む日本橋人形町《にほんばしにんぎょうちょう》。江戸時代《えどじだい》から多《おお》くの**歌舞伎《かぶき》**小屋《ごや》がある歓楽街《かんらくがい》として**栄《さか》え**、庶民《しょみん》も気軽《きがる》に味《あじ》わえる菓子《かし》として人形焼《にんぎょうやき》が誕生《たんじょう》した。その後《ご》、大正時代《たいしょうじだい》に東京《とうきょう》の娯楽《ごらく》の中心地《ちゅうしんち》が人形町《にんぎょうちょう》から浅草《あさくさ》に移《うつ》り、人形町《にんぎょうちょう》の菓子職人《かししょくにん》たちも浅草《あさくさ》に移《うつ》り住《す》むようになる。そんな彼《かれ》らが作《つく》ったのが、雷門《かみなりもん》や五重塔《ごじゅうのとう》などの浅草名所《あさくさめいしょ》をモチーフにした「名所焼《めいしょやき》」という名《な》の人形焼《にんぎょうやき》だ。

單字

1. 文楽《ぶんらく》｜名
日本三大傳統藝術之一，全名為「淨琉璃文樂木偶劇」。

2. 七福神《しちふくじん》｜名
日本信仰中帶來福氣、財運的七尊神明，組成為惠比壽、大黑天、毘沙門天、壽老人、福祿壽、辯才天、布袋，形象類似中國的八仙。

3. 発祥地《はっしょうち》｜名
發源地、。

4. 歌舞伎《かぶき》｜名
日本三大傳統藝術之一，日本獨有的劇場藝術表演，正式稱呼為狂言。

5. 栄《さか》え｜動
繁榮、興盛。

東京都——人形燒

匯集各地美食文化的東京，現今雖有各式各樣的伴手禮，但若提到傳統和菓子，非「人形燒」莫屬了。「人形燒」類似長崎蛋糕，是用麵粉、蛋、砂糖攪拌後，倒進模型當中烤成的，模型大多是文樂人偶、或七福神的模樣。有些裡面包紅豆餡，也有卡士達奶油、抹茶等口味的餡料，也有不包餡的。

人形燒起源於聚集了許多人偶職人的日本橋人形町，這裡從江戶時代就有許多歌舞伎小屋，十分繁榮熱鬧，因此誕生了這種庶民也能輕鬆享用的點心。大正時代，東京的娛樂中心轉移到了淺草，菓子職人們也跟著遷徙，並且將淺草的著名景點，例如雷門、五重塔，用人形燒的方式做成了「名所燒」呢。

03 静岡県《しずおかけん》——安倍川餅《あべかわもち》

安倍川餅《あべかわもち》は静岡県静岡市《しずおかけんしずおかし》の名物《めいぶつ》。**つきたて**の餅《もち》にきな粉《こ》をまぶし、その上《うえ》から白砂糖《しろざとう》をかけたものだ。由来《ゆらい》については諸説《しょせつ》あるが、一説《いっせつ》によると、徳川家康《とくがわいえやす》がとある店《みせ》できな粉《こ》をまぶした餅《もち》を食《た》べ、その名《な》を**訊《たず》ねた**ところ、店主《てんしゅ》が「安倍川《あべかわ》上流《じょうりゅう》の金山《きんざん》でとれる砂金《さきん》をまぶした『金《きん》粉餅《ぷんもち》』です」と**とっさに**答《こた》えたのを大《おお》いに気《き》に入《い》り、「安倍川餅《あべかわもち》」と命名《めいめい》したといわれている。真偽《しんぎ》はさておき、安倍川《あべかわ》餅《もち》に四百年《よんひゃくねん》以上《いじょう》の歴史《れきし》があるのは確《たし》かだ。

安倍川餅《あべかわもち》は江戸時代《えどじだい》の日本《にほん》では**珍《めずら》しかった**白砂糖《しろざとう》を使《つか》っていることから、東海道府中宿《とうかいどうふちゅうしゅく》の名物《めいぶつ》となった。現在《げんざい》ではきな粉《こ》をまぶした餅《もち》とあんこで包《つつ》んだ餅《もち》の二《に》種類《しゅるい》を**並《なら》べて**盛《も》ったものが一般的《いっぱんてき》で、二《ふた》つの味《あじ》を一度《いちど》に味《あじ》わうことができる。

單字

1. つきたて |
搗完的。つく是搗年糕、麻糬等用米製作的麵團，たて為「剛完成」的意思。

2. 訊《たず》ねる | **動**
打聽、詢問。

3. とっさに | **副**
一瞬間內的反應。

4. 珍《めずら》しい | **形**
珍奇的、稀有的。

5. 並《なら》べる | **動**
排列、並列。

靜岡縣—安倍川餅

靜岡縣靜岡市的著名伴手禮「安倍川餅」，是在倒好的麻糬上面撒上黃豆粉以及白砂糖而成的。關於由來有幾種說法，其中有個說法是來自德川家康。當時家康某次在店裡吃到了撒著黃豆粉的麻糬，詢問之下，店主說這是安倍川上游山裡產的金粉，撒在麻糬上而成，因此名為「金粉餅」。家康稱讚這位店主的機智，並且稱這種菓子為「安倍川餅」。無論由來如何，可確定的就是這種菓子已有四百年以上的歷史。

由於白砂糖在江戶時代很罕見，因此這個菓子成了東海道府中宿的著名點心。現今常見的安倍川餅，除了撒黃豆粉的麻糬之外，旁邊還會放上用紅豆裹著的麻糬，一次可享用兩種風味呢。

04 大阪府《おおさかふ》——芥子餅《けしもち》

芥子餅《けしもち》はケシの実《み》を**びっしり**まぶした餅皮《もちかわ》にあんこを包《つつ》んだもの。口《くち》に含《ふく》むと、ケシの実《み》の**プチプチ**食感《しょっかん》が**たまらない**。三百年《さんびゃくねん》以上《いじょう》の歴史《れきし》があり、今《いま》でも人《にん》気《き》の菓子《かし》だ。

芥子餅《けしもち》は大阪府堺市《おおさかふさかいし》の名産品《めいさんひん》。堺《さかい》は茶《さ》道《どう》の大成者《たいせいしゃ》、千利休《せんのりきゅう》の生《う》まれ故郷《こきょう》でもある。ケシの実《み》は堺《さかい》が諸外国《しょがいこく》との貿易港《ぼうえきこう》として栄《さか》えた室町時代《むろまちじだい》にインドより**もたらされた**といわれている。その後《ご》、江戸時代《えどじだい》初期《しょき》より大阪《おおさか》、和歌山《わかやま》で**盛《さか》ん**にケシが栽培《さいばい》されるようになり、これに伴《ともな》って、茶《ちゃ》に合《あ》う和菓子《わがし》として芥子餅《けしもち》が誕生《たんじょう》した。ケシの実《み》はアヘンの原料《げんりょう》にもなるため、現在《げんざい》の日本《にほん》では栽培《さいばい》が禁止《きんし》されている。芥子餅《けしもち》に使用《しよう》するケシの実《み》は輸入品《ゆにゅうひん》だが、発芽《はつが》しないように処理《しょり》を行《おこな》っており、毒性《どくせい》がないため、安心《あんしん》して味《あじ》わうことができる。

大阪府—芥子餅

芥子餅是將罌粟花的種子，撒在用麻糬包著豆餡的菓子之上而成的。佈滿細小種子的芥子餅，吃進嘴裡口感非常特別，至今已有三百多年的歷史，仍然受人喜愛。

芥子餅是大阪府堺市一地的名產，堺同時也是茶道集大成者千利休的故鄉。罌粟花的種子據說是在室町時代從印度傳進日本的，當時堺與外國貿易往來繁盛。到了江戶時代初期，大阪、和歌山一地栽培了許多罌粟花，因此被拿來做出這種搭配茶的和菓子。罌粟是製取鴉片的原料，因此現今日本是無法栽種的。拿來做芥子餅的種子，現今仰賴進口，而且因為經過處理，不會發芽，所以沒有毒性，能夠放心品嘗這種獨特的美味。

單字

1. びっしり｜副
密密麻麻的。

2. プチプチ｜副
擬聲擬態語，咬破小小一顆一顆東西時的感覺，例如魚卵。

3. たまらない｜片
……得不得了，受不了或按耐不住的意思。

4. もたらす｜動
帶來、招致、造成。

5. 盛《さか》ん｜形動
興盛、旺盛、繁榮。

05 京都府《きょうとふ》——八橋《やつはし》

観光地《かんこうち》の京都《きょうと》を訪《おとず》れたことのある人《ひと》なら、「八橋《やつはし》」や「生八橋《なまやつはし》」を食《た》べたことはあるだろう。八橋《やつはし》は米粉《こめこ》、砂糖《さとう》、シナモンを混《ま》ぜ合《あ》わせたものを蒸《む》して焼《や》いた細長《ほそなが》い煎餅《せんべい》で、生八橋《なまやつはし》は焼《や》かずに蒸《む》した生地状態《きじじょうたい》のもの。生八橋《なまやつはし》には餡《あん》を包《つつ》んだものもあり、生地《きじ》にも様々《さまざま》な味《あじ》がある。八橋《やつはし》は三百年《さんびゃくねん》以上《いじょう》の歴史《れきし》を有《ゆう》するが、生《なま》八橋《やつはし》は一九六〇年《ねん》以降《いこう》に開発《かいはつ》された比較《ひかく》的新《てきあたら》しい商品《しょうひん》だ。

八橋《やつはし》は**箏曲**《そうきょく》の**開祖**《かいそ》の八橋検校《やつはしけんぎょう》に由来《ゆらい》し、**琴**《こと》の形《かたち》に似《に》せて作《つく》られたという説《せつ》と、平安時代《へいあんじだい》の歌物語《うたものがたり》『伊勢物語《いせものがたり》』に登場《とうじょう》する「三河国《みかわのくに》八橋《やつはし》」にちなみ、橋《はし》の形《かたち》に似《に》せて作《つく》られたという説《せつ》が一般的《いっぱんてき》だが、いずれにせよ、シナモンの**風味**《ふうみ》の濃厚《のうこう》な八橋《やつはし》と生八橋《なまやつはし》は、必《かなら》ずや旅人《たびびと》に強《つよ》い印象《いんしょう》を**残す**《のこ》ことだろう。

京都府——八橋

若造訪過觀光勝地京都，相信一定嘗過「八橋」以及「生八橋」。八橋是用米粉、砂糖、肉桂混合後，經蒸煮及烘烤成的細長煎餅，生八橋則是經蒸煮而未經烘烤的餅皮，有時候中間會包上豆餡，餅皮還會做成各種不同口味。八橋已有三百多年的歷史，生八橋則是在一九六〇年代以後才被開發出來的新商品。

八橋的名稱由來，有兩種常見的說法。其一是來自日本箏集大成者八橋檢校，因此八橋是模仿日本箏的形狀而成。另一種則是來自平安時代作品《伊勢物語》，其中曾提到「三河國八橋」，因此是仿橋梁的形狀。無論哪種說法，八橋及生八橋的濃郁肉桂味，想必都讓旅人們留下了深刻印象吧。

單字

1. **箏曲**《そうきょく》 | 名
用日本箏演奏的樂曲。

2. **開祖**《かいそ》 | 名
創始人、鼻祖。

3. **琴**《こと》 | 名
日本箏，與中國古箏不同，是日本傳統音樂中一項重要的樂器。

4. **風味**《ふうみ》 | 名
味道、風味、口味。

5. **残す**《のこ》 | 動
留下、剩下、遺留。

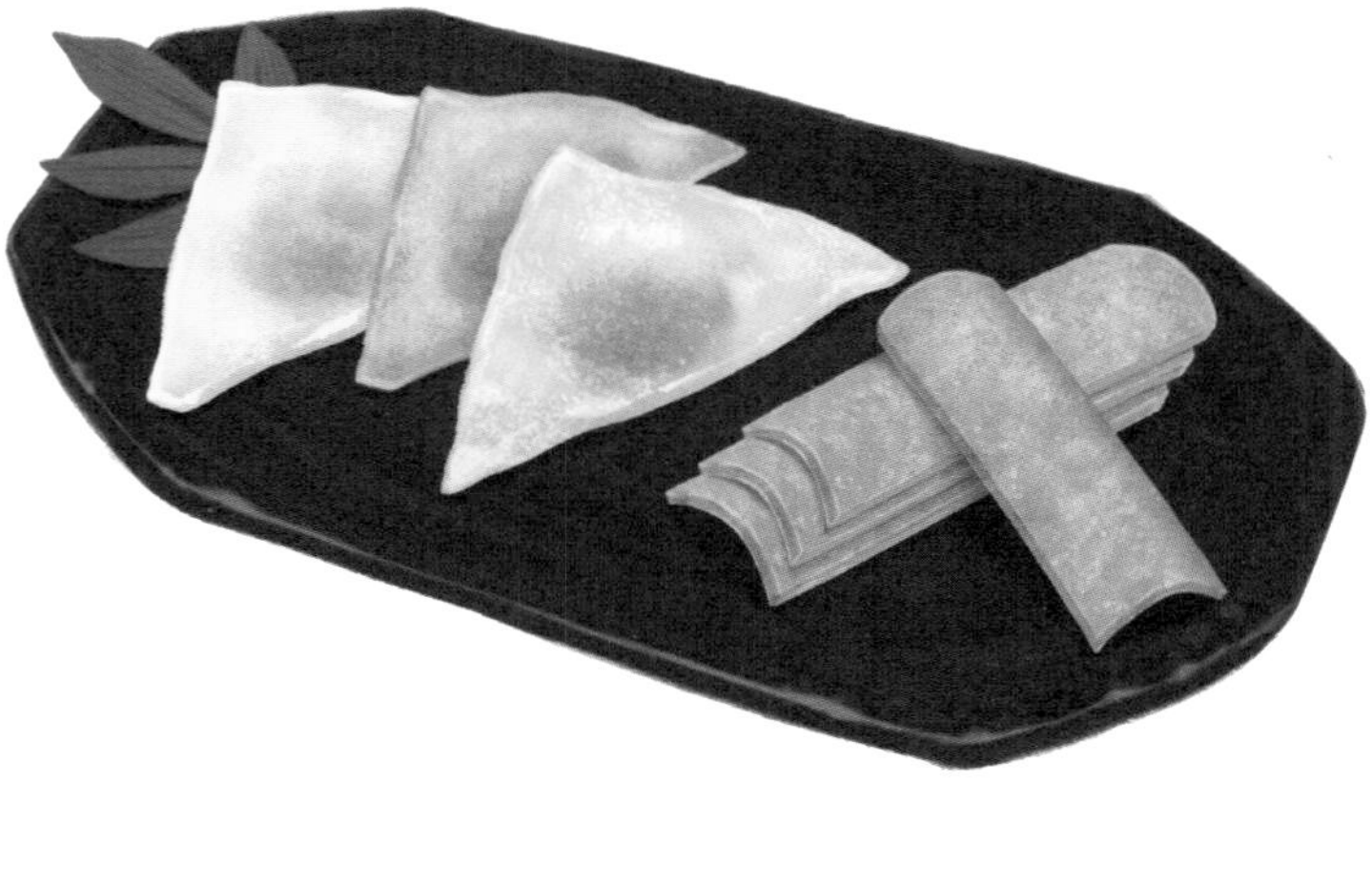

06 島根県《しまねけん》——若草《わかくさ》

若草《わかくさ》は、松江藩《まつえはん》（現在《げんざい》の島根県《しまねけん》）七代《しちだい》藩主《はんしゅ》・松平治郷《まつだいらはるさと》によって考案《こうあん》された和菓《わが》子《し》のこと。ネーミングは、治郷《はるさと》の詠《よ》んだ和歌《わか》「**曇《くも》る**ぞよ 雨《あめ》ふらぬうち 摘《つ》んでおけ 栂尾《とがお》の山《やま》の 春《はる》の若草《わかくさ》」に由来《ゆらい》する。

若草《わかくさ》は求肥《ぎゅうひ》を長方形《ちょうほうけい》にし、緑色《みどりいろ》の寒梅《かんばい》粉《こ》を一面《いちめん》にまぶしたもの。春《はる》に**萌《も》える**若《わか》草《くさ》を表現《ひょうげん》しており、主《おも》に春《はる》の茶会《ちゃかい》で用《もち》いられる。代表的茶人《だいひょうてきちゃじん》の一人《ひとり》でもあった松《まつ》平治郷《だいらはるさと》は、号《ごう》の「不昧《ふまい》」で知《し》られ、茶道《さどう》の一派《いっぱ》「不昧流《ふまいりゅう》」の開祖《かいそ》でもある。治郷《はるさと》の考案《こうあん》した茶菓子《ちゃがし》の若草《わかくさ》、山川《やまかわ》、菜種《なたね》の**里《さと》**を合《あ》わせて「不昧公三大銘菓《ふまいこうさんだいめいか》」と呼《よ》ぶこともある。若草《わかくさ》の製法《せいほう》は治郷《はるさと》の**没後《ぼつご》**、不明《ふめい》となっていたが、明治時代中期《めいじじだいちゅうき》に和《わ》菓子店《がしてん》の「彩雲堂《さいうんどう》」によって**復元《ふくげん》**された。

單字

1. **曇《くも》る** | 動
陰天、被烏雲壟罩、朦朧、表情黯淡、模糊不清。

2. **萌《も》える** | 動
草木萌芽、發芽。

3. **里《さと》** | 名
村落、村莊。

4. **没後《ぼつご》** | 名
去世後。

5. **復元《ふくげん》** | 名
將形態、位置恢復到原本的樣子這件事。

島根縣——若草

「天候陰霾，趁未降雨時，摘下栂尾山的春之若草」——這是松江藩（位於現今島根縣）的七代藩主松平治郷所詠的和歌，而治鄉所創的和菓子，就用了其中的「若草」一詞來命名。

「若草」是用求肥做成長條狀，然後在上面鋪滿綠色寒梅粉的和菓子。這是用來表現春天的嫩草，因此主要用在春天的茶席上。松江藩主松平治鄉，號不昧，同時也是一位有名的茶人，是日本茶道流派不昧流之祖。他所創的茶席菓子，有所謂「不昧公三大銘菓」，包括了若草、山川、以及菜種之里。不過若草的製作方式，在治鄉去世後就失傳了，現今的若草，是在明治中期，由「彩雲堂」這間和菓子店所復元再現的。

07 福岡市《ふくおかし》——鶏卵素麺《けいらんそうめん》

鶏卵素麺《けいらんそうめん》はポルトガルから伝来《でんらい》した菓子《かし》で、福岡《ふくおか》の銘菓《めいか》。ポルトガルでは「卵《たまご》の**糸《いと》**」を意味《いみ》する「フィオス・デ・オヴォス」と呼ばれている。沸騰《ふっとう》させた糖蜜《とうみつ》と卵黄《らんおう》で糸状《いとじょう》に作《つく》った黄金色《こがねいろ》の菓子《かし》で、世界各国《せかいかっこく》を**巡《めぐ》った**ポルトガルの冒険家《ぼうけんか》たちの手《て》によって日本《にほん》にも伝《つた》わった。江戸《えど》時代《じだい》に松屋利右衛門《まつやりえもん》が長崎《ながさき》の出島《でじま》に**赴《おもむ》いた折《おり》に**中国人《ちゅうごくじん》の鄭氏《ていし》より製法《せいほう》を学《まな》んだという。

ポルトガルではそのまま食《た》べるのではなく、ケーキのデコレーションなどとして**用《もち》いる**ことが多《おお》いが、日本《にほん》では甘《あま》い糸状《いとじょう》の卵菓子《たまごがし》としてそのまま味《あじ》わう。材料《ざいりょう》はシンプルで、作《つく》り方《かた》も難《むずか》しくないため、一般家庭《いっぱんかてい》でも作《つく》れるものの、きれいに仕上《しあ》げるには技《わざ》と経験《けいけん》が必要《ひつよう》だ。

單字

1. 糸《いと》｜名

纖維、線、琴弦。

2. 巡《めぐ》る｜動

繞圈、循環、圍繞。

3. 赴《おもむ》く｜動

奔赴、前往、傾向。

4. 折《おり》に｜

表達「……之際(……際に)」時，較慎重的表達方式。

5. 用《もち》いる｜動

使用、採用。

福岡市——雞卵素麵

來自葡萄牙的甜點「Fios De Ovos」，意指蛋絲，是用熱糖漿以及蛋黃做成的一條條金黃色細絲。隨著葡萄牙的冒險家們在世界各國遊歷，這道甜點也傳進了許多國家，到了日本則成了福岡的名產「雞卵素麵」。據說是江戶時代的松屋利右衛門，造訪長崎出島時，從姓鄭的中國人那裡學來的。

在葡萄牙，「Fios De Ovos」一般不會直接吃，而是當成蛋糕裝飾等來享用，但到了日本，「雞卵素麵」就是一道直接享用甜蛋絲的和菓子。雞卵素麵的材料其實很單純，製法也不算困難，甚至可在一般家庭當中製作，但若要做得漂亮，則需要經驗及技術呢。

08 沖縄県《おきなわけん》——ちんすこう

ちんすこうは小麦粉《こむぎこ》、砂糖《さとう》、ラードを原料《げんりょう》としたクッキーのような食感《しょっかん》の焼《や》き菓子《がし》。沖縄《おきなわ》の土産品《みやげひん》として有名《ゆうめい》。琉球《りゅうきゅう》王朝時代《おうちょうじだい》から作《つく》られている伝統的《でんとうてき》な菓子《かし》で、由来《ゆらい》については中国南部《ちゅうごくなんぶ》の蒸《む》し菓子《がし》が起源《きげん》という説《せつ》や、ポルトガルから伝《つた》わったという説《せつ》もあるが、**定説**《ていせつ》はない。

琉球王朝《りゅうきゅうおうちょう》の頃《ころ》は王族《おうぞく》や貴族《きぞく》**のみ**が祝《いわ》い事《ごと》の時《とき》に食《た》べることのできる菓子《かし》だったが、現在《げんざい》では沖縄《おきなわ》で最《もっと》も人気《にんき》の土産品《みやげひん》となり、味《あじ》も**プレーン**のほか、紅芋味《べにいもあじ》、黒糖味《こくとうあじ》、塩味《しおあじ》など、沖縄《おきなわ》の特産物《とくさんぶつ》を使用《しよう》した定番《ていばん》の味《あじ》を含《ふく》め様々《さまざま》な味《あじ》が販売《はんばい》されている。また、昔《むかし》は丸《まる》い菊形《きくがた》をしていたが、今《いま》では細長《ほそなが》く、側面《そくめん》が**ギザギザ**の形《かたち》となっている。ちんすこうを作《つく》っている店《みせ》はとても多《おお》く、それぞれの食感《しょっかん》や味《あじ》わいの違《ちが》いを楽《たの》しむのも**一興**《いっきょう》だ。

沖繩縣——金楚糕

使用麵粉、砂糖、以及豬油烤成的「金楚糕」，口感近似餅乾，是沖繩的有名伴手禮。這是琉球王國時代所傳承下來的傳統菓子，關於由來尚無定論，有一說是從中國南方的蒸糕演變而來，也有人說是從葡萄牙傳來的。

在從前的琉球王國時代，只有王族及貴族在慶賀時才能享用金楚糕，現今則成了沖繩最受歡迎的伴手禮，甚至還推出了各種不同口味。原味、紅芋、黑糖、鹽等等，沖繩的當地特產都成了金楚糕常見的口味。形狀也由從前的圓形菊花狀，變成現今的細長型，側面有著鋸齒狀。製作金楚糕的店家非常多，比較各家不同的口感及味道，也是享用的樂趣之一呢。

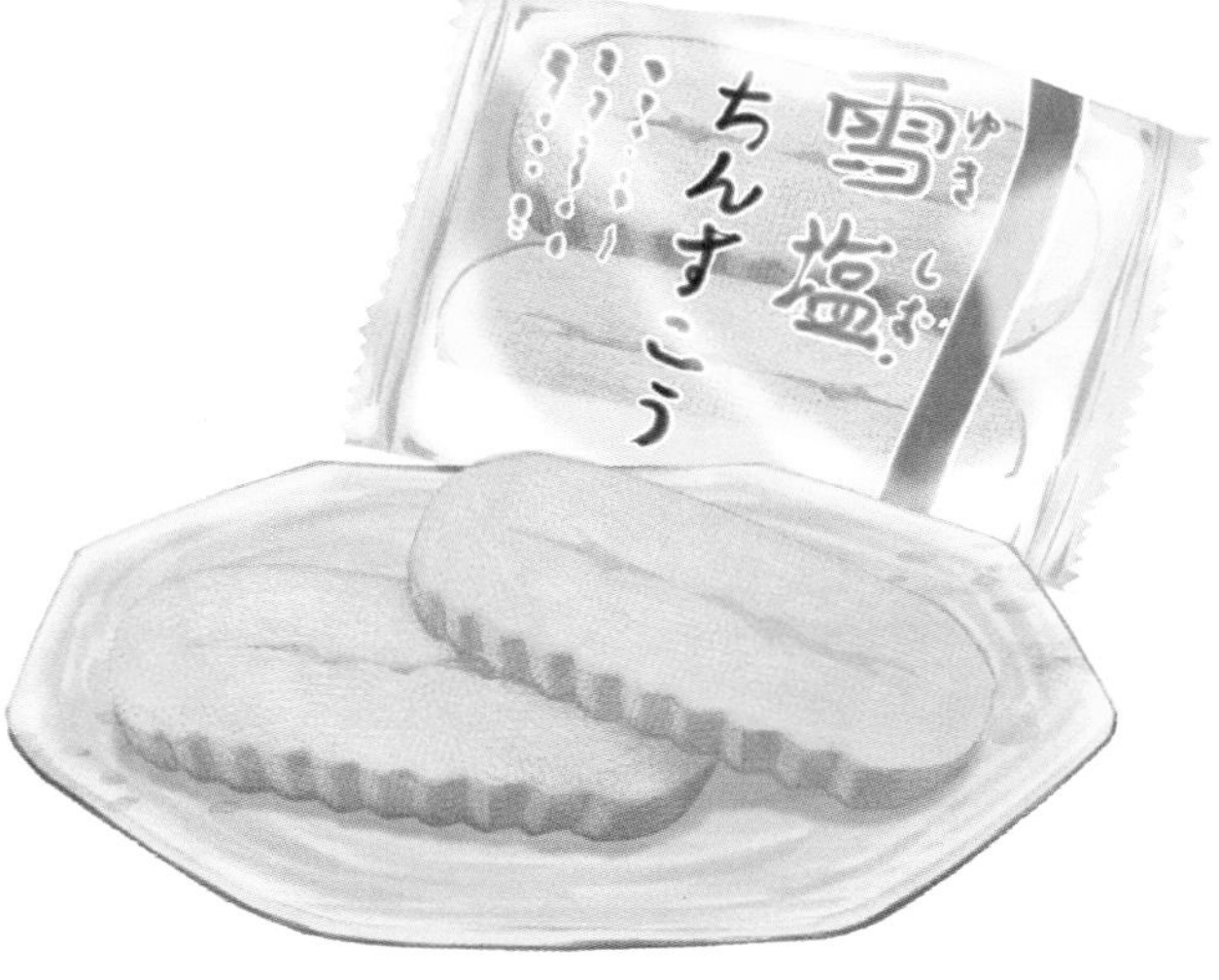

單字

1. **定説**《ていせつ》｜名
定論、固定的說法。

2. **のみ**｜副
只有、僅僅是。

3. **プレーン**｜形動
單純樸素、俐落的、不加裝飾的。

4. **ギザギザ**｜名
鋸齒狀的刻紋。

5. **一興**《いっきょう》｜名
一種趣事、一種樂趣。

延伸閱讀。

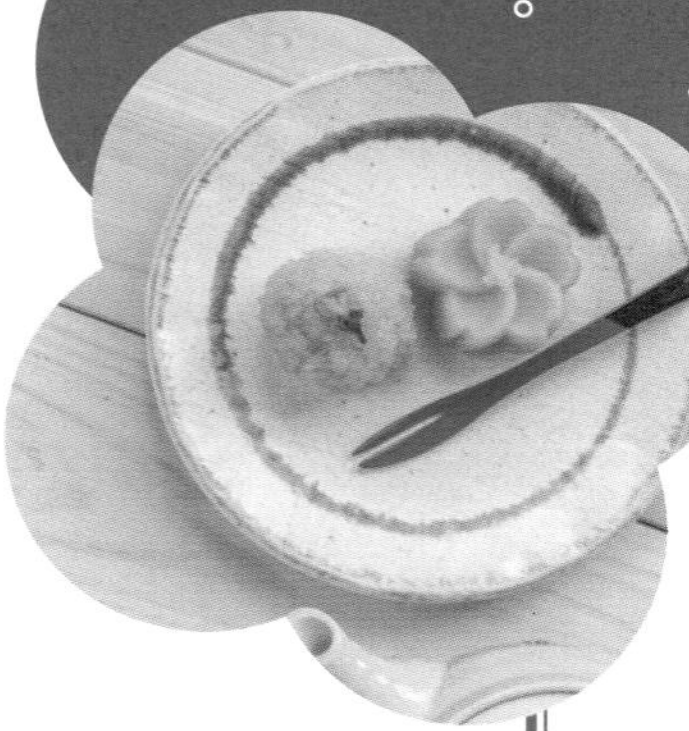

和菓子之日與嘉祥菓子

六月十六日，是和菓子協會所制定的「和菓子之日」。雖然這是一九七九年才制定的節日，但來源卻有上千年之久了。傳說在平安時代中期（西元八四八年），傳染病大肆流行，因此當時的仁明天皇將元號從「承和」改為「嘉祥」，並且在六月十六日時，準備十六種菓子供奉給神明，祈求無病無災，此儀式被稱為「嘉祥之儀」。

這個儀式後來滲透到民間，還與室町時代使用的中國宋錢「嘉定通寶」有了關聯。由於「嘉通」兩字讀音同「勝利」，因此人們會在舊曆六月十六日，用十六枚「嘉定通寶」買菓子來享用。據說建立德川幕府的德川家康，曾撿過「嘉定通寶」，而後享用了家臣大久保藤五郎獻上的菓子，因此開了運。所以「嘉祥之儀」被傳承了下來，到了江戶時代被盛大舉行，幕府將軍會在江戶城內有五百張塌塌米寬的大廣間內，擺上超過兩萬個的菓子，發給底下的大名、旗本。「嘉祥之儀」直到明治時代才被廢除。

「嘉祥之儀」最初的十六種菓子，後來隨著時代也有變化。在江戶時代，菓子數量變成了七種，稱為「七嘉祥」。「七」是將「十六」的「十」加上「六」所成的，不過當時幕府以及宮廷之中所用的菓子，各有不同。現今有些和菓子老店，會在這段期間推出該店特別的「嘉祥菓子」，期望人們享用之後，能夠因此健康平安。

CONVERSATION

《空港《くうこう》の土産《みやげ》物《もの》屋《や》で》

文 / 今泉江利子

A：あのう、同僚《どうりょう》20《にじゅう》人《にん》に配《くば》るお土産《みやげ》を探《さが》してるんですが、おすすめの和菓子《わがし》はありますか。

B：この地方《ちほう》の特産品《とくさんひん》を使《つか》ったお煎餅《せんべい》はいかがですか。

A：郷土菓子《きょうどがし》いいですね。でも、甘《あま》いものがいいかな。

B：はい。お客様《きゃくさま》、こちらでも食《た》べ歩《ある》きされましたか。

A：ええ、ずんだ餅《もち》とか生《なま》どら焼《や》きとか、食《た》べました。

B：さようでございますか。この地方《ちほう》の銘菓《めいか》はいかがですか。小分《こわ》けされているので、便利《べんり》ですよ。

A：おいしそう！でも、ちょっと予算《よさん》オーバーですね。

B：では、こちらの特産品《とくさんひん》を使《つか》った餡《あん》が入《はい》った最中《もなか》はいかがですか。賞味期限《しょうみきげん》は2週《にしゅう》間《かん》でございます。

A：包装《ほうそう》も日本《にほん》らしくていいですね。これ、ください。

《在機場的伴手禮店》

A：不好意思，我想找可以發給20位公司同事的伴手禮，有推薦的和菓子嗎？

B：使用了本地特產製作的煎餅如何呢？

A：鄉土點心不錯耶。但是，甜食會不會更好啊。

B：是的。請問客人您來這裡有邊走邊吃過嗎？

A：有，吃了一些毛豆麻糬跟生銅鑼燒等等。

B：原來如此。那這裡的著名點心如何呢？已經分成小包裝了，很方便喔！

A：看起來好好吃！但是有點超出預算了耶。

B：那麼這邊的，添加了本地特產製作的豆沙餡的最中怎麼樣？賞味期限有兩個禮拜。

A：包裝也很日本風不錯耶。麻煩給我這個。

單字｜例句

配《くば》る｜**他動 I**　分配、發給。

例《れい》. お菓子《かし》などの食《た》べ物《もの》をお土産《みやげ》としてご近所《きんじょ》や同僚《どうりょう》に配《くば》ることが多《おお》い。

我常將點心之類的食物，當作旅行的禮物分給附近的同事。

特産品《とくさんひん》｜**名詞**　特定地區的商品，其他地方很難買到。

例《れい》. 紅《べに》イモは沖縄《おきなわ》の特産品《とくさんひん》で、料理《りょうり》やスイーツに使《つか》われる。

紅芋地瓜是沖繩特產，會用在料理和甜點裡。

食《た》べ歩《ある》きする｜**他動 III**　邊走邊吃。

例《れい》. 旅行《りょこう》の一番《いちばん》の楽《たの》しみは、郷土料理《きょうどりょうり》や郷土菓子《きょうどがし》を食《た》べ歩《ある》きすることだ。

旅行最大的樂趣，就是邊走邊吃鄉土料理和鄉土點心。

小分《こわ》けする｜**他動 III**　細分、分成小部分。

例《れい》. 和菓子《わがし》をたくさんいただいたので、小分《こわ》けして友達《ともだち》にあげようと思《おも》う。

因為拿到了很多和菓子，我想分成小部分分給朋友。

らしい｜**接尾辞**　很有……的風格、很像是……。

例《れい》. 日本画《にほんが》を思《おも》わせる美《うつく》しい和菓子《わがし》をもらって、中西《なかにし》さんらしいチョイスだと思《おも》った。

收到了讓人不禁聯想到日本繪畫的美麗和菓子，覺得真是符合中西先生風格的選擇。

台日友好
最誠摯的心意

特色日本伴手禮10選

文 / 抹茶菓子鑑賞團 可可糰長、沙拉副糰長

01 東京《とうきょう》ばな奈《な》——見《み》ぃつけたっ

日本《にほん》の土産物《みやげもの》で、株式会社《かぶしきがいしゃ》グレープストーンの「東京《とうきょう》ばな奈《な》」を知《し》らない人《ひと》はいないだろう。

昔《むかし》から多《おお》くの若者《わかもの》が**働**《はたら》**き**に来《く》る東京《とうきょう》。昔《むかし》は年末《ねんまつ》の**帰省**《きせい》時《じ》の**手土産**《てみやげ》として「丁稚《でっち》羊羹《ようかん》」が流行《はや》っていたが、あまり好《この》まれなくなったことを受《う》け、同社《どうしゃ》が開発《かいはつ》した新商品《しんしょうひん》が「東京《とうきょう》ばな奈《な》」だ。

日本人《にほんじん》は熱帯《ねったい》の果物《くだもの》が好《す》きで、帰省《きせい》時《じ》の手土産《てみやげ》にバナナは**体裁**《ていさい》が良《よ》かったが、高価《こうか》な上《うえ》に**持**《も》**ち歩**《ある》**く**のにも不便《ふべん》だった。そこで、同社《どうしゃ》は新鮮《しんせん》なバナナのプリンクリームをバナナ形《がた》の蒸《む》しケーキで包《つつ》むことにした。生地《きじ》はふんわり、しっとりとして、クリームは本当《ほんとう》のバナナのように香《かお》りも味《あじ》も濃厚《のうこう》。美味《おい》しい、おしゃれ、安《やす》い、便利《べんり》ということで人気《にんき》となり、外国《がいこく》人観光客《じんかんこうきゃく》にも愛《あい》される東《とう》京名物《きょうめいぶつ》になった。

東京芭娜娜

說起日本伴手禮，株式會社GRAPESTONE開發的「東京芭娜娜香蕉蛋糕」，大家肯定耳熟能詳！

從古至今，都有許多外地年輕人到東京打拼，每逢年節總是要帶些伴手禮返鄉，古時候流行「丁稚羊羹」，現代人已經不喜歡了，於是公司著手開發新商品。

由於日本人喜愛熱帶水果，若返鄉帶香蕉就很體面，但香蕉太貴又不便攜帶，所以就以新鮮香蕉製成布丁奶油內餡，包裹在香蕉形狀的蒸蛋糕裡。蛋糕鬆軟濕潤、口感綿密，內餡香濃有如真香蕉！好吃、新潮、便宜又方便，果然大受歡迎，客群還擴散到外國遊客，從此「東京芭娜娜」一舉成為東京名產！

單字

1. **働**《はたら》**く**｜動
工作、從事勞動。

2. **帰省**《きせい》｜名
返鄉的動作。

3. **手土産**《てみやげ》｜名
拜訪別人家裡時攜帶的伴手禮。

4. **体裁**《ていさい》｜名
外觀、形式，或是體面、體統。

5. **持**《も》**ち歩**《ある》**く**｜動
隨身攜帶。

02 じゃがポックル

日本《にほん》の菓子《かし》メーカー、カルビーが販売《はんばい》する「じゃがポックル」は北海道《ほっかいどう》で必《かなら》ず買《か》うべきお土産《みやげ》の一《ひと》つ。当初《とうしょ》は新千歳空《しんちとせくう》港《こう》と一部《いちぶ》の店《みせ》でのみ販売《はんばい》されていて、あまりの人気《にんき》にパスポートを提示《ていじ》した上《うえ》で一人《ひとり》当《あ》たり二《ふた》～五箱《ごはこ》しか購入《こうにゅう》できなくなったこともある。

材料《ざいりょう》のじゃがいもは非遺伝子《ひいでんし》組《く》み換《か》えの北海道産《ほっかいどうさん》のみを使用《しよう》。独自《どくじ》の SUCCT 製法《せいほう》により、スティック状《じょう》のじゃがいもを植物油《しょくぶつあぶら》の入《はい》った小《ちい》さな釜《かま》で一時間《いちじかん》ほどかけてフライし、炭焼《すみや》きしたオホーツク・サロマ湖《こ》の塩《しお》をまぶして作《つく》る。ファストフード店《てん》のフライドポテトのように熱々《あつあつ》ではないが、塩《しお》の風味《ふうみ》と香《かお》りが良《よ》く、カリッとした食感《しょっかん》で、口《くち》に入《い》れると柔《やわ》らかくなる味《あじ》わいはポテト好《ず》きから大《だい》絶賛《ぜっさん》。パックの袋《ふくろ》を開《あ》ける手《て》が止《と》まらなくなるお菓子《かし》だ。

單字

1. あまり | 副
過於⋯⋯的結果、因過於⋯⋯而⋯⋯。

2. 提示《ていじ》する | 動
出示。

3. 組《く》み換《か》え | 動
重組、排版、改編。

4. 釜《かま》 | 名
煮飯或湯用的器具，金屬或土製，比一般的鍋子深。

5. カリッと | 副
擬聲擬態語，脆或較硬的食物被牙齒施力咬碎的聲音。

薯條三兄弟

由日本零食生產商 Calbee 推出的「薯條三兄弟」，是北海道必買的伴手禮之一，原本只在北海道新千歲空港和部份銷售點販售，一度熱門到需要遊客出示護照後每人限購二到五盒，受歡迎程度可見一斑。

將百分之百北海道生產的非基因改造馬鈴薯切成條狀，以獨家技術的 SUCCT 製法在小鍋當中，使用植物油炸上一小時再烘乾才能製成，再灑上鄂霍次克海岸的碳燒佐呂間湖鹽，每一條都金黃閃亮。雖然沒有速食店現炸薯條那樣熱騰騰，但是薯條三兄弟吃起來鹹香酥脆，入口後變得鬆軟，愛吃薯條的人幾乎都說讚，而且吃完一包又忍不住再開一包，令人喪失自制力啊！

03

仙台市《せんだいし》——菓匠三全《かしょうさんぜん》・萩《はぎ》の月《つき》

「萩《はぎ》の月《つき》」は菓匠三全《かしょうさんぜん》が販売《はんばい》している、カスタードクリームをスポンジケーキで包《つつ》んだ宮城県仙台市《みやぎけんせんだいし》の銘菓《めいか》。萩《はぎ》の咲《さ》き乱《みだ》れる宮城野《みやぎの》の夜空《よぞら》にぽっかり浮《う》かぶ名月《めいげつ》になぞらえて命名《めいめい》した。

「萩《はぎ》の月《つき》」は常温《じょうおん》で食《た》べても、冷蔵《れいぞう》庫《こ》、冷凍庫《れいとうこ》で冷《ひ》やして食《た》べても美味《おい》しい。常温《じょうおん》のスポンジケーキはしっとりと柔《やわ》らかく、カスタードクリームからは卵《たまご》、バター、バニラのくどさのない濃厚《のうこう》な香《かお》りが漂《ただよ》い、全体《ぜんたい》の甘《あま》さも控《ひか》えめ。冷《れい》蔵庫《ぞうこ》で冷《ひ》やすとひんやりとしてさらに美味《おい》しく味《あじ》わえる。冷凍《れいとう》するとカスタードクリームがアイスクリームのようになり、どら焼《や》きアイスのような味《あじ》わいで、夏《なつ》にぴったりだ。いずれも紅茶《こうちゃ》やコーヒーとよく合《あ》う。家族《かぞく》や友人《ゆうじん》ときれいな月《つき》を眺《なが》めながら味《あじ》わってみてはいかが。

仙台市—菓匠三全・萩之月

宮城縣仙台市的銘菓「菓匠三全・萩之月」是包著卡士達醬的蛋糕，外層是粉黃色的海綿蛋糕，內餡是卡士達醬。店家因為覺得很像是宮城縣夜間郊外的蘆葦（萩）叢上方，高高掛在天空中的月亮，因此取名「萩之月」。

這款銘菓的有趣之處在於吃法有三種：常溫、冷藏、冷凍。常溫食用，鬆軟的海綿蛋糕濕潤不乾澀，卡士達醬的蛋香、奶油和香草味濃而不膩，整體甜度不高。冷藏過後吃起來冰冰涼涼的更好吃；而冷凍過後卡士達醬的口感變得像冰淇淋，感覺像在吃冰淇淋銅鑼燒，特別適合夏天品嘗。無論哪一種吃法，都很適合搭配紅茶或咖啡，和親友們一起在月下共享。

單字

1. 咲《さ》き乱《みだ》れる | 動
花朵盛放、開得燦爛、爛漫。

2. ぽっかり | 副
擬聲擬態語，指漂浮著的狀態，或是突然裂開一個洞。

3. 漂《ただよ》う | 動
漂浮著、在空中搖盪浮沉。

4. 控《ひか》えめ | 名
控制自身行為、客氣謹慎，或是減量、克制。

5. 眺《なが》める | 動
眺望、遠望。

04

東京都《とうきょうと》——とらや・空港限定小型羊羹《くうこうげんていこがたようかん》

「とらや」は皇室御用達《こうしつごようたし》の羊羹《ようかん》の**老舗**《しにせ》。味《あじ》と種類《しゅるい》は**多岐**《たき》に及《およ》び、高品質《こうひんしつ》ながらも値段《ねだん》が**手頃**《てごろ》なことから、日本《にほん》の高《こう》齢《れい》者《しゃ》に最《もっと》も選《えら》ばれる贈《おく》り物《もの》となっている。「とらや」では試《ため》しに食《た》べてみたいという観光客《かんこうきゃく》の需要《じゅよう》に**応**《こた》**え**、人気《にんき》の味《あじ》の羊羹《ようかん》をそれぞれガムのパックほどのサイズに包装《ほうそう》した箱入《はこい》りの詰《つ》め合《あ》わせを販売《はんばい》しており、お土産《みやげ》に最適《さいてき》だ。

東京《とうきょう》の成田空港《なりたくうこう》、羽田空港《はねだくうこう》のみで販売《はんばい》されている小型羊羹五種類《こがたようかんごしゅるい》の詰《つ》め合《あ》わせは、小豆《あずき》、黒砂糖《くろざとう》、抹茶《まっちゃ》、はちみつ、白《しろ》小豆《あずき》の味《あじ》が楽《たの》しめる。このうち白小豆《しろあずき》の「空《そら》の旅《たび》」は十五代店主《じゅうごだいてんしゅ》の故《こ》・黒川武雄《くろかわたけお》氏《し》が飛行機《ひこうき》の窓《まど》から見《み》える夕焼《ゆうや》け空《ぞら》の美《うつく》しさに**感銘**《かんめい》を受《う》けて考案《こうあん》したもので、白《しろ》小豆《あずき》を散《ち》らした紅色《べにいろ》の羊羹《ようかん》で夕焼《ゆうや》け空《ぞら》に浮《う》かぶ雲《くも》を表現《ひょうげん》している。

單字

1. **老舗**《しにせ》｜名
代代相傳的店舖、家業，或是有信用的店家。

2. **多岐**《たき》｜形動
涉及多方面、有多種選項。

3. **手頃**《てごろ》｜形動
適合手掌的大小、重量，或是平價、經濟實惠。

4. **応える**《こた》｜動
報答、回應對方的期待或需求。

5. **感銘**《かんめい》｜名
銘刻在心中、難以忘懷的感受、事情。

東京都——虎屋・機場限定小型羊羹

羊羹老店「虎屋」是皇室御用店，羊羹口味和樣式五花八門，高貴不貴，是老一輩日本人的送禮首選。虎屋為了因應觀光客嘗鮮的習性，把熱門的口味都做成了口香糖大小，並且組合成小盒裝，方便作為伴手禮。

「虎屋・機場限定小型羊羹」是東京成田、羽田機場限定販售的小羊羹組合，內有紅豆、黑糖、抹茶、蜂蜜、白小豆等五種口味。其中名為「空之旅」的白小豆口味，出自已故的第十五代店主黑川武雄先生的創意。某次他搭飛機時，透過窗戶看見高空中的夕陽美景，一片通紅之中飄著朵朵浮雲，於是以白豆沙染製成通透的橘紅色羊羹，其中散落著象徵浮雲的白小豆粒，忠實重現高空美景。

05

山梨県《やまなしけん》——桔梗屋《ききょうや》・桔梗信玄餅《ききょうしんげんもち》

桔梗信玄餅《ききょうしんげんもち》は山梨県《やまなしけん》の銘菓《めいか》で、黒蜜《くろみつ》をかけて食《た》べるきな粉餅《こもち》。山梨県《やまなしけん》には**お盆《ぼん》**の時期《じき》に、きな粉《こ》をかけた餅《もち》を供《そな》える習慣《しゅうかん》があり、これをヒントに桔梗屋《ききょうや》が作《つく》った。名前《なまえ》の「信玄《しんげん》」は山梨県《やまなしけん》一帯《いったい》を本拠地《ほんきょち》としていた戦国武将《せんごくぶしょう》の武田信玄《たけだしんげん》に因《ちな》む。

包装《ほうそう》はきな粉《こ》をまぶした餅《もち》の入《はい》った白《しろ》いプラスチックの容器《ようき》と黒蜜《くろみつ》の**タレビン**を桔梗《ききょう》の花柄《はながら》の入《はい》ったビニールの**風呂敷《ふろしき》**で包《つつ》み、先《さき》を千代結《ちよむす》びにした刀《かたな》の鞘《さや》のような楊枝入《ようじい》れに**収《おさ》めた**楊枝《ようじ》を添《そ》え、さらに和風《わふう》の不織布《ふしょくふ》の袋《ふくろ》で包《つつ》んである。

きな粉《こ》のかかった餅《もち》に黒蜜《くろみつ》をかけ、楊《よう》枝《じ》で刺《さ》して食《た》べる。麦芽糖《ばくがとう》の水飴《みずあめ》を使用《しよう》した餅《もち》は柔《やわ》らかく弾力《だんりょく》があり、きな粉《こ》の濃厚《のうこう》な**香《こう》ばしさ**、黒蜜《くろみつ》の濃密《のうみつ》な甘味《あまみ》とマッチした豊《ゆた》かな味《あじ》わいが楽《たの》しめる。

單字

1. お盆《ぼん》｜名
僅次於元旦的重要傳統節日，結合中元節與盂蘭盆節。此時節會返鄉祭祖、團聚，有點像華人的清明節。

2. タレビン｜名
日式甜點常見的黑糖蜜容器，透明塑膠瓶上是紅色的蓋子。タレ為醬，ビン為瓶。

3. 風呂敷《ふろしき》｜名
包袱巾／布。印有和風花樣，常用於點心、禮盒包裝，或是身著和服時攜帶隨身物品用。本文以風呂敷類比的包裝紙，材質似玻璃紙非布巾類。

4. 収《おさ》める｜動
收進、收納，或是獲得、取得。

5. 香《こう》ばしさ｜名
好聞的食物味道、芳香。

山梨縣——桔梗屋・桔梗信玄餅

「桔梗屋・桔梗信玄餅」是山梨縣銘菓。由於日本戰國武將武田信玄的根據地就是山梨縣一帶，加上當地每年的盂蘭盆節有以黃豆粉麻糬供佛的習慣，桔梗屋因此創作出這款沾著黃豆粉和黑糖蜜來吃的麻糬，並取名桔梗信玄餅。

包裝的設計是將餅（麻糬）、黃豆粉、黑糖蜜裝進白色塑膠盒，用印著桔梗花圖案的玻璃紙包成包袱，配上一支以打著千代結的紙作為刀鞘的木頭小刀當做叉子，再用和風的不織布袋裝成一大袋。

用小叉子叉起一塊麻糬，沾著黃豆粉、淋上黑糖蜜後吃下，加了水飴（麥芽糖）麻糬口感Q軟、黃豆粉香濃厚重、黑糖蜜香甜濃稠，入口後三種滋味融合，豐富又多層次！

06

京都府《きょうとふ》——緑寿庵清水《りょくじゅあんしみず》・金平糖《こんぺいとう》

台湾《たいわん》で「星星糖《シンシンタン》」と呼《よ》ばれる砂糖菓子《さとうがし》の金平糖《こんぺいとう》は、十六世紀《じゅうろくせいき》にポルトガルから日本《にほん》に伝《つた》わり、日本人《にほんじん》の間《あいだ》で人気《にんき》となった。その金平糖《こんぺいとう》を日本《にほん》で唯一《ゆいいつ》、伝統《でんとう》の製法《せいほう》で作《つく》り続《つづ》けている老舗《しにせ》が緑寿庵清水《りょくじゅあんしみず》だ。金平糖《こんぺいとう》の種《たね》を回転鍋《かいてんなべ》に入《い》れ、氷砂糖《こおりざとう》に水《みず》を加《くわ》えて煮詰《につ》めた蜜《みつ》をかけながら、結晶化《けっしょうか》によって星《ほし》のような形《かたち》になるまで一《いち》、二週間回転《にしゅうかんかいてん》させ続《つづ》けて作《つく》っている。

巷《ちまた》で売《う》られている**安物**《やすもの》の金平糖《こんぺいとう》は機械《きかい》で作《つく》られており、口《くち》に入《い》れると溶《と》けてなくなるだけだが、緑寿庵清水《りょくじゅあんしみず》の金平糖《こんぺいとう》は口《くち》の中《なか》で小《ちい》さな**粒**《つぶ》となるため、**飽**《あ》**きない**甘《あま》さを楽《たの》しめる。噛《か》むと**シャリシャリ**とした食感《しょっかん》が口《くち》に広《ひろ》がり、あまりの美味《おい》しさに手《て》が止《と》まらなくなる。緑寿庵清水《りょくじゅあんしみず》の金平糖《こんぺいとう》は味《あじ》の種類《しゅるい》が豊富《ほうふ》で、期間《きかん》、季節《きせつ》限定《げんてい》の味《あじ》もある。

單字

1. **巷**《ちまた》｜名
熱鬧的大街小巷、多人生活之處，也有岔路、分水嶺之意。

2. **安物**《やすもの》｜名
便宜貨。

3. **粒**《つぶ》｜名
小小圓圓的顆粒狀物。

4. **飽**《あ》**きる**｜動
膩了、感到厭倦、厭煩。

5. **シャリシャリ**｜副
擬聲擬態語，形容水果片或洋芋片等清脆的口感。

京都府—綠壽庵清水・金平糖

被台灣人稱為星星糖的「金平糖」是十六世紀由葡萄牙傳入日本的糖果，很受日本人歡迎。京都「綠壽庵清水」是目前日本唯一遵循古法手工製作金平糖的老店。以冰糖加水煮乾做成糖蜜，將糖種放進回轉鍋，然後不斷搖動回轉鍋，讓糖種不停滾動沾上糖蜜，利用糖的結晶特性，經過一至兩週的時間才能滾出如星星般的糖。

市面上賣的便宜金平糖是用機器做的，含在嘴裡只會化為糖水，但綠壽庵清水的金平糖則會化成小糖粒，甜而不膩，非常耐吃。若直接咬碎，會有點粉粉、脆脆的口感，非常爽口好吃，讓人一顆接一顆停不下來。而且綠壽庵清水還開發多種特色口味，以及期間、季節限定口味喔！

07

広島県《ひろしまけん》——藤《ふじ》い屋《や》・もみじまんじゅう（抹茶《まっちゃ》あん）

「もみじ饅頭《まんじゅう》」は百年《ひゃくねん》以上前《いじょうまえ》に広島県《ひろしまけん》宮島《みやじま》の老舗《しにせ》旅館《りょかん》「岩惣《いわそう》」の当時《とうじ》の**女将《おかみ》**・栄子《えいこ》さんが、紅葉《こうよう》に**ふさわしい**菓子《かし》の製作《せいさく》を菓子《か》職人《ししょくにん》の高津常助《たかつつねすけ》氏《し》に**依頼《いらい》**し、一九〇六年《ねん》に完成《かんせい》した「紅葉形焼饅頭《もみじがたやきまんじゅう》」が原型《げんけい》で、地元《じもと》で人気《にんき》となった。販売店《はんばいてん》は多《おお》く、当初《とうしょ》はあん無《な》しだったが、今《いま》では様々《さまざま》な味《あじ》が誕生《たんじょう》している。

宮島《みやじま》の藤《ふじ》い屋《や》のもみじ饅頭《まんじゅう》は均一《きんいつ》に茶《ちゃ》色《いろ》の生地《きじ》が食欲《しょくよく》をそそる香《かお》りを放《はな》ち、食《しょっ》感《かん》も柔《やわ》らかく弾力《だんりょく》があり、しっとりとしている。あんは北海道産《ほっかいどうさん》小豆《あずき》を伝統《でんとう》の製《せい》法《ほう》で加工《かこう》したものを使用《しよう》。抹茶《まっちゃ》を加《くわ》えた抹茶《まっちゃ》あんタイプは小豆《あずき》の甘味《あまみ》と抹茶《まっちゃ》のほのかな苦味《にがみ》が**調和《ちょうわ》して**とても美味《おい》しい。

紅葉《こうよう》の季節《きせつ》は十月《じゅうがつ》以降《いこう》だが、もみじ饅《まん》頭《じゅう》は**年中《ねんじゅう》**販売《はんばい》されている。値段《ねだん》が手頃《てごろ》で味《あじ》も良《よ》いので、贈《おく》り物《もの》にも最適《さいてき》だ。

單字

1. 女将《おかみ》｜名
老闆娘、女主人，常用在日式旅館。

2. ふさわしい｜形
相稱的、適合的。

3. 依頼《いらい》｜名 動
委託、託付、請求。

4. 調和《ちょうわ》する｜動
讓事物整體搭配、互相協調。

5. 年中《ねんじゅう》｜名 副
一整年、全年，或是一年到頭、經常地。

廣島縣——藤井屋・楓葉饅頭（抹茶紅豆口味）

「楓葉饅頭」源於一百多年前廣島縣宮島地區的高級旅館「岩惣」。女老闆榮子委託和菓子職人高津常助創作一款賞楓銘菓，於是在西元一九零六年完成「楓葉形燒饅頭」，之後流行於當地。如今不但販售店家眾多，原本沒有內餡的楓葉饅頭也演變出各種口味。

宮島藤井屋的楓葉饅頭的外皮呈現均勻的褐色，濃濃焦香令人食指大動，口感鬆軟有彈性，濕潤不乾柴。內餡使用北海道紅豆搭配傳統技法製成，若再加入抹茶粉就成抹茶口味，紅豆香甜和抹茶微苦相互交錯，甚是美味！

雖說賞楓季節是十月之後，但楓葉饅頭卻是全年販售，價格實惠又好吃，送禮自用兩相宜。

08

愛媛県《えひめけん》——一六本舗《いちろくほんぽ》・一六《いちろく》タルト

愛媛県《えひめけん》の郷土銘菓《きょうどめいか》「一六《いちろく》タルト」はあんこを巻《ま》いたロールケーキだ。西洋《せいよう》のケーキがなぜ和菓子《わがし》に分類《ぶんるい》されるのか。

起源《きげん》は一六四七年《ねん》。ポルトガル船《せん》二隻《にせき》が日本《にほん》に入港《にゅうこう》した際《さい》、海上警備《かいじょうけいび》に当《あ》たった松山藩主《まつやまはんしゅ》の松平定行《まつだいらさだゆき》がジャム入《い》りのロールケーキを口《くち》にし、その味《あじ》に感動《かんどう》して製法《せいほう》を家臣《かしん》に学《まな》ばせようとしたが、ジャムがなく、当時一般的《とうじいっぱんてき》になっていたあんこを巻《ま》いて作《つく》ったのが始《はじ》まりだ。

つまり、「一六《いちろく》タルト」は三百年《さんびゃくねん》以上《いじょう》前《まえ》に誕生《たんじょう》した和洋**折衷**《わようせっちゅう》の郷土菓子《きょうどがし》で、歴《れき》史的《してき》な**由緒**《ゆいしょ》があるのだ。**一見**《いっけん》ただのロールケーキだが、生地《きじ》は繊細《せんさい》な柔《やわ》らかさで**パサパサ**とせず、あんこもしっとり甘《あま》い味《あじ》わいと香《こう》ばしさで、生《なま》クリームのロールケーキより断然《だんぜん》おいしい。愛媛《えひめ》に立《た》ち寄《よ》った際《さい》は**お見逃**《みのが》**しなく**。

單字

1. **折衷**《せっちゅう》｜名
將各種不同的事物統整，融合出的一個結果。

2. **由緒**《ゆいしょ》｜名
歷史淵源、來歷。

3. **一見**《いっけん》｜名
看一下、一看、一瞥。

4. **パサパサ**｜副
擬聲擬態語，形容乾巴巴、沒有水分的樣子。

5. **お見逃**《みのが》**しなく**｜片
請別錯過。

愛媛縣——一六本舖・一六塔

愛媛縣鄉土銘菓「一六塔」是捲著紅豆泥的蛋糕捲。西洋蛋糕被歸類為和菓子？這背後的淵源是在西元一六四七年，負責維護海上警備的藩主松平定行，與兩艘葡萄牙船進行交流時，吃到了果醬蛋糕捲之後愛不釋口，於是命人學習製法。但是回家後發現只學了蛋糕的製法，沒有果醬怎麼辦？只好用常見的紅豆泥代替，捲在蛋糕裡，就成了如今的模樣。

所以，「一六塔」其實是三百多年前就出現的「和洋融合」鄉土菓子，充滿歷史意義！乍看只是普通蛋糕捲，但口感細緻柔軟不乾澀，紅豆泥濕潤香甜又滑順，絕對比奶油蛋糕捲更美味！若到愛媛一遊，千萬不要以為只是蛋糕捲就錯過它囉！

09

福岡市《ふくおかし》——ひよ子《こ》本舗吉野堂《ほんぽよしのどう》・大《だい》のひよ子《こ》

台湾人《たいわんじん》がよく買《か》う「ひよ子《こ》」は、実《じつ》は福岡《ふくおか》の「ひよ子《こ》本舗吉野堂《ほんぽよしのどう》」が**発祥《はっしょう》**。一九六四年《ねん》の東京五輪《とうきょうごりん》の際《さい》に設《もう》けた東京《とうきょう》支店《してん》が独立《どくりつ》し、観光客《かんこうきゃく》の多《おお》い東京《とうきょう》で有名《ゆうめい》になったのだ。

台湾人《たいわんじん》は「ひよ子《こ》」を「カステラ」と呼《よ》んでいるが、実際《じっさい》は焼《や》き饅頭《まんじゅう》で、白《しろ》あん、砂糖《さとう》、卵黄《らんおう》で作《つく》った「黄身《きみ》あん」を卵《たまご》入《い》りの生地《きじ》で包《つつ》み、ひよこ形《がた》にして焼《や》き上《あ》げている。外見《がいけん》がベビーカステラに似《に》ているため、台湾《たいわん》では「ひよ子《こ》カステラ」と呼《よ》ばれている。

「大《だい》のひよ子《こ》」は通常《つうじょう》の五倍大《ごばいだい》で、**こんがり**香《こう》ばしく焼《や》き上《あ》げた生地《きじ》は薄《うす》いながらも噛《か》み応《ごた》えのある食感《しょっかん》。中《なか》に**ぎっしり**詰《つ》まった黄身《きみ》あんは卵《たまご》の味《あじ》が甘《あま》くて濃厚《のうこう》。「ひよ子《こ》」は通常《つうじょう》サイズ一個《いっこ》で満足感《まんぞくかん》が**得《え》**られるので、「大《だい》のひよ子《こ》」は他《ほか》の人《ひと》と**分《わ》け合《あ》**って食《た》べよう。

單字

1. **発祥《はっしょう》**｜名
發源、發祥、起源。
2. **こんがり**｜副
烤得剛剛好。
3. **ぎっしり**｜副
滿滿地、緊密地。
4. **得《え》る**｜動
獲得、得到。
5. **分《わ》け合《あ》う**｜動
分享、分攤、分擔。

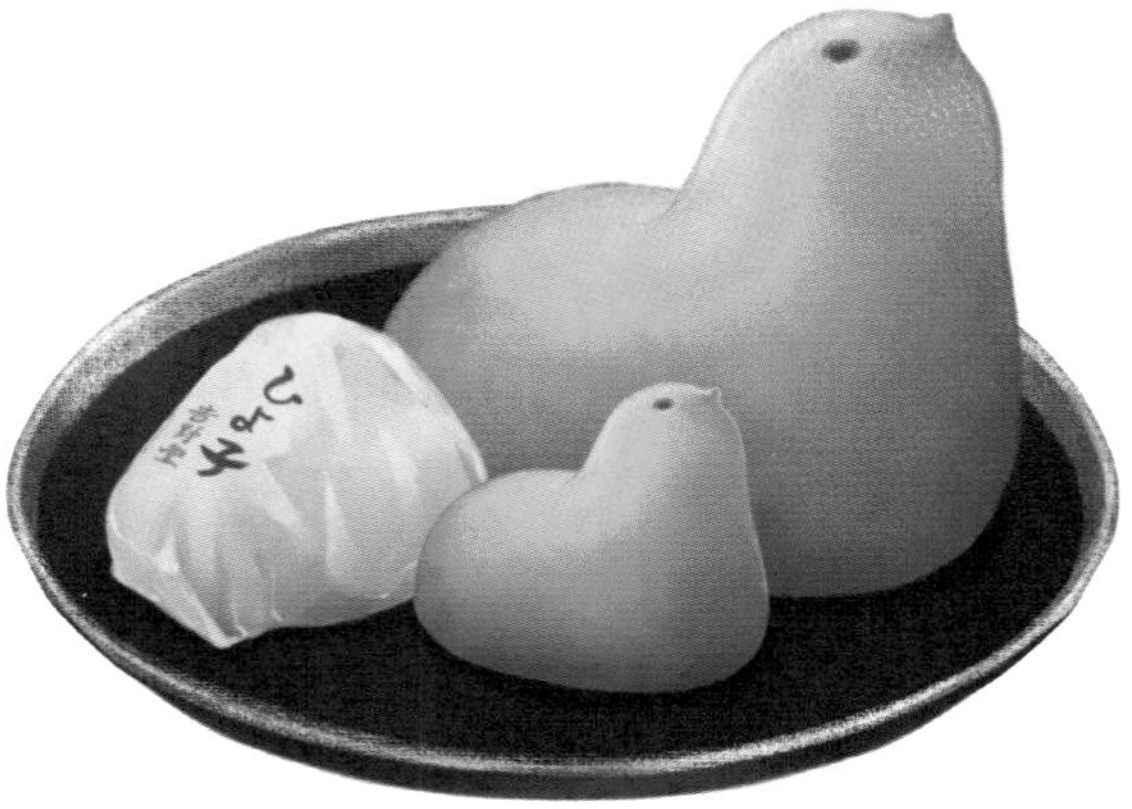

福岡市—小雞本舖吉野堂・巨大版小雞蛋糕

台灣人常買的「東京小雞蛋糕」，其實源自福岡的「小雞本舖吉野堂」。吉野堂在一九六四年東京奧運時到東京開設分店，後來分店獨立，加上東京觀光客較多，所以在東京知名度更高，殊不知福岡才是起源地。

雖然台灣人都叫它蛋糕，但它其實是烤饅頭，用加蛋麵糰包著白豆沙、糖、蛋黃製成的「黃味餡」，做成小雞外型烘烤而成，由於外型略似雞蛋糕，因此被稱為「小雞蛋糕」。

「小雞本舖吉野堂・巨大版小雞蛋糕」是原版的五倍大，烤得均勻完美的褐色焦香外皮，薄而紮實有嚼勁，裏頭滿滿的黃味餡蛋味很甜很濃郁。原尺寸的小雞蛋糕吃一個就有飽足感了，五倍大的務必要與人共享喔！

單字

1. お祭《まつ》り｜名
祭典、廟會。

2. 練《ね》り歩《ある》く｜動
排成整齊的一列緩緩地前進。

3. パレード｜名
遊行。

4. 塩辛《しおから》さ｜名
重鹹的味道。

5. 風《ふう》｜名
風格、模樣。

10

福岡市《ふくおかし》——明月堂《めいげつどう》・博多《はかた》通《とお》りもん

毎年《まいとし》五月三日《ごがつみっか》、四日《よっか》に行《おこな》われる福岡《ふくおか》・博多《はかた》名物《めいぶつ》の**お祭《まつ》り**「博多《はかた》どんたく」。このお祭《まつ》りで市内《しない》の団体《だんたい》や企業関係者《きぎょうかんけいしゃ》らが様々《さまざま》な衣装《いしょう》に身《み》を包《つつ》み、歌《うた》ったり踊《おど》ったりしながら街《まち》を**練《ね》り歩《ある》く**姿《すがた》を博多弁《はかたべん》で「通《とお》りもん」という。この**パレード**隊《たい》の衣装《いしょう》を表現《ひょうげん》したミルクの香《かお》る生地《きじ》であんを包《つつ》んだ和洋折衷《わようせっちゅう》の焼《や》き饅頭《まんじゅう》が菓子店《かしてん》「明月堂《めいげつどう》」の「博多通《はかたとお》りもん」だ。

ミルクと卵《たまご》を加《くわ》えた薄《うす》い生地《きじ》に白《しろ》あんと練乳《れんにゅう》、バターで作《つく》ったあんを包《つつ》んで焼《や》き上《あ》げたもので、チーズのようなミルクと卵《たまご》の香《かお》りが香《こう》ばしい。生地《きじ》は柔《やわ》らかく、白《しろ》あんはしっとりとしていて、甘《あま》さの中《なか》に**塩辛《しおから》さ**も感《かん》じられる。ミルクと卵《たまご》の香《かお》りは洋菓子《ようがし》**風《ふう》**だが、饅頭《まんじゅう》と白《しろ》あんは和菓子《わがし》そのもの。絶妙《ぜつみょう》な和洋折衷《わようせっちゅう》の菓子《かし》だからこそこれほど美味《おい》しいのだ。

福岡市—明月堂・博多通饅頭

每年五月三至四日舉行的福岡博多名物祭「博多咚打鼓祭」，市內的團體、企業都會穿著五顏六色的服裝，上街唱唱跳跳，當地方言稱為「通りもん」。菓子店明月堂有鑑於此，就以奶香麵皮象徵遊行隊伍的服裝，包著內餡，創作出這款和洋折衷的烤饅頭「博多通りもん」。

奶蛋製成的外皮極薄，包進白豆沙、煉乳和牛油製成的內餡後烘烤，飄著濃濃的奶蛋香氣，甚至有點像起司味。外皮薄而鬆軟，白豆沙餡因為加了煉乳和牛油，所以變得很濕潤，而且甜中透出一絲鹹香。奶蛋香濃郁，極富洋菓子感，但饅頭形式和白豆沙卻是和菓子元素，和洋折衷，準確抓住平衡點，造就如此美味！

撰文　抹茶菓子鑑賞團

可可糰長
因學習日本茶道而愛上各式和菓子的歷史淵源，於FB設立「抹茶菓子鑑賞團」分享各種研究與試吃心得。

沙拉副糰長
熱愛日本京都歷史與文化，在學習日本茶道時結識可可糰長，兩人因此成爲日本傳統文化的研究夥伴，以及彼此人生的伴侶。

專欄

保留最初的美 與求新求變

文／廖育卿教授

日本傳統飲食文化代表之一的「和菓子」，擁有超過千年的歷史，隨著四季變化，在日本的歷史上、生活上扮演著重要的角色。全國和菓子協會第二任會長黑川光朝曾經為和菓子的特性下了一道註解：「和菓子是一門五感的藝術」(「和菓子は五感の芸術」)，這一句道盡了和菓子世界之美。所謂五感，即是「視覺、味覺、嗅覺、聽覺以及觸覺」，而集五感之美於一身的和菓子，經過歷史的洗禮與不斷進化，配合著日本的年中行事，深深地結合了日本傳統文化的底蘊，存在於日本的現代生活當中，成為不可或缺的存在。

事實上，在明治時代以前並沒有「和菓子」的說法，只是因為要對比西洋傳來的「洋菓子」，才產生了「和菓子」一詞。而在此之前所稱的「菓子」也就是之後相傳下來的「和菓子」。

和菓子出現在日本歷史記載上最早可以追溯至繩文時代[1]，利用天然的果物製作成丸狀物，當時被當成主食與主食間的點心食用，甚至會以果汁或植物的花蜜調味以增添風味。隨著遣唐使自中國帶回「唐菓子（からくだもの／からがし）」，受到唐朝／中國文化輸入日本的影響，再加上加工技術逐漸進步，菓子的種類、樣式與口味日趨多元[2]。鎌倉時期的榮西禪師自宋朝帶回了茶樹，自此開啟了日本飲茶的風氣，直至室町時期，伴隨此一喫茶風氣之盛行，發展出講究配合喫茶的點心，進而帶動了製菓技術的進步，為日後的和菓子發展打下重要的基礎[3]。葡萄牙人及西班牙人帶來「南蠻菓子」因而開啟了南蠻菓子時期[4]，積極發展的結果讓和菓子加速進入了京菓子、上菓子時代[5]，發展出京都式菓子與江戶式上菓子的東西對立狀態。明治維新之後解除鎖國令，自此大量輸入西洋文化，其中也包含了食物與點心，正式打開洋菓子進口時期[6]，製菓技術日漸成熟後，進入菓子大量生產時期[7]。

從歷史層面來看，歷經和唐朝的交流、茶湯文化的興盛，以及西式點心傳入日本等影響，和菓子日漸進化，以本土風味融合外來飲食文化的特色，展現了更多元的新風貌。

而和菓子的進化過程中不得不提及的就是砂糖的使用。日本傳統調味呈現甜味時，都是以「絞股藍」等藤蔓植物中萃取汁液，精製過後使用在食物中，也就是我們所熟知的「甘葛」。其實，日本國內並不產糖，說來砂糖在古代的日本可是高級的舶來品。據說砂糖初次被帶進日本是在天平勝保六年（七五四年），是由鑑真法師訪日時，將佛經及各種唐朝文化帶到日本，而砂糖便是其中之一。當時的砂糖被帶進日本，並非是以調味料的形式，而是被當成藥物；直至中國貿易、南蠻貿易日漸盛行之後，砂糖才逐漸被當成調味料來使用。

而製作和菓子常用的「和三盆」，其實指的是中國傳入砂糖時所區分的等級，當時分為三盆、上白、太白等三個等級，以三盆為最高等級。目前日本國內使用的一般砂糖被稱為「上白糖」，也是當時沿用至今的稱呼方式。爾後日本致力於砂糖的生產，並提高砂糖的製作品質，由唐朝傳入的稱為「唐三盆」，相對於此，日本國內生產的砂糖則稱為「和三盆」。

和菓子的出現乃至發展過程歷經千年，其成長、蛻變、創新之於日本生活的影響力自不待言，連明治、大正時期的二大文豪也難以抗拒和菓子的魅力。夏目漱石喜愛羊羹眾所皆知，多次在其文學作品中提及並大力讚賞其精緻的品味；而森鷗外更是偏好饅頭的口感，把饅頭放在白飯上以茶泡飯的方式享用，獨特之處謂為趣談。

和菓子的呈現形式多元，有精緻如茶湯文化中搭配季節所用的和菓子，亦有平民美食如Doraemon最愛的銅鑼燒，遍及日本生活的各個階層。和菓子不僅僅是甜點，也是日本飲食文化中的結晶，凝聚了大和民族的飲食文化史於其中，同時也展現了季節感與飲食的美感，更深深地影響了文人雅士的對於飲食文化的體現。

進入現代後，烤箱文化的普及使得需要手工製作的和菓子的生存更加競爭而稀少，日本社會的飲食西洋化確實深深地影響了年輕世代的飲食習慣與和食攝取頻率，如此看來，傳統點心和菓子的傳承與發展的確前景堪憂。雖說如此，和菓子的發展目前正邁入第八期的國際化時期（「國際化時代」），積極推動全國菓子大博覽會讓和菓子的曝光率增加，將和菓子推向國際化。

回首過去，和菓子自日治時期傳入臺灣後，製菓過程中融入了在地食材，呈現方式更加多樣化。時至今日，隨著頻繁的國際交流以及網路的迅速發展，日本茶道文化在臺灣的能見度變高，也慢慢聚焦在其搭配食用的精緻茶點（茶菓子）之上；特別是在臺灣的日本茶道教育中所使用的和菓子，更可說是吸引茶道學習者一探茶道世界奧秘的敲門磚。跨越有形的距離，和菓子早已在臺灣與日本之間搭建了一道「美食無國界」的無形大門。推開門，歡迎走進和菓子甜美而細膩的世界～

1 和菓子的發展史第一期為自彌生文化至中國文化輸入日本之前的上古時期（「上古時代」），此時的菓子種類以日本的傳統菓子，如古代的樹木果實及果物為主。

2 第二期為唐菓子的時期（「唐菓子時代」）。

3 第三期為點心時代（「点心時代」）。

4 第四期為南蠻菓子時期（「南蛮菓子時代」）。

5 第五期為京菓子、上菓子時代（「京菓子、江戶風菓子時代」），進入江戶時期後，關東地區與關西地區保持著一種微妙的對立關係，使得和菓子界也產生了京都式菓子（「京菓子」）與江戶式上菓子（「江戶風菓子」）的對立狀態。

6 第六期因明治維新之後解除鎖國令，自此大量輸入西洋文化，其中也包含了食物與點心，也正式打開洋菓子進口時期（「洋菓子輸入時代」），受到洋菓子進口的刺激，同時也帶動了日本傳統和菓子的發展，不僅製作技術愈加成熟，種類樣式也愈發多元。

7 第七期進入菓子大量生產時期（「菓子大量生產時代」），此時期的和菓子製程導入機器，製菓界得到機械化的助力，得以開展大量製菓事業。

撰文　廖育卿（宗育）
日本國立熊本大學文學博士、現任淡江大學副教授。在日求學時期卽師事日本茶道裏千家師範，並取得茶名宗育與茶道助教授資格，在台深耕茶道教育多年，期盼將介紹日本茶道之美作爲日台交流的橋樑。

和菓子物語：Nippon 所藏日語嚴選講座 / EZ Japan 編輯部，黃詩斐，王文萱，張雅琳，抹茶菓子鑑賞團，今泉江利子，廖育卿作；田中裕也翻譯 . -- 初版 . -- 臺北市：日月文化出版股份有限公司，2022.04
面；　公分 . -- (Nippon 所藏；16)

ISBN 978-626-7089-48-4 (平裝)

1.CST: 日語 2.CST: 讀本
803.18　　111002571

Nippon 所藏／ 16

和菓子物語：Nippon所藏日語嚴選講座

作　　者：EZ Japan編輯部、黃詩斐、王文萱、張雅琳、抹茶菓子鑑賞團、今泉江利子、廖育卿
翻　　譯：田中裕也

主　　編：尹筱嵐
編　　輯：吳姍穎
校　　對：吳姍穎
配　　音：今泉江利子、吉岡生信
版型設計：Bianco Tsai
封面設計：Bianco Tsai
內頁排版：簡單瑛設
行銷企劃：陳品萱

發 行 人：洪祺祥
副總經理：洪偉傑
副總編輯：曹仲堯
法律顧問：建大法律事務所
財務顧問：高威會計師事務所

出　　版：日月文化出版股份有限公司
製　　作：EZ叢書館
地　　址：臺北市信義路三段151號8樓
電　　話：(02) 2708-5509
傳　　真：(02) 2708-6157
客服信箱：service@heliopolis.com.tw
網　　址：www.heliopolis.com.tw
郵撥帳號：19716071日月文化出版股份有限公司

總 經 銷：聯合發行股份有限公司
電　　話：(02) 2917-8022
傳　　真：(02) 2915-7212

印　　刷：中原造像股份有限公司
初　　版：2022年04月
初版4刷：2022年11月
定　　價：400元
I S B N：978-626-7089-48-4